昔日风景看不尽

何镇邦 ◎ 著

四川人民出版社

图书在版编目（CIP）数据

昔日风景看不尽/何镇邦著. — 成都：四川
人民出版社，2018.11
ISBN 978-7-220-11087-0

Ⅰ.①昔⋯ Ⅱ.①何⋯ Ⅲ.①回忆录
—中国—当代 Ⅳ.①I251

中国版本图书馆CIP数据核字（2018）第244536号

XIRI FENGJING KANBUJIN
昔日风景看不尽
何镇邦 著

策划组稿	张春晓
责任编辑	王其进　熊　韵
装帧设计	张　妮
责任校对	舒晓利
责任印制	祝　健
出版发行	四川人民出版社（成都市槐树街2号）
网　　址	http://www.scpph.com
E-mail	scrmcbs@sina.com
新浪微博	@四川人民出版社
微信公众号	四川人民出版社
发行部业务电话	（028）86259624　86259453
防盗版举报电话	（028）86259624
照　　排	四川胜翔数码印务设计有限公司
印　　刷	四川华龙印务有限公司
成品尺寸	145mm×210mm
印　　张	9.5
字　　数	220千
版　　次	2018年11月第1版
印　　次	2018年11月第1次印刷
书　　号	ISBN 978-7-220-11087-0
定　　价	39.00元

■版权所有·侵权必究

本书若出现印装质量问题，请与我社发行部联系调换
电话：（028）86259453

目录

第一辑

鲁院首届文学创作研究生班的前前后后　003

我所认识的冰心　024

福建文坛"三老"　036

文坛上的"湖北三老"　043

说不尽的汪曾祺　061

汪曾祺、林斤澜的福建之行　079

文学道路上的"探求者"　088

徐兴业的传奇人生　108

林希的文学生涯　117

说"二唐"　126

我所认识的刘白羽　139

浩然二三事　143

我与莫言　146

马兰三日识周涛　152

读《悲喜春秋》忆故人——怀念魏世英　156

张一弓逸事　161

追怀黎汝清　166

我的好邻居贺绍俊　170

复旦忆旧　173

几段深藏的记忆　187

第二辑

洛杉矶观画记　197

唐山六章　207

漳州二章　219

平和三章　225

闽都四章　230

文化诏安　239

宁德扫描　244

茶乡生态美——安溪感德小记　250

哈尔滨夏日剪影　254

福鼎白茶与"茶书记"　258

海鲜的滋味——故乡杂忆之一　261

"洗汤"的感受——故乡杂忆之二　264

放牛娃们的欢乐——故乡杂忆之三　267

望安山，我文学梦开始的地方——故乡杂忆之四　270

"做客"那些事儿——故乡杂忆之五　274

忆母亲——故乡杂忆之六　278

安居人　283

诗意华山　288

禅意灵山　291

后记　297

第一辑

鲁院首届文学创作研究生班的前前后后

中国作家协会鲁迅文学院的前身中央文学研究所创办于1950年12月，1953年9月更名为中国作家协会文学讲习所，1957年11月停办。共办了四期文学讲习班，其中还有研究班，均没有学历。1980年1月，文学讲习所复办，1984年11月12日经中宣部批准，更名为鲁迅文学院。从1980年1月至1985年一共办了四期；1985年起，又办了为期一个学期的文学创作进修班（这种班一直延续到21世纪初，总计20多期，后才改为"高研班"，仍是一期四个月，又办了16期）。从成立之日起，鲁迅文学院的师生们一直为学历而苦恼奔忙着。1986、1987年两度到当时的国家教委申请备案均未果。1986年年底，时任国家教委副主任的彭佩云派人来鲁迅文学院考察，学院备案及学历似已提上日程了，可是由于彭佩云于1987年初调任中国科技大学党委书记，此事又被搁置；1987年秋，经时任文化部部长的王蒙向国家教委转呈申请备案的报告，后来也只接到时任国家教委主任的李鹏给王蒙的一封语气委婉但否定备案的公文性质的函件而收场。于是，鲁迅文学院的领导转而谋求同高校联合招生以解决学生的学历问题。这就是于1988年春天同北京师范大学研究生院洽谈联合举办文学创作研究生班的事宜。由于我与时任北京师大研究生院常务副院长的童庆炳教授是福建同乡,私交不错,一时谈起联合办学的事,他说北京师大也有这个意向,于是联合促成此事。中国作协鲁迅文学院与北京师大研究生院联合举办的首届文学创作研究生班于 1988 年 4 月开始商议,经两院一系列筹备工作和招生考试,预备班于当年 9 月 21 日正式开学,1989 年 4 月举行正式入学考试,1989 年 5 月 8 日举行开学典礼,1989 年 4 月至 1991 年元月为研究生班正式教学时间,1991 年 1 月 17 日,举行了隆重的毕业典礼。44 名学员修完了 7 门学位课程和 7 门专题选修课,修满了 30 分以上的学分,领取了两院共同颁发的研究生班毕业文凭,其中,绝大部分在以后的两年中撰写了硕士学位论文,通过答辩,获得文学硕士学位证书。

鲁迅文学院与北京师大研究生院共同举办的首届文学创作研究生班,在中国当代文学史上写下了浓重的一笔。下面是关于这个研究生班举办前前后后的一些回忆。

一 为了青年作家的学者化

20 世纪 70 年代末、80 年代初以来,随着文艺方针的调整,"双百""二为"方针的落实,文学创作开创了历史新时期的新局面,逐渐走向繁荣,文学新人辈出。但是,由于文化基础的薄弱,大批青年作家在经历基于直接生活积累的创作喷涌之后,出现了创作上的停滞状态,亟待文化上的提高。有鉴于此,为了满足青年作家学者化迫切需求,武汉大学于 1984 年在中国作家协会的支持下,创办了作家班;北京大学也于 1984 年同鲁迅文学院联合创办了作家班,鲁迅文学院把第七、八两期文学创作班的学员大部分转入北大作家班进行大学本科教育。然而,这种大学本科教育仍然满足不了青年作家学者化的需求,于是就有了举办文学创作研究生班的动议。北京师范大学研究生院于1988年6月22日呈送国家教委研究生司的《关于试办在职人员"文艺学·文学创作"委托研究生班申请报告》中这样陈述:

> 目前我国文坛上有一批青年作家很活跃,他们的作品有不少在国外获奖,如《红高粱》作者莫言、浙江的余华、大兴安岭作家迟子建等。但他们的通病是先天不足,文化专业水平偏低,知识根底浅,门类单一,呈一种贫血状态。所以,对这部分青年作家如何更上一层楼,是一个重要课题。为此,北京大学、武汉大学等高校招收的作家班,把不少作者提高到大学本科毕业水平,这一工作很有意义。但近年来,一些优秀作家已将封闭已久的中国当代文学推向世界,据不完全统计,近三年来我国派作家出访二百五十人次,达数十个国家,同时几乎相同数量外国作家来华与中国作家交流;来访者大部分均属×××学院文学硕、博士,而我国作家,即使很优秀,知名度比较高,在学术、学位上却是"白丁",充其量也只经过大学本科教育而已。所以中国文学走向世界,没有一支有相当素质的作家队伍,几乎是空谈。因此把一部分已达到大学本科水平的作家提高到研究生水平,并结合自己本职工作,作出理论结合实践的论文申请学位,使部分作家实现"学者化",是当前研究生教育工作中一件极有意义的事。作家"学者化"是许多

作家多年来的向往。如果能办成"文艺学·文学创作"研究生班，将为中国作家学者化的工作尽一份力量。……

国家教委研究生司于同年7月21日在该申请报告上批示"同意"，后来又补充批示说，"对于创作成绩确实优秀具有大专以上学历者，也可以经考试破格录取，但该研究生班限招二十名"。根据这一申请报告和国家教委研究生司的批示精神，北京师大研究生院与中国作协鲁迅文学院于1988年7月共同制定文学创作研究生班的《招生简章》，并随后签订联合办学的"协议书"，开展招生工作。《招生简章》中明确指出："为了繁荣社会主义文学创作，提高青年作家的文化素养、理论修养和创作水平，为青年作家的学者化创造有利的切实的条件，培养一批具有较高文化水平的青年作家，根据国家教委研究生司有关文件精神，并报请国家研究生司批准，北京师范大学研究生院、中国作协鲁迅文学院决定联合举办一期文学创作研究生班。"随后，对"招生专业及学制""招生对象及条件""招生名额""报名及考试方法"等事项做出明确规定。

1988年7月至8月，研究生班的招生工作紧张而有序地进行。全国各地80多名创作上颇有成绩的青年作家报名。其中，余华、迟子建、王刚等三位青年作家均是我专门捎信让他们来报名的。因为余华在1987年上半年参加第二期进修班后回到浙江海盐，迟子建则在同期进修班结业后进入西北大学中文系本科插班学习，而王刚在第二期进修班结业后回到了遥远的新疆。这三位均是进修期间我接触较多、认为是可以造就的好苗子，故特别通知他们报名进入这个文学创作研究生班，后来他们都如愿以偿。其他80余位报名者，经过近两个月的作品审查和两位以上专家推荐，有近 40 名报名者被录取进入研究生班的"预备班"，"入学通知"是 1988 年 8 月 24 日发出的；加上同年 12 月补充招生录取的几名学员，共有 40 余名学员进入"预备班"学习，他们是：莫言、刘震云、余华、迟子建、王刚、严歌苓、肖亦农、邓九刚、路远、刘毅然、宫魁斌、李沙青、李本深、刘亚伟、张坚军、王连生、季清荣、刘恪、毕淑敏、冯敬兰、江灏、雷建政、王宏甲、简宁、李平易、黄康俊、王树增、魏志远、彭继超、海男、洪峰、何首乌、陈虹、白冰、寇宗鄂、李秀珊、蔚江、于劲、王明义、千华、岛子、贺平、黄殿琴、孙大梅、芳洲、徐星、贝奇、叶文福。

  文学创作研究生班的"预备班"于 1988 年 9 月 21 日开学，经过四个月的学习，开设了政治、文学概论、中国当代文学、写作等辅导课，于 1989 年 3 月进行正式入学考试。入学考试的科目正是上述辅导课的相应科目，只有写作是限时命题作文，当场完卷。记得内容是每人的创作自述，参加考试的各位开玩笑说："为了进入研究生班，把自己的家底子都卖了！"我在判阅这些试卷时，也常忍俊不禁，当然也因此加深了对各位青年作家的了解。

二　精心设置的课程与严格科学的管理

  1989 年春天，经过正式入学考试后，40 余名学员进入研究生班的学位课程与专业选修课程的学习，并于 1989 年 5 月 8 日举行隆重的开学典礼。中国作协领导、北京师大研究生院领导以及受聘的作为创作导师的著名作家、诗人、评论家如秦兆阳、林斤澜、韶华、从维熙、李国文、程树榛、谢冕、张志民、牛汉、宗璞、任洪渊、崔道怡、王朝垠、吴泰昌等出席了开学典礼。为文坛内外所瞩目的首期文学创作研究生班在经过将近一年的筹备、招生与预备班的学习后正式拉开了序幕。

研究生班的正式学习时间为两年四个学期,遵照国家教委和北京师大有关培养研究生的规定,共开设了14门课程,其中学位课程有《马列文论专题》《创作美学》《西方文论专题》《中国当代文学专题》《〈史记〉研究》《英语》以及《创作实践及研讨》等七门,除英语每个学期3个学分外,其他六门学位课程每门均为3个学分;专题选修课开设了《文学鉴赏论》《西方当代文艺思潮》《中国古代文化研究》《民俗学》《中国三十年代小说研究》《中西文化比较》等七门,专题选修课每门1个学分。14门课全部修满可以得到34个学分(其中英语三个学期共9个学分),修满30个学分者即可毕业。担任研究生班所开设的学位课和专题课的教师均为首都高校和研究单位的学有专长的教授、副教授、研究员。他们以认真负责的精神,以马克思主义为指导,系统并高质量地讲授了这些课程,传授了专业知识和创作、批评经验,为学生打下了扎实的专业基础,扩大了他们的知识面,开阔了他们的视野,提高了他们的理论水平和创作能力。例如《创作美学》由班导师、北京师大研究生院常务副院长、资深教授童庆炳讲授。老童为这门课程专门备课,撰写讲稿,注意把文艺学基本理论以及最新研究成果同创作实践结合,也尽量与听课学生的创作实践相结合,每一章(亦即每一讲)以一个学生的创作为例,这样既有系统深入的基础理论与最新的理论成果,又让学生听得入神、听得亲切,颇受学生的欢迎。童庆炳教授在后来的几个研究生班也讲授过《创作美学》,多次反复修改之后编成《维纳斯的腰带》一书，由上海文艺出版社于2001年10月出版。中国现代文学馆副馆长吴福辉研究员把他关于中国20世纪50年代小说研究的最新成果融入他讲授的《中国三十年代小说研究》这一专题选修课之中，也颇受学生的欢迎。此外，如韩兆琦教授讲授的《〈史记〉研究》、张紫成教授讲授的《民俗学》以及我在《中国当代文学专题》这一学位课中讲的一些有关现代文体学的最新研究成果，也都颇受学生的好评。首届文学创作研究生班的课程设计凸显以下两个特点：一是它的理论性与系统性，完全按照国家教委有关研究生培养的要求开设，突出其正规性，也就是规范性；二是它的实践性，尤其突出"文学创作研究生班"的特点，诸如开设《创作美学》《中国三十年代小说研究》以及在《中国当代文学专题》中重点讲授现代文体学，等等，都是紧密联系创作实践的；而《创作实践及研讨》这门课延聘众多名家作为导师，更是一大特色，可以说这是别的任何文学研究生班所不曾有过的。

在研究生班里，对学生的课程学业学籍管理及生活管理也相当正规严格。研究生班领导小组曾明确规定，学位课程凡连续缺课全部学时三分之一者，取消其听课资格，当然也就取消其考试资格；而考试要求也是很严格的，尤其是当场的笔试，管理更严。监考者不仅有北师大研究生院和鲁迅文学院的教师和领导，还有北京市高教局专门派来监考的有关干部，规定考试开始半个小时内可以进场，超过半个小时就不准进场了。这样严格的规定，是为了保证正常的教学秩序和教学质量，可还是有以身试"法"者。有一位学员20世纪80年代初发了几篇有相当影响力的中短篇小说，便有些莫名其妙的傲气。童庆炳教授讲授学位课《创作美学》时（当在1990

年上半年），他有意连续无故旷课达七次之多，虽然受到当面提醒，却依然旷课，于是我们通过研究，宣布取消他这门课的听课资格。这学期期末的英语考试是封闭式的当场笔试，他竟在宿舍待着而不进考场参加考试。他的一位在进修班学习的文友跑来告诉我："何老师，他等着你去请他来参加考试呢！"然而，我断无亲自去请学生来参加考试的道理啊！于是，等半个小时铃声响过之后，他也就失去参加英语考试的资格了！那位进修班的学生、他的文友又跑来告诉我："何老师，他在宿舍里号啕大哭呢，你是不是宽容一次啊？"集体的决定，铁的纪律，我当然没有通融之理！于是他一下子丢了6个学分。当1991年1月研究生班毕业时，学员中除了他，都拿到了毕业证书。依照规定可以发给他一本"研究生班结业证书"，但被他拒绝。几年后他又来索要"结业证书"，这时当然没有了。因为"文学创作研究生班"的毕业证书和结业证书是一次性制作颁发的，要北京师大和鲁迅文学院共同加盖钢印，还要盖上北京高教局的公章，方才有效。因此，我无论如何也不可能临时为他弄出一个"结业证书"来！这就是研究生班里这位同学的一段故事。

莫言就比他机灵低调得多。1990年春天开学后，莫言请假回老家高密盖房子，一去一月有余，《创作美学》连续缺课也达五次之多，濒临危险线。我托人给他带话，他很快就赶回来上课了，并真诚地交来一份有关缺课问题的"检讨书"。面对这样知错就改的学生，我们自然也不会为难他了！在研究生班里，大家最头疼的课程自然是英语，因为大部分青年作家都没有正式学过英语，基础不行，尽管经过"预科班"的突击，有所提高，但要达到四级或六级的大本、研究生的英语水平，难度可想而知！莫言也为英语伤透了脑筋，但在同学们和老师的鼓励支持下，还是坚持下来了。最后毕业考试的英语，他考了58分，补考一次还是58分，经两院研究，还是让他通过了。莫言不仅拿到了"文学创作研究生班"的毕业文凭，毕业后两年内，还通过其硕士学位论文的答辩拿到了蓝色的文学硕士学位证书。由此事我常想，莫言今天的成功绝非偶然！

　　文学创作研究生班的学员都是从事各种体裁的文学创作并有相当丰富的创作经验的、颇有点名气的青年作家，针对这种情况，于是采取了同一般文艺学研究生班不同的教学方式。一是开设《创作实践与研讨》这门学位课程，延请十几位在京的著名作家、诗人、评论家、编辑家担任这门课的导师。一位导师带二至三名学生，以拜师带徒的方式进行辅导。实践证明，这种培养方式对于进一步提高学员的写作能力是很有效的。更重要的是拜师带徒的方式，使学员与导师形成一种比较稳固持久的师徒关系，可以使被辅导的青年作家长期受益。我曾陪同学员冯敬兰等到老作家宗璞家进行辅导，陪同简宁、陈虹等到诗评家谢冕教授家进行辅导，陪同王明义等到老作家汪曾祺老先生家进行辅导，学员们都感受到一种亲切温暖的气氛，也被老作家们关心提携、悉心指导青年作家的热情感动着。

　　另一种行之有效的独特教学方式是举办学员的作品研讨会。这是鲁迅文学院从文讲所以来采取的一种传统的教学方式。文学创作研究生班从正式开班到毕业，两年间共举办两次学员作品研讨会，均于1990年上半年举办。春天时，先与《十月》杂志编辑部联合举办刘恪的《红帆船》及其中篇小说系列"长江楚风系列"研讨会。刘恪是湖南岳阳人，1988年春进入第四期文学创作进修班进修，之前毕业于湖南师大中文系，在葛洲坝工程局编过一段时间的文学杂志《江河文学》，并开始文学创作，发表过中篇小说《猎人家族》等引起反响的作品；1988年秋进入文学创作研究生班的预备班之后，即开始包括《山鬼》《红帆船》《砂金》《寡妇船》等四部中篇小说在内的"长江楚风系列"的创作，并陆续在《十月》等刊物上发表。在研究生班里，刘恪是一位文化基础比较扎实、创作又比较勤奋的学员，因此研究生班同《十月》杂志编辑部针对其作品举办了规模较小的教学性的研讨会。但由于这个研讨会是在1989年那场政治风波后不久举办，又请了一些被无端扣上"自由化"帽子的著名文学评论家参与，故有好事者兴风作浪，上下其手，准备把这次小小的作品研讨会打成"自由化"的"黑会"，差点酿成一场文坛风波。好在时任鲁迅文学院院长的唐因及时站出来，说这个会是由他这个"无产阶级革命家"出面举办与主持的，方向正确，学术规范，没有任何政治上和学术上的问题，这才粉碎了某些无事生非的小人的阴谋，最终安然无事。到了1990年夏天，我们又为王宏甲的长篇报告文学《无极之路》举办了一次规模很大的作品研讨会。王宏甲来自福建建阳，1987年春进入鲁院第二期文学创作进修班学习，结业后转入西北大学中文系本科插班学习，后又被招入创作研究生班预备班；他原来从事小说创作，发表过一些短篇小说，关于宋代清官宋慈的长篇小说出版后颇有些影响。正是1987年上半年在鲁院第二期进修班学习期间，他前往河北省无极县采访了当时任无极县县委书记的刘日，于是日积月累，有了相当丰富的素材，在进入文学创作研究生班之后，即开始长篇报告文学《无极之路》的创作。该稿完成于1990年春，旋即由解放军文艺出版社出版。我们与该社于1990年6月为其举办作品研讨会。这次研讨会比起刘恪的"长江楚风系列"研讨会来,规模大多了,也风平浪静了许多。但在会上,莫言有一番"歪瓜裂枣"的宏论,引起与会者的一片笑声。

三 秋种春收硕果累累

　　首届文学创作研究生班的预备班开学于1988年9月21日,正是北京的金秋季节;到这个班毕业之际,则是1991年1月中旬,虽值隆冬时节,但离春天已为期不远,故以"秋种春收"名之。经过连预备班在内的两年半时间的学习,参加这个班的40余名青年作家都有不少收获。他们除了完成14门学位课程和专题选修课程、各修满了30分以上的学分外,在创作上也获得颇多收成。因为一群思想活跃、创作力旺盛的青年作家相聚一处,进行交流切磋、互相激发,对于创作是很有好处的;再加上文化视野的拓展,理论水平的提高,文学创作的自觉性和方向感都有了进一步的提高。于是,在这个班学习的大部分作家在创作上都进入一种积极或者喷发的状态。据粗略统计,两年半中,全班学员共创作和发表了小说、散文、报告文学、文学评论等各种样式的文学作品1300多万字;诗歌44000多行;电影、电视剧本18部。其中,仅刘毅然一人所发表的小说就达93万字之多,他另外还写了四部电影剧本,产量为全班之最;简宁发表的诗达11000多行,为全班之冠。从作品创作和发表的数量来看,是相当惊人和喜人的。在全国的各种文学期刊上,这个研究生班学员的名字频繁出现,且常排在显著的位置上。仅以1991年第一期的《人民文学》而言,这一期刊物所发表的八篇中短篇小说之中,就有五篇出自这个研究生班学员之手,其中仅有的一部中篇小说《未完成的拉奥孔》也是这个班的学员蔚江所作。我还应当时湖北《长江》文学丛刊编辑部之约，为他们编了一期"文学创作研究生班作品专辑"，发在《长江》1989年第五期，作品包括刘恪的《山鬼》、毕淑敏的《君子于役》、刘毅然的《乡村歌手》等三部中篇小说，肖亦农的《河边碎事》、余华的《与史铁生的第四次见面》、王明义的《老木——蚂蚁湾人物之一》、陈虹的《流浪》等四篇短篇小说，也算是对研究生班学员创作一次较为集中的展示。

在文学创作研究生班学习期间，除了为刘恪的中篇小说"长江楚风系列"和王宏甲的长篇报告文学《无极之路》举办过作品研讨会，使其产生较大的影响外，以下一些学员的作品也产生过相当大的影响：李沙青反映中国西部风貌的报告文学《依稀大地湾》以其思想和艺术质量荣获一百家文学杂志共同发起的"中国潮"报告文学征文一等奖；刘毅然的电视剧本《共和国之恋》和彭继超的电视剧本《共和国不会忘记》，以其爱国主义激情和感人的艺术力量分获全国优秀电视系列节目国家级特等奖和一等奖；刘震云一部反映机关日常生活的中篇小说《单位》和毕淑敏描写昆仑山上一个女兵感情经历的中篇小说《补天石》，均由于深刻反映当代中国人的生活和心态而获得北京市建国四十周年优秀作品奖。此外，莫言、余华和迟子建等人的作品影响也较大。莫言的作品在20世纪80年代末90年代初即引起了国内外的关注和讨论，不仅有不少文章评论他作品的思想艺术特色，而且有专著研究他的创作倾向和艺术风格；余华的小说在艺术上独树一帜，短短的两年多时间，便有二十多篇评论，国外也有学者在研究他的创作，在研究生班开办期间，我就接待过一位来自美国耶鲁大学的学者向我采访有关余华的创作情况，准备专门研究余华的创作；迟子建是这个研究生班最年轻的一位女作家，她继《北极村童话》之后，创作发表了一批充满北国情调的中短篇小说，引起文坛内外的关注。

当然，这个文学创作研究生班的收获并不限于创作方面，而是多方面的。诸如理论水平的提高、知识结构的改变、艺术视野的开拓和艺术思维的活跃等方面，而更重要的是该班40多位学员有了一段重要的人生经历和文学活动经历。这段经历使他们进一步认识到文学的使命和价值，从而进一步端正了创作态度，也可以这么说，研究生班是他们创作经历中一个重要的加油站。在回顾两年半学习生活的总结座谈会上，不少学员在发言中认为这两年半的学习生活是难以忘怀的，收获也是很大的。莫言说，这两年半"在人生道路上，走了很重要的一步"；寇宗鄂说，比较系统而又联系创作实际的教学活动使自己"理论上提高了，思想更活跃了"；毕淑敏说，这两年多的学习生活使她理解了"文学有一种特殊的规律"，将左右她的"文学态度"，决定她的"人生道路"；宫魁斌说，这两年多学习生活的收获，"其作用很可能在好些年以后会显示得更大"。这些看法，大致传达了全班学员的心声，这种对文学认识的提高，也许是这个研究生班两年半学习生活一种无形却更重要的收获。

这个班的收获还表现在学员们毕业后两年内硕士学位论文的撰写与答辩方面。两年之中，除少数几位没有申请学位和个别申请了学位却因所撰写的硕士学位论文不合格而未能提交答辩外，其余30多位学位申请者均撰写出合格的学位论文，通过答辩，获得了硕士学位。我作为答辩委员参加过他们的答辩、审读过他们提交的学位论文，发现他们的论文水平出乎意料之外，大都在优良水平，同别的普通文艺学研究生的学位论文相比毫不逊色。由于文学创作研究生班的学员大都有较丰富的创作经历，因此他们提交的论文中也都包含着他们的创作经验，具有理论联系实际的长处。而其中，特别优秀者有这么三位作家的论文：一是余华的《论现代派的真实性》，余华从20世纪80年代中期以来，即以先锋派的面目出现于文坛之上，并成为中国当代现代派代表作家之一；在这篇学位论文里，他结合自己的创作实践，运用两年多来学到的有关文艺学的知识，阐明现代主义与现实主义的区别与关联，对现代主义的文学本质有了深刻而独到的阐述。二是莫言的《文学创作与童年经验》，这篇学位论文是在童庆炳教授悉心指导下完成的。从儿童心理学的角度，运用创作心理学的知识，结合他自己的创作经验，深入地阐述了文学创作中一个带普遍性的创作心理学的重要课题。三是毕淑敏的《当代苏联文学若干问题——寻找拉斯普金的"元语言"》，这一学位论文是在《创作美学》课上受到童庆炳讲授的关于"元语言"的理论的启发，并在童庆炳、程正民两位教授的悉心指导下完成的。它从苏联当代著名作家拉斯普金的创作切入，深入解剖拉斯普金作品中的"元语言"，然后开展关于苏联当代文学中若干问题的讨论。程正民教授在苏联当代文学研究方面颇有建树，他同童庆炳教授联手指导，使毕淑敏受益匪浅。当然，毕淑敏也是公认的这个研究生班最为优秀的学员之一；她家住北京南郊宋家庄北京铜厂的宿舍，上学期间，在北京铜厂还有一些工作，因此只能走读；每天一早她从北京的东南角到东北角，要乘一个多小时的公交车赶来鲁迅文学院上课，从未迟到过，也从未缺过课，这是很难得的。而更难得的是，她那种孜孜以求、刻苦钻研的精神，使她在理论学习和文学创作上均获得丰收。因此，她能写出如此优秀的学位论文并不稀奇。

当然，这个研究生班学员的丰硕收获是在他们毕业二十余年中逐步显示出来的。他们之中的不少人创作日趋成熟，并屡获国内外大奖，成为当代中国文坛的栋梁。这一切，更加显示出这个研究生班收获的丰硕、生命力的绵长。

四　我与首届文学创作研究生班

首届文学创作研究生班已经成为一段历史，学生们也已毕业二十年有余了，当年的文学幼苗大都已经长成文学的参天大树。可是，我仍然忘不了放不下那段创办研究生班以及陪伴四十多位学生走过的两年半风雨岁月！每看到当年的学生们在创作上取得一份新的成绩，接到当年的学生们每一声问候，一股暖意就油然而生，就感到有一股继续前行的力量。是的，我是为首届文学创作研究生班付出过一些心血，但是比起付出，收获得更多——收获的是友情与希望。一些青年朋友的友谊持续至今，已有四分之一世纪；他们前进的步履与不断的文学收获也给我带来莫大的安慰与希望。这几年的经历，在我七十多岁的生命旅程中和半个多世纪的文学生活中，是最值得记取的一段。因此，可以这么说，如果有可能和需要的话，我愿意再付出一次！

二十余年来，不少学生同我保持联系，有着深厚绵长的友谊，兹举出若干于下：

毕淑敏与冯敬兰。她俩都学过医，当过医生，1988年春一同进入鲁迅文学院第四期文学创作进修班学习。同年秋冬，分别转入首届文学创作研究生班的预备班，然后经考试进入研究生班。入学前，毕淑敏是北京铜厂医务所医生、所长；冯敬兰则在华北油田某采油点工作。进修班期间，我们曾联合河北省文联、华北油田为冯敬兰举办过规模相当大的作品研讨会，随后，我又为她写了《冯敬兰小说创作初论》，发在《长城》杂志上，长达万言。大概自1989年始，我由于过度劳累患高血压病，那时毕、冯二位每日轮流来给我量血压、配降压药。正是她们的细心照料才保证我在繁重的研究生班教学期间能正常工作。后来，毕淑敏一直"兼任"我和我全家的医疗顾问，每有小恙，即致电咨询，而毕大夫则有问必答，毫无厌烦之状。90年代中期，我又添上了糖尿病，毕、冯更是关怀备至。有段时间心脏病也来凑热闹，冯敬兰还把她爱人、原曙光电机厂厂医院院长请来给我看病，不仅开处方，还管配药。就是因为他们的照料，我逐渐康复，并能坚持工作到今天。90年代中期，我带着一个残疾的孩子生活，每到过年过节，尤显孤苦伶仃。有一年大年初一，冯敬兰领着女儿带着案板、擀面杖、面粉和肉馅来到我家，为我们父子包了一顿美味的饺子，令我感动至今！

余华与陈虹。余华是有才气和成就的，这在1987年春他从浙江一个小县城来鲁院进修时我就看出来了。他说话不多，且有点口吃，因此不善言谈，但他的心是真诚的。陈虹则是经过九灾八难才走出巫峡边的那个小县城巫山，走进鲁迅文学院，进了文学创作研究生班，继续她的诗歌创作之路的。余华与陈虹，他们从相识、相爱到结为伉俪我都是一个见证者。研究生班毕业后，陈虹参军到了空政文工团创作室，余华为了她放弃在嘉兴文联的工作，漂泊到北京成了自由撰稿人。但他们有了一个美满的家庭,有了一个可爱聪明的儿子。这个儿子叫余海果,小名"漏漏"。我同他们一家,自然有着联系。漏漏小时候过生日,大概是8月27日吧,我还赶过去同他们一家为孩子庆祝,分享天伦之乐呢!

刘震云。他从北京大学中文系毕业后即到《农民日报》当了机动记者。20世纪80年代初开始发表小说,《塔铺》《单位》《一地鸡毛》等中短篇小说使他一举成名。因为他住在《农民日报》分的宿舍里,便同鲁迅文学院成了近邻。1988年春夏之交,这位已成名的记者、作家,有时会穿着拖鞋抱着他刚一岁左右的女儿妞妞(大名刘语林,现已长成靓女,在美国纽约大学就读电影系)到我办公室喝茶、聊天,偶尔他会放下孩子到院里打打篮球。听我聊起正在筹备举办文学创作研究生班的事,他也来了兴趣,率先报了名,我们当然毫不犹豫地录取了他。其实,刘震云报考并进入这个研究生班并非为解决学历和寻找出路。他家住得近,不用住宿,而是走读;他是机动记者,不用坐班,也耽误不了工作。但他也是从来不缺课的。他同我的关系在师友之间:既是师生又是朋友。有一次,他来办公室小坐,把广东著名女作家刘西鸿委托他要求插班进入研究生班的信函给我看,后来信就留在我处,而信封却搁在农民日报社他的办公室里了。由于研究生班开课大半年了不便插班,此事只好作罢。可没想到那个空信封却惹了事,有一天刘震云的爱人小郭到刘震云办公室时发现了刘西鸿寄给刘震云的信。这封只有信封没有信函的来信让小郭好生纳闷,于是查问究竟。震云的解释可能难以过关,只好请我到他家里说个明白。听了我的说辞,小郭也就释然了。我也顺便在震云家蹭了一顿饭,震云为此专门买了一只烧鸡,算是盛情款待了。多年后，妞妞长成大姑娘了，同她父亲到我家小坐，提起当年在她家吃饭的事说道："爷爷，当时我家条件不好，只好请你吃烧鸡、喝稀饭，以后我请你吃一顿大餐。"震云说，妞妞有她奶奶给的压岁钱，还真有钱请吃顿好饭呢！可是，十余年过去了，妞妞的这顿大餐还没开吃。我很希望妞妞能像她的父母一样出色，学有所成后导演出一部获得奥斯卡奖的电影，然后再请我吃大餐……

迟子建。1987年春天，她带着《北极村的童话》走进鲁迅文学院的大门，参加第二期文学创作进修班。那时，她刚刚毕业于加格达奇师范学校并留校任教。在半年进修中，她不怎么引人注意，但这个来自大兴安岭的有才气的小姑娘终于脱颖而出；那年夏天进修班结业后她转入西北大学中文系本科插班学习。秋天，我到西安为函授班举办面授活动，她一听说就赶到旅馆来看我。适逢我不在便留下字条，第二天我赶到西北大学去回访她。我在西北大学她的宿舍里读了好几篇她的小说原稿，着实被打动了。1988年夏天，当我们正在筹备举办首届文学创作研究生班时，我主动通知她来报名，并允许她带着西北大学在读生的身份来上研究生班。于是她可以同时取得西北大学本科学历和两院合办文学创作研究生班的硕士文凭。在研究生班学习的两年半中，我每次到她们宿舍探望时，她总是默默地削好一个苹果递给我。1991年春，她从研究生班毕业后回哈尔滨工作，大概先在《北方文学》当编辑。有一次出差到北京，住在距鲁院不远处的芙蓉宾馆，住下后给我打电话相约一起吃顿饭，这让我大大感动了一番。1996年夏天，我们同时参加于庐山举办的百花洲笔会，相聚数日间有过很好的交流。21世纪以来，我受聘担任哈尔滨市阿城市（区）文化发展顾问，常到哈尔滨去，也常见到她。可我一直未曾为她写过评论文字。直至前不久在《文学报》的《新批评》上看到翟某棒杀她的长文，才下决心利用去洛杉矶访问探亲的几个月时间好好地读一下子建的作品，撰写一篇评述她二十多年来创作道路和创作成果的评论，于是让她快递了一大捆书过来。

严歌苓。她是于 1988 年 12 月补充招生时经李凖介绍进文学创作研究生班的预备班的。那时，她已创作出版了"女兵三部曲"，即《一个女兵的悄悄话》《绿雪》和《雌性草地》，在文坛内外小有名气。进入创作研究生班后不到一年，她就退学申请出国。到了美国后，她同时考上了三所大学，最后选定哥伦比亚艺术学院小说写作系攻读英文小说写作。其间，我算是帮了点小忙，主要是为其出具一份在鲁迅文学院创作研究生班学习的成绩单。这份成绩单加盖了鲁迅文学院和北京师大研究生院的钢印，还有我和童庆炳教授两位班导师的签名，对于她在美国上学是有用处的。2000 年 6 月，我同她一起出席在温哥华举行的第四届"华人文学——海外与中国"研讨会（由加华作协与温哥华华人文化中心联合举办），那是分别十年后的第一次见面，彼此都很高兴。十几天后，我由加赴美，又到她位于旧金山湾区 Alanela 小镇上的家中做客，她和她的丈夫劳伦斯·沃克先生（中文名叫"王老乐"）在奥克兰市的一家上海餐馆招待了我。此后，她经常有机会回中国大陆，我也就有机会在北京见到她了。她几乎每次见面都热情地请我吃饭，并送给我她新出版的大量作品。

肖亦农。1988 年夏天，在审查报考文学创作研究生班的 80 多位青年作家的作品时，我读到肖亦农的报考作品，中篇小说《红橄榄》，并为此作而心动，自然录取了他。在研究生班的两年半生活中，我同肖亦农成了朋友，是能够随便聊聊开开玩笑的那种朋友，实属难得。我喜欢他那种既豪爽又粗中有细的性格。1990年的夏秋之间，他找了个机会，让我和王蒙、林斤澜、谢永旺、蒋子龙等文友访问鄂尔多斯草原。从内蒙古的包头、东胜到陕北的榆林、葭县跑了一趟。2008年6月，北京奥运会前夕，为了讨论、定稿他的一部写鄂尔多斯的长篇报告文学，我们一行又应邀再度访问鄂尔多斯。这一切，皆因有一个学生加朋友肖亦农在那里。

刘毅然。在进入文学创作研究生班前，他是解放军艺术学院文学系的教员，曾协助徐怀中同志办过军艺文学系的作家班。在研究生班的两年半中，他的创作处于喷发期，共创作发表了93万字的小说，并创作了四部影视作品。他的中篇小说《遵守军规》发表时让我写了篇同期评论，题为《在那潇洒幽默的文字后面》，记得他来取稿的时候，我还没写完；他就在我那个客厅、餐厅兼书房的房间里等了个把小时才取走稿子。研究生班毕业后，他回到军艺文学系后多次请我过去讲课，还曾策划过把我调到军艺工作，后来由于种种原因而未果。之后他自己也从军艺转了业，干起专业的编剧导演来。前年，我还在他导演的电视连续剧播出时做了一回"老托儿"。

刘恪。他是研究生班最勤奋的青年作家之一，也是我可以托他办点私事的知心朋友。在他与陈染过日子的岁月中，由于他会做饭，也勤于乐于做饭，我曾多次去他们的家中蹭饭。后来，他编《新生界》大型文学季刊，在北京师大办作家班时也都想到过我，给我找些零活干。但是,《新生界》一停刊,他自己也没饭吃只好漂泊了。这些年,他不但教书糊口,也写小说和研究文体学,并出版了两本书:《现代小说技巧讲堂》和《先锋小说技巧讲堂》,均由百花文艺出版社出版。我也搞点现代文体学,刘恪为我提供了不少材料,我一直很感激惦念刘恪。如今他远在开封的河南大学教书,假期里回到北京时老打电话问候并总说要来看我,可至今没把他等来。可能他仍然在为生活奔波吧!

……

关于文学创作研究生班的故事,拉杂写来,够多的了,就此打住!

附笔:童庆炳教授与我同为研究生班班导师,本文在写作中得到他的支持,他还为我提供了一些重要材料,特此致谢!

2011 年 12 月 21 日

我所认识的冰心

冰心，原名谢婉莹，又名谢冰心。福建长乐人，1900年生，1999年卒。是一位完整走过20世纪的"世纪同龄人"，被称为中国当代文坛的"老祖母"。我当然也是读着冰心的《寄小读者》成长和走上文学道路的，但是真正认识冰心，并同她有些往来，却是迟至20世纪80年代中期的事。1984年岁末至1985年初，中国作家协会第四次会员代表大会在北京京西宾馆举行，我作为大会简报组的工作人员被派去对寓居于中央民族大学家属院里的冰心进行采访。记得会议期间的一个晚上，出席作协"四大"的江苏代表、《冰心评传》的作者之一、我的师兄范伯群先生与我同往冰心家里。见到多年想见却一直见不到的冰心，当然很高兴；而冰心见到我这个福建小同乡，也很高兴，她认了我这个小同乡，并表示我随时可以去见她。就这样，我同冰心有了断断续续长达十多年的往来。

一

记得第一次见到冰心先生的时候，她已85岁高龄。我和范伯群在那简朴的客厅坐定之后，她即告诉我们，这些年她已谢绝一切社会活动，足不出户，连她的母校贝满女中的校庆也不去参加了。只是每周抽出半天时间乘车到医院看看住院的老伴吴文藻先生。她说，谢绝一切活动，幽居家中，也许可以多活几年。

寒暄之中，她又问及范伯群小女儿紫江的近况。原来，紫江也是她的朋友，是她的小读者之一，曾到北京看望过冰心奶奶。紫江小时候我也见过，不过到了1984年年底，她已长成大姑娘了。老范告诉冰心先生紫江已出国留学了，她才放心。记得临告别时，她还签了一本书让范伯群带回转送他的女儿紫江。

接下来，我对冰心先生进行采访，请她谈谈对作协四大召开的感想与期待。她简要地谈了一些，后来由我整理并刊登在一期"简报"之中。

我还向冰心先生报告说，前些年我同几位文友编成一册《现代散文百篇赏析》，是为中学生和文学爱好者编的，其中收录了现代、当代名家的百篇散文与杂文，每篇之后均有一段一千多字的赏析文字。冰心的三篇散文也在其中，即《笑》《通讯十七》和《每逢佳节》，文后的赏析均是我撰写的。此书由我去请叶圣陶先生题写书签，已于1981年1月由天津人民出版社出版，第一次就印了56000册，此后又重印了几次，累计印数过十万册。她听了很高兴，希望我带一册给她看看。可惜我身边已无此书，仅有的一册也被人借走了，故一直没带给她。记得后来见面她还催问过一次，实在对不起她老人家。

自1984、1985年之交初次拜访冰心先生以后，一直想再次拜访，苦于没有机缘，也不想轻易去打扰她的平静生活。但对关于她的各种信息，还是十分留意的。

首先听到的消息是，吴文藻先生逝世了，冰心先生得此噩耗十分淡定，大概是有充分思想准备之故。不过，从此她就要孤身奋斗于世了。回想从 20 年代在赴美留学的轮船上与吴文藻先生定情，直至相守已逾半个多世纪，现在却孤身一人，这种大悲能从容相对，实在称得上是不凡了。

然后在刊物上读到她老人家的系列散文《关于男人》。第一篇是写她的老伴吴文藻，还有一篇是写国民党名将孙立人，读了颇有兴味，好像还给先生打了电话表示祝贺，并表示喜欢这一组文字。先生以近九秩之高龄仍笔耕不辍，实在令人感佩。

然后又听到她由于赶译一篇重要文章而患小中风的消息。她身体虽然无大碍，但行动不便，只能困守她那书房兼卧室里，继续会客、继续笔耕。但厅里已有女儿吴青、女婿陈恕把守，要见冰心先生，需得到他们同意才能进入冰心先生的书房兼卧室。

后来还听到一则消息，先生九十寿辰时，中央某些大员携牡丹花致贺，老人笑着对前来贺寿者说："我不是国色天香，担当不起；我喜欢玫瑰，我喜欢浑身长满刺的玫瑰。"此言一出，让他们好不尴尬啊！

二

1991 年 5 月，又一届的"青创会"在北京东郊的二十一世纪饭店举行。会议好似易名为"青年作家代表会"。会议结束时，福建代表团的青年作家找到我，希望我带他们去拜访他们崇仰的老乡冰心先生。这些青年作家有：原在福建漳州市担任市委组织部常务副部长，现任福建省文联党组成员、书记处书记，福建省作协主席杨少衡；福建省作协副主席、厦门大学教授林丹娅；原在福建省建阳文化馆工作、在我担任班导师的鲁迅文学院首届文学创作研究生班毕业、现为中国人民解放军总后勤部创作室创作员的王宏甲；原在福建沙县邮电局工作、后调《厦门晚报》当记者、现笔名须一瓜的著名女作家徐平；原在《福建文学》做编辑、现为福建文学院常务副院长的吕纯晖。此外，还有小说家北村、诗人汤养宗等七人，当时在《文艺报》当编辑的温金海也表示要一起前往。我同冰心家通了电话，大概是吴青接的电话，报告冰心得到同意后，我们九个人分乘两辆出租车前往西直门外魏公村中央民族大学的家属院里拜访冰心老人。

冰心的家在一幢很普通的灰色宿舍楼的二层。我们摁了门铃后，吴青热情地把我们迎进客厅，告诉我们，由于去年老人突击翻译一篇文章，得了小中风，行动不便，只能靠美国人送的助行器在屋里走走，连她家里的客厅都不怎么出来。因为室内氧气有限，要求我们只谈半个小时。但当我带领七八位小老乡鱼贯走进冰心的卧室兼书房时，端坐在写字台前的老人显得非常高兴，高兴得如同一个小孩子。她告诉我们，可以不理会吴青的时间限制，愿意待多久就待多久。那是五月中旬，一场春雨刚下过，空气显得特别新鲜，冰心房间的窗户打开了，清新的空气可以随时进来，这样就不必担心室内氧气不足了。老人家首先说："何镇邦，我把书房的电话告诉你，以后你什么时候想来见我，可以直接打这个电话。"说后即在一个纸片上写下她卧室的电话号码交给我。然后照例让我们在她准备好的一个中学生作业本似的笔记本上签名并写下各自的通讯地址，又分别同到来的客人照相后，才让我们坐下聊天。

冰心老人首先招呼说:"女孩子坐到我身边来!我最喜欢女孩子,女士优先嘛!你们看,我的书橱里只有我唯一的一个孙女的照片。"于是,女作家林丹娅、徐平(须一瓜)、吕纯晖便一一走过去围着老人坐下,大家也便无拘无束地聊了起来。

冰心首先同到访的福建文坛晚辈聊起她在福建的故居,即位于三坊七巷之一的杨桥巷十七号。这原是在广州参与起义后因受伤被捕的黄花岗七十二烈士之一林觉民的祖屋。此屋后来被冰心的祖父谢銮恩买下。幼年的谢婉莹在山东烟台的海军学校随父母度过一段童年生活后,曾回到福州,同祖父、老姨太一起在杨桥巷十七号老屋生活过一段时期。聊起杨桥巷十七号的老屋,冰心老人神采飞扬。她说前些年,也就是她七十九岁时曾写过一篇题为《我的故乡》的散文,其中对杨桥巷十七号的老屋有这么一段描写:

> 我们这所房子,有好几个院子,但它不像北京的四合院。只有一排或一进的屋子前面,有一个长方形的天井,每个天井里都有一口井,这几乎是福州房子的特点。这所大房子里,除了住人以外,就是客房和书房。几乎所有的厅堂和客室、书房的柱子的墙壁上都贴着或挂着书画。正房大厅的柱子上有红纸写着很长的对联……

2012年5月底,我应邀到福州参加"海峡两岸作家论坛",会议期间,论坛主办方组织两岸与会作家参观三坊七巷时,我还特意仔细参观了杨桥巷十七号的老宅。正如冰心在《我的故乡》一文中描述的那样,它的确是一所很讲究并富于文化氛围和历史价值的老宅。

随后她又同来自厦门大学的林丹娅聊起了厦大。冰心老人说,当年厦门大学的校长萨本栋还是她的外甥呢。萨校长还得叫她"小姨",因此她同厦门大学格外亲。丹娅把厦大近些年发展的概况一一向老人汇报,冰心听后开心地笑起来。

我们的话题很自然地移到刚闭幕的这届"青创会"上来。当这些来自家乡的青年作家们告诉老人她与巴金先生的祝词特别受到与会青年作家们的欢迎时,她语重心长地说:"我一向主张用心写作。也就是说,没有真情实感时,不要为写作而写作。希望你们心里想说什么就写什么,不要没感情时因为人家让你写就写。当然,还有两种情形,一是为他人而写作,人家让你写什么就写什么;一是为赚取稿费而写作。这两种情形都是难以避免的,但总不如用心来写作,写真情实感来得动人,写得真诚。"老人的这一席话,说得在场的每个人都点头称是,表示颇受启发,要铭记心中。以后一定要按照冰心老人的话去做,用心来写作,而不为他人和赚取稿费而写作。

大家自然而然地谈起她的作品来。当大家表示喜欢她早年写的《寄小读者》和后来续写的《再寄小读者》时,她幽默地说:"当年的小读者现在都太老了!"大家不禁笑了起来。我又告诉她,除了《寄小读者》外,收在《冰心散文集》(北新书局1932年版)、《樱花赞》(百花文艺出版社1962年版)等散文集中的佳作,广大读者也都很喜欢,诸如《笑》《一只木屐》《小橘灯》《每逢佳节》等篇什,我在中学教语文时,都选出来让学生反复诵读,后来又收入我同几位文友一起编选、赏析的《现代散文百篇赏析》之中。而近来，我更喜欢她近年来陆续发表的两个系列散文《关于女人》和《关于男人》，尤其喜欢《关于男人》中第一篇写她的老伴吴文藻教授和最近的一篇写孙立人将军的。于是，话题又转到回忆她的老伴吴文藻和挚友孙立人的话题上去了。她的老伴吴文藻是位著名的社会学家，新中国成立后就任教于中央民族学院，他们从20年代相识并结合以来，相伴数十年，相濡以沫，风雨同舟，不离不弃，作为《关于男人》的第一篇，实际上是对吴先生的回忆与哀悼。而孙立人将军呢，虽为国民党阵营中的名将，但由于就读于清华大学和美国西点军校，并非出身于黄埔，非蒋之嫡系，并不受蒋之重用，到台湾后还遭蒋氏父子迫害软禁于台中。孙立人系冰心、吴文藻之挚友，故冰心先生撰文怀念他。

不知不觉之间，我们在冰心先生的书房里一聊就过去了一个半小时，大大超过吴青为我们设定的时间。为了让老人休息，我们便决定告辞。这时，老人一再嘱咐我们到她的客厅里看看当年梁启超送她的一副手书的对联。我们遵嘱到客厅稍事停留，看到这副对联，上书："世事沧桑心事定　胸中海岳梦中飞。"我们反复观看揣摩这副深含人生哲理的对联，突然发现，这正是冰心的心境写照，也是她的人生座右铭。唯其如此，她才从留学多年的美国威斯利学院把它带回国，并几经周折颠沛，一直把它带在身边，现在又把它作为宝贵的精神财富传授给来自故里的文学晚辈！

三

当年（1991年）秋日，也就是11月初吧，我又带了几位正在鲁迅文学院进修的青年作家去拜访冰心老人。因为5月中旬与来京参加"青创会"的福建青年作家到冰心老人家拜访文坛"老祖母"之行深受教育,又看到老人精神矍铄,于是我又打电话提出申请,自然又得到她老人家的允许,并受到她热情的接待。5月的拜访是在一场春雨之后空气清新的上午,窗户可以打开通风;而11月初的这次拜访,秋风渐起,又是在午后,门窗紧闭,氧气不多,故不敢多待,大概不到一个小时就告辞了。

照例是签名、照相,然后进行无拘无束的聊天。我们的谈话从老人的作品《寄小读者》到《小橘灯》,从《一只木屐》到《每逢佳节》,主要是谈论冰心先生的散文作品和读后的感受。冰心先生首先谈了当年写《小橘灯》的情景。抗战时期,他们一家居于陪都重庆,生活贫寒,同院住着一位女孩子,大概同她的小女儿吴青一样大,经常同他们一家来往,《小橘灯》就是以这个女孩为原型写成的,充满爱心,也有点伤感。接着,她又同我们谈起了《一只木屐》的写作情况。1949年,她曾任教于东京大学中国文学系,亲身经历了日本人民战后贫苦的生活情景,她说日本人民战后同样备受战争带来的痛苦,她同日本人民的心是相通的。1951年她和全家离开日本回国。文章中写的那只小木屐,正是她小女儿吴青随同她回国登上轮船时扔到海上以表达对日本人民怀念之情的……至于我一再提到的表现冰心新的文风的《每逢佳节》,则是她20世纪50年代从事文化外交的一些经历和心态的记录,从中更可以读到她的爱国之情和宽广的胸怀。我在为此文写的一段赏析文字中指出:"冰心的这篇抒情散文既能'曼其声',又能'长其袖'。因此,既能令人感到热情洋溢,及于言表又令人觉得波澜起伏、跌宕多姿。还必须指出,由于扫尽她早期散文中那种忧愁的情思,以炽热的爱国热情代替温柔的母爱，文风也为之一变，清新秀丽中又显得奔放浑厚。"我把这一看法告诉她，她表示首肯。同冰心老人的一席谈话，自然让崇拜和热爱冰心奶奶的青年作家们听得入耳入心，也让我们看到冰心那颗博爱的美丽的心！

多少年过去了，我和我的学生们还经常回忆起当年到冰心家做客的情景。一位来自内蒙古海拉尔的青年作家，多年后还在一篇长文中回忆起这次到冰心家做客的动人经历，字里行间，洋溢着对冰心老人的崇敬与感激之情。

四

自打1991年秋带领几位学生到冰心家拜访她之后，我又一连好几年没去拜访，这自然还是怕去打扰她。老人已年逾九旬，又有那么多重要的事情要做，那么多重要的人物要见，那么多重要的文章要写，我怎么忍心老是去打扰她呢！

但是，大概到1994年的春节前夕，老诗人牛汉带了一位来自河南郑州的青年朋友来鲁迅文学院的办公室见我，言及当年的"六一"要在郑州举办国际童话节，要我帮他做些筹备工作，其中包括带领他去拜访冰心，请她老人家担任国际童话节的顾问，并为之题词。记得我打电话到冰心家联系时，得知老人前不久因病住进北京医院。我们准备了一个玫瑰花篮赶往北京医院。在医院的病房里，看到冰心的女婿陈恕先生侍奉在侧，而冰心老人则安卧于病榻之上。看到我带人来到，老人坐起来同我握手；我握着她的手，感到绵软如棉，顿觉一阵心酸。手肿如棉状即是心衰的一种表现。但是当我看见病榻之旁的床头桌上放着老人手书的"我已九十五岁"

的字迹，并听到她答应担任国际童话节的总顾问，又奋力坐起来为国际童话节题词时，我又为她坚韧的生命力和助人为乐的热情而感到释然。老人对我们送去的由许多玫瑰花制成的花篮特别表示感谢，她再一次告诉我，她喜欢带刺的玫瑰。

自从在北京医院见到病中的冰心之后，就再也没见过她。当然，几年中，我一直挂念着她，有时也打电话打听她的病情。直到1999年2月底，我正在济南探亲时，才得知她病逝的噩耗。此时，她已99岁高龄。赶回北京后，虽然赶不上为她送行，但在3月初，我写了一篇三千字的文章，题为《遥望远去的冰心》，交山东济南的《齐鲁晚报》发表，算是对冰心的悼念。

五

1999年3月下旬，我由北京南下，经镇江、上海、福州回到闽南，为逝世20周年的母亲扫墓。3月30日，我由沪飞榕，当班机降落在长乐国际机场时，时任冰心文学馆常务副馆长、冰心研究会秘书长的王炳根先生驾车来机场接我。炳根是我多年的朋友，为冰心文学馆的筹建，为冰心研究会的会务耗费心血，近年来在冰心研究上也颇多建树，硕果累累。他接到我之后，提议在进榕城之前先到冰心文学馆参观一下，这正是我求之不得的事。

3月30日这一天，正是冰心先生离我们远行一月之际。我们驱车来到位于福州的卫星城长乐市郊新辟的"爱心公园"，发现占地数十亩的冰心文学馆就建在这别有一番情趣的小公园的边角上。"爱心公园"的匾额乃冰心先生生前手书，而"冰心文学馆"与"冰心研究会"两块牌匾乃出自当代著名书法家、冰心的挚友赵朴初先生之手。小公园里,有水池、树木和草地,还有一些亭阁和拱桥,游人虽然不多,却均怡然自乐。而冰心文学馆呢,则由展览厅、办公楼和招待所三部分组成,系一组庭院式的建筑,颇为别致。

冰心文学馆的筹建大约始于 20 世纪 90 年代中期。当时,我在北京听到来自家乡的消息说,为了表达对冰心这位与世纪同龄、成就卓越的文学家的尊敬,福建省人民政府和福建省文联把筹建冰心文学馆的事宜提到了议事日程上,正在筹款、选址。据说文学馆原拟建在福州城里,但后来冰心祖籍的长乐市人民政府希望把馆舍建在长乐市,并无偿划拨一片土地供建馆之用,同时规划建设一处"爱心公园"。这一消息自然让我们在京的闽籍文友十分感奋。

与冰心文学馆筹建同时进行的是关于《冰心文集》的编辑出版工作。此项工作由海峡文艺出版社负责。据我所知,《冰心文集》共有七卷本、八卷本和九卷本三种版本。七卷本出版发行时还在北京人民大会堂举办过盛大的出版座谈会,我也有幸应邀参加。《冰心文集》的编辑、出版、发行,也是一项重大的文化工程,同时也是对冰心这位与世纪同龄的文学家最好的纪念。

冰心先生的乡情始终是浓得化不开的。她虽然在家乡生活的时间不长,但始终关心着家乡的一切。在晚年闭门谢客之际,只要是听到来自福建或在京的同乡去看望拜访她,都一律开绿灯,表示欢迎。上文已提及,1991 年 5 月,几位来自福建的青年作家来京参加中国作协召开的全国青年作家代表会之后,在我的带领下去拜访这位文坛的老前辈,表达一点家乡人民对冰心老人的感念。其时冰心由于刚赶译一篇急件而轻度中风不久,行动不便,一般是不接待来访客人的,但这次却例外地接待了来自故乡的几位青年作家,并且一聊就是一个多小时，对故居的一砖一瓦一草一木都充满深情，这使我们沐浴着温暖的乡情。实际上，从80年代中期起，我这个福建同乡就得到老人"什么时候想来看我就什么时候来"的"特别通行证"，感受到乡情的温暖。1999年3月底我在福州逗留期间，到海峡文艺出版社做客，见到新增订出版的《冰心文集》九卷本，其中增收了不少冰心先生的书信和短文。有篇短文是先生1986年6月7日为长乐横岭乡（谢父祖居之地）谢氏宗谱写的序文。此序只有寥寥数百言，却表达了先生浓浓的乡情。她在此"序"中指出，"对家史的注重和关怀，是爱祖国、爱人民的起点！"诚哉斯言！冰心先生是始终把爱乡与爱祖国联系在一起的。她的一片依依乡情，正表现出她热爱祖国、热爱人民的拳拳之心。

我一边回味着冰心先生的依依乡情，一边在王炳根先生的引导下徜徉于冰心文学馆的展厅，仔细端详展厅里的每一件展品。这个展厅，从反映冰心成长过程的图片到她的著作的各种版本及其译文的陈列，再到她童年故居、青少年时代北京旧居以及80年代以后在中央民族学院寓所的陈设状况的展示，兼及有关冰心研究成果的陈列，可以说相当完备周详，给人留下深刻生动的印象。因为在一个特殊的日子里参观很有意义的冰心文学馆，自然唤起我浓浓的乡情，也唤起我对冰心老人的思念。因此，当参观完展厅之后，冰心文学馆的工作人员要我题字留念时，我即毫不犹豫地挥毫在展开的宣纸上写下"乡情依依，风范长存"八个大字，这也许正是我心底涌出的对冰心先生的纪念。

2012年9月7日至8日

福建文坛"三老"

二十世纪的八九十年代,福建文坛有三位在诗歌、散文创作上成就卓著的老作家,被称为福建文坛的"三老"。他们是:蔡其矫、郭风和何为。"三老"已先后谢世作古,而他们生前同我都有过一些往来。于是,写完关于冰心先生的忆文之后,也分别写下对福建文坛"三老"的一些回忆。

蔡其矫

诗人蔡其矫是"三老"中同我交往较多,也是同我交情最深的一位。

蔡其矫于1918年底出身于福建省晋江园板村的一个华侨家庭里,村前福厦公路蜿蜒而过。80年代与他相识后,他曾在车上指着园板村的一座小洋楼告诉我,那就是他的家。8岁时,即1925年,为避军阀混战之乱世,蔡其矫随全家迁至印度尼西亚泗水,就读于泗水振文小学;1928年蔡其矫11岁时被父亲送回国,先就读于厦门鼓浪屿福民小学,后转学至泉州培元小学;1930年,13岁,入泉州培元中学。1932年,其祖母与叔父从印尼回来,在园板建洋房一座。从50年代起，蔡其矫经常回到那儿住上一段时间。1935年，蔡其矫18岁，转入上海暨南大学附中。1937年11月，蔡其矫奉父命率全家回印尼泗水，旋即又于1938年1月离开泗水回国，辗转奔赴延安参加革命。先入鲁艺，又于1939年参加三千里行军到达晋察冀抗日根据地。1940年，蔡其矫参加中国共产党，任华北联合大学文艺学院文学系教员。1952年，蔡其矫35岁时调中央文学研究所（后易名中国作协文学讲习所，即鲁迅文学院前身）任教员和教研室主任，算是我前后的同事。1957年底，文讲所停办，蔡其矫转为中国作协专业作家，然后被安排到武汉挂了一个九省水利建设"长江流域规划办公室政治部宣传部部长"的虚衔，开始深入长江水利建设工地，写长江。1958年主动要求下放福建，搞专业创作。从此直到他生命终止，一直待在福建，当然后来大部分时间还是回到北京位于朝阳门内竹竿胡同的老宅里。在这漫长的四十多年，他经历的坎坷、苦难，也是常人难以想象的。"文革"之后的80年代在故乡见到老诗人蔡其矫说起回福建的经历，真是不堪回首，唯有嘘吁。

我喜欢蔡其矫吟诵大海的诗篇，尤其喜欢他吟诵鼓浪屿的唯美的诗篇。1958年10月号的《诗刊》上发表了我大学同班同学吕恢文的长文《评蔡其矫反现实主义的创作倾向》，更引起了我对蔡其矫的关注，但是一直无缘会面。直到70年代末，当时主持《福建文学》编政的魏世英（魏拔）先生来信说发了一组蔡其矫推荐发表的舒婷的诗《心歌集》，拟配发诗评，于是我写了篇8000字的长篇评论给他们发出。老蔡大概见到了，很高兴，日后见面还提起此事。可见他对我的印象乃自《心歌集》的评论开始。

1987年我调到中国作协鲁迅文学院工作以后，同老蔡的往来就多了起来。他一回到北京，就常常骑着一辆破旧的自行车到位于朝阳门外八里庄南里的鲁迅文学院来找我聊天。从朝阳门到朝外八里庄正好八华里，即四公里，骑自行车，30分钟就可以到达。他到鲁迅文学院来有时是找学生、顺便访我；有时则是专门来看望我。一杯清茶，或一壶武夷山的茗茶，就可以聊上半天。话题从文坛到家乡，从鲁院的今天到文讲所昔日，有时也聊聊诗坛的情况，因为从80年代初开始，我的主要精力转向长篇小说的阅读和评论了，对诗歌创作比较陌生，故对诗界的情况也就聊不起来。有一次，我的学生、诗人萌娘（即贺平）同蔡其矫一起到广西北海参加一个诗会，回来聊起蔡老在会上活跃的情况。后来，蔡老来我处聊天，提起此事，他依然热情奔放，朗诵起诗会上写的诗来。但是，有一次蔡老来找我适逢进修班开学典礼，我请他一同到五楼大教室参加典礼，并请他一起到主席台就座。照理说，作为老同志，尤其是曾在文讲所工作过的老同志，一起到主席台上坐坐也不为过，但这个要求却遭到当时一位分管行政的副院长的拒绝。于是我只好陪蔡老在学生的座位上坐了一会儿，然后回到二楼我的办公室聊了一会儿，留他吃个午饭也被婉拒。大概从此之后，他就不到鲁迅文学院来了。那是1993年秋天的事儿。

此后的十多年间就很少见到蔡其矫了。因为我有时回福建，很少到福州去；而他到北京来，也再不到鲁院来了。90年代末，我从鲁院退休之后，联系起来就更不方便了。1999年，我途经福州返回闽南为母亲扫墓，在榕城逗留数日，蔡老似也不在福州，于是没见上面。直到2006年12月，中国作协"七大"在北京召开，听说他在北京饭店的客房里摔倒，遂即送协和医院抢救。2007年1月，他即病逝于医院，享年89岁。当年春天，我在《光明日报》上发了一篇关于蔡其矫的文章，算是对他的悼念。

郭　风

郭风先生是忠厚长者，著名的散文家。他是福建莆田人，1918年生，同蔡其矫同龄。他原名郭佳桂，1944年从师范专科学校中文系毕业后，先回乡任中学老师，次年才到福州任《现代儿童》主编。从此登上文坛。新中国成立以后，他历任《福建文艺》副主编，福建省文联秘书长、副主席，福建省作家协会副主席、主席，《榕树》文学丛刊主编，中国散文诗学会会长等职，是福建文坛资深的长者。福建历来是一个散文大省，散文名家灿若晨星，而郭风又是其领军人物，故其散文作品甚多。记得我上中学和大学时，对其散文诗集《叶笛集》颇为痴迷，购得一册，藏在衣袋里，经常朗读，有些篇章还背得出来。记得当年还模仿着写过一些散文诗，那时，多么希望能见到郭风先生。

同郭风先生取得联系，并见到他，迟至20世纪80年代之后。80年代初，我调到中国作协新建的创作研究室工作，分工阅读长篇小说，并参与首届、第二届"茅盾文学奖"的一些具体组织工作，郭风先生知道了，来信予以鼓励，并签名送我一本新的散文随笔集。可惜把送我的书与送曾镇南的弄调了包、寄错了，为此事郭风先生还当面道了歉。大概是80年代中期，我应邀在福州停留几天，讲了课，省文联有关同志陪我去拜访郭风先生。记得他当时还住在三坊七巷省文联的宿舍里，见面时无非是寒暄，不会有什么深入的话题。他讲的是莆田人的普通话,口音很重,连我这个福建人交流起来都有点困难。但是,他作为福建文坛的前辈,作为一位忠厚的长者,对我的殷殷嘱咐我还是铭记在心的。

1989年12月初,我陪汪曾祺、林斤澜游福建。先陪汪老由北京乘火车到福州,全程48小时,虽然买了软卧,但路途遥远,真是够疲劳的。可是当我们在一个清晨走下火车,走出车站时,却发现郭风先生领着省文联的一帮人在那里迎候,一下子让我们倦容全消,精神也振作了起来。原来是郭风先生听说汪曾祺先生由我陪同来闽经福州转漳州讲学,坚持要亲自到火车站迎候。两位文坛的老前辈、年过七旬的老人的双手紧紧握在一起,在初冬的寒风中都感到一丝暖意。共进早餐后,我们没有多停留,即转乘大巴到目的地漳州去了。在闽南活动十几天后,我们一行三人又回到福州,住了几天,又见到郭风先生,这次汪老同郭老单独聊,大概聊得比较深入些了。

打从那以后,我就再也没见过郭风,只是从福建文友那儿听到一些关于他的消息。他晚年也不怎么出门,连北京开会也不能来了。直到2008年1月,才听到他辞世的噩耗传来,这年,他正好90岁。

何 为

何为,原名何振业,他不是福建人,而是浙江定海人。1922年出生。他在上海电影制片厂工作时,曾写了一篇散文《第二次考试》发在《人民日报》上,从此成名。《第二次考试》在"文革"后的一年高考中被作为语文试卷的改写试题,因此影响深广。何为于20世纪50年代末期调到福建电影制片厂工作,任故事片编辑组副组长。1964年转为专业作家,曾任福建省作协副主席。

我对何为的了解始于在上海复旦大学求学时读他的《第二次考试》。"文化大革命"中,同他还有一段奇遇。那时,他由省城福州下放到地处闽浙交界的闽西北浦城劳动锻炼,简称"下劳干";我的前妻也从南平下放到浦城。我暑期返闽探亲,先到浦城,然后经南平返回闽南。有一次,在浦城长途汽车站登上由浦城开往南平的班车上,正好见到何为。通报姓名后,由于都姓何,即聊了起来。他是要到南平转火车回福州的,我则要到南平转火车回漳州再回云霄。他是颇有名气的作家,我则是一个中学老师,身份颇为不相称。但他很平和低调,仍然聊了起来,不过话不多。车到了建瓯县城附近,休息一会儿,乘客都下了车,我与何为即走到一个水车处观赏起来。闽北山区多有小河边装上飞轮转动带出水的水车,用以从河中提水灌溉以及饮用之用。这种古老的水车给那儿增添了些田园风光。何为观察得很细,几乎入迷了。直到车上的司机大喊"开车了",并按响喇叭,乘客纷纷跑回长途汽车时,他似乎才从梦中醒来,慢吞吞地登上汽车坐到他的座位上。他差点迟到,我真为他捏了把汗。因为在那荒郊野外,赶不上车是很麻烦的!我同他开玩笑说,老兄是不是想写写水车啊?他笑而不答。车到南平后,分道扬镳,从此再也没见到他。80年代后,我调中国作协工作,有时也到过福州,他却回上海住下,或又陪他儿子住到香港去了。

"文革"之后,他的散文创作似进入一种喷发期,《临江楼记》《春夜的沉思和回忆》《风雨夜航图》《园林城中的一个小庭园》等,一篇篇地发出来,产生相当深广的影响。但作为一位著名的散文家,他并不以作品的量多取胜,而是以作品的质高产生影响。清点一下他的散文作品,只有《第二次考试》《织锦集》《临窗集》《北海道之旅》等几部不厚的集子,但如果有人要写中国当代散文史,就不能不提何为的散文。

何为于2011年春悄然离世于上海。

2012年9月10日至11日

文坛上的"湖北三老"

在中国当代文坛上,湖北籍的作家、戏剧家、诗人、文艺家灿若夜空星星,张光年、曹禺(万家宝)、陈荒煤、秦兆阳、李健吾、严文井、王元化、邹荻帆、曾卓,等等,均为人们所熟知。我这里所说的湖北"三老",指的是张光年、陈荒煤和秦兆阳,他们均已先后作古,但他们生前均同我有些交往,给我留下深刻的印象;关于他们,我有话要说,而且说起来颇有点意思。

张光年

张光年,原名张文光,笔名光未然。1913 年 11 月 1 日出身于湖北省光化县老河口镇(现为老河口市)一个旧式钱庄职员的家庭。少年时代即投身革命,革命生涯与文艺活动均极其丰富并富于传奇色彩。他 15 岁即加入中国共产党。1935 年冬,他创作独幕剧《阿银姑娘》,其序曲《五月的鲜花》唱遍关内外,传唱至今;1939 年 2 月在延安养伤时创作的组诗《黄河大合唱》经冼星海谱曲,一举成名。后又赴重庆,到缅甸,回云南,1945 年抗战胜利后又辗转到达当时的北平,翌年又由北平进入晋冀鲁豫边区,担任过北方大学艺术学院主任和华北大学第三部副主任。中华人民共和国成立后，他先后担任中央戏剧学院教育长兼创作室主任，文化部艺术局副局长，《剧本》月刊主编，中国戏剧家协会党组书记等职，1957年调入中国作家协会，担任书记处书记和《文艺报》主编。20 世纪80 年代初，我被调至中国作协创作研究室工作，是时张光年正担任中国作协的党组书记。

第一次同张光年打交道，是在 1982 年底。首届茅盾文学奖从该年春天启动，在香山别墅办了两个月的读书班做初选工作，一直到同年 12 月下旬在北京颁奖，进行了近一年的时间。我参加了评奖的全部工作。记得 12 月下旬的颁奖活动在北京北新桥的华侨饭店举行，颁奖仪式是在人民大会堂小礼堂进行的，颇为隆重。在颁奖活动中，同时举办了为期三天的长篇小说创作座谈会。在我的记忆中，这是一次规格很高的创作座谈会，全国从事长篇小说创作的名家均云集于此，记得丁玲、杨沫、韦君宜均出席，并发了言。张光年的发言放在座谈会的最后，说是发言，其实是总结性的报告。他发言的题目是《主要问题是创造典型人物》，只有个发言提纲，即兴讲来，大概有两个多小时。于是事先要我做记录（那时好像没有录音），并于会后整理成文。发言的开头归纳了四句话，十六个字作为茅盾文学奖评奖的标准："反映时代、创造典型、引人深思、感人肺腑。"接着就重点阐述关于创造典型的问题。他在发言中对"典型"这个文艺理论中的重头问题做了深入浅出的阐述，他给"典型"下了这么一个看似浅显却很深刻准确的定义："典型是有某种普遍性社会意义的个性描写。"在提出这个定义之后，他又从各方面结合创作实际进行论述，看来对这一问题是有过深思熟虑的。

我把文章整理出来后交他审定，可他一直压着不发，后来只在作协的内刊《作家通讯》上发过，到了90年代初，他的论文集《惜春文谈》由上海文艺出版社出版时，才将此文收入这个集子。他送了我一册，并在扉页上写上这么一句话："镇邦同志：此书中谈典型问题一文，是由你费心整理的，谨向你表示诚挚的感谢！张光年又及。"因为有了这么一句让人心里感到温暖的话，此书至今仍珍藏在我的书柜里。

中国作家协会第四次会员代表大会（简称作协"四大"）于1984年12月28日至1985年1月7日在北京的京西宾馆举行。我作为大会工作人员参加了会议，作为大会简报组的工作人员也有机会同张光年同志接触。因为是工作人员，提前进会并推后撤离，在京西宾馆住了近半个月，并在那儿过了1985年的新年。张光年在会上做了题为《新时期社会主义文学在阔步前进》的长篇报告，报告是在会议开始后的12月29日上午做的，提出了"创作自由"与"批评自由"等观点，引起了强烈的反响，也引起了颇大的争议。报告是从1984年春天开始就组织专门机构起草，几经周折，内情我也略知一二，可以说出来颇不容易。

第二届"茅盾文学奖"的评选工作从1984年底启动，1985年年初开始初评，评选工作进行了整整一年。到1985年12月中旬颁奖。由于我在评奖办公室负责具体工作，于是同张光年同志有了更多的接触。是年4月在国务院西山招待所进行了为期一个月的初选工作（此前已于4个月前把报评的作品分别寄给参加初选的20多位评论家和编辑，以便让他们仔细地阅读）；9月又在同一地点召开评委会，进行20余天的评审工作，20多位评委均参加会议。那时每位评委的评审费只有200元,陆文夫建议不发给个人,集中在我手里作为加餐费用。作协分管财务的同志劝我不要这样做,说张光年这一关就过不去,因为光年每一分钱的收入都要回家交给夫人的。为此,我和陆文夫在会上向光年同志询问:如果要拿回家交账的话,这200元钱可以发给他。他乐呵呵地回答说:"没那回事,留下一起加餐!"每人的200元评审费扣在我手里,除评委会期间加餐外,最后一次是在作协投票后到位于东四路口的"闽南酒家"用余款聚了一次餐,光年和大家一起很开心地吃了我家乡的闽南菜。因为时近新年,我还嘱咐闽南酒家给每位发了几颗水仙花头,光年同志和各位评委们就更高兴了!

评委会小范围统一认识的会议有时需到张光年位于崇文门外南河沿的家里召开。参加这种小会的通常有冯牧、唐达成、谢永旺、韶华、顾骧和我,我第一次到张光年家里做客也是开这种会。会上的气氛既轻松又紧张,光年对我这种小字辈倒是挺亲切和蔼,可是对他的同事就显得很严肃。冯牧平常在我们面前侃侃而谈,可是到了张光年跟前说话不多,且谨言慎语,这使我感到诧异,也感受到张光年的威严。

第二届茅盾文学奖评奖工作结束后,时任鲁迅文学院院长的唐因一直动员我到他那里工作,坚持到1987年初,我终于抵挡不住,被调到鲁迅文学院主持教学行政工作。此后的十多年间,很少见到光年同志,只间断地听到过他的一些消息。直到1998年秋天,我快退休了,应我的朋友、诗人孙毓霜之邀,到他当总经理的中国石化长城润滑油公司指点企业文化,编一张企业报《长城润滑油报》。此时,适逢文友们要集资为张光年庆祝85岁寿辰,我便把孙经理拉上。后来，孙经理就成了光年同志的诗友，光年还为他的诗词集写了一篇短文《初读孙毓霜诗词集》，发在《长城润滑油报》上，并收入《张光年文集》第三卷文艺评论卷，作为此卷的压轴。大概从此之后，我同光年同志的来往多了起来。1999年春节前，王蒙和袁鹰主持的"忆周扬"座谈会，是我帮着筹备的，在我的动员下，光年同志带病出席，并在会上做了精彩的发言。

但是，与光年同志接触更多的是在我同谢永旺等一起为他编文集的一年多时间里。

张光年早有编辑出版文集的想法，但一直未能付诸实施。2000年，九卷本的《冯牧文集》由解放军出版社陆续出版之后，张光年有点坐不住了，听说他打算卖掉几件自己收藏的名人字画以筹划出版文集。我听到这个消息后，赶紧通过谢永旺劝阻他。同时又与时任中国石化长城润滑油公司总经理的孙毓霜商量，希望他们拿点钱帮助张光年出版文集；又找到时任人民文学出版社社长的聂震宁承担张光年文集的出版任务，并请他们尽量少收点钱，还要按一定标准给作者发版税或稿酬。承蒙孙、聂的支持，张光年文集的出版事宜总归说妥了，于是赶紧动手。征得光年同志的同意，由谢永旺、孙毓霜、石琳琳（光年当时的兼职秘书）同我一起来做编辑工作。在大体浏览光年的全部作品之后，决定编成五卷，第一卷为诗歌卷，由《光未然诗存》《黄花小集》以及20世纪40年代中期在云南路南中学教书时收集整理的彝族长诗《阿细人的歌》（原名《阿细的先鸡》）等组成。第二卷为戏剧卷，收入他的剧谈与剧作。第三卷为文艺评论卷，收入他从1935年至2001年写的文艺评论的大部分作品。第四卷为散文卷，收入的作品也比较多。第五卷为古典文学研究卷，主要为骈体语译《文心雕龙》，还有一些关于古典文学的文论以及附录的史料，光年同志2002年1月28日遽然辞世之后，谢永旺从其遗稿中又把《离骚》今译、《九章》今译、《九歌》今译等校读后收入此卷。五卷文集，皇皇170万言，是张光年从事文艺工作70余年辛勤劳作的结晶，也是他一生战斗经历的记录。五卷中，戏剧卷、文艺评论卷、古典文学研究卷主要由谢永旺编辑，诗歌卷、散文卷主要由我编辑，石琳琳专司资料工作，孙毓霜则协助我编诗歌卷。

自从帮助光年同志编文集以后，一年多时间，我或同谢永旺一起，或单独多次到光年家里汇报编书进度，商量一些编辑事宜。每次谈完正事之后，光年都要拿起一只香蕉，为我剥好皮，让我当着他的面吃下去。据说他喜欢吃香蕉，故把香蕉作为待客的佳果。老实说，我自从戴上"糖尿病"的帽子后，就很少吃香蕉了。但光年的盛情难却，每次到他家都要冒着血糖升高的危险吃上一只香蕉。吃完香蕉后，照例是聊天，从当年文坛逸事掌故，聊到当下的时政要闻；从他列席党代表大会的见闻聊到托一位中央领导同志向另一位重要领导同志签名赠送《光未然诗存》而未能送达的遗憾，总之，想到哪儿就聊到哪儿。有时，还有人托我找他题写书签或求他写字，他也都一一答应照办了，算是给足了面子。有几件事，至今还记忆犹新。

首先是谈到他的作品，他头脑很冷静，态度极谦虚。他说，文集五卷，虽然有170余万言，但真正能有点影响能传一段时间的恐怕只有《黄河大合唱》和骈体语译《文心雕龙》。对于他的一些评论文字，尤其是50年代从反右到"文革"前他主持《文艺报》编政时写的文章,也有清醒的认识,他原想全部不收入文集,在我们的劝说下,大部分收入,但在《文艺评论卷引言》中这样写道:"本卷第二辑写于1956年至1963年(中华人民共和国成立后至'文革'前),是我主编《文艺报》时期的产物。这期间文坛多事,我的笔杆随头脑而左右摇摆。大概向'右'摆时写得好点;向'左'摆时错误不少。"他特别举出《社会主义存在着、发展着》以及《在新事物面前——就新民歌和新诗问题和何其芳同志、卞之琳同志商榷》二文,认为二文中的说法均有"片面化绝对的地方",前者"针对秦兆阳同志提倡以'社会主义时代的现实主义'代替社会主义现实主义(出于使文路宽阔的良好愿望)的主张,却摆出维护正统的面孔,对他多加指责,这是很不应该的",后者是"就在新民歌基础上创作格律诗问题与何其芳、卞之琳同志的争论",也认为他文章中的说法"有些绝对化"。他还就这两篇文章向先他而逝的文友、争论对象秦兆阳、何其芳道歉。张光年这种自我批评的坦诚态度很让人感动。

其次,是谈到他创作《黄河大合唱》前后的情况。1938年9月,演剧队成立后,张光年以第三厅派出的西北战地宣传工作视察员的名义,带领抗战演剧队第三队到当时第二战区的晋西一带工作。1939年1月,在晋西吕梁游击区行军时,不慎在山沟里坠马,左臂骨折,旋即被送到延安边区医院治疗养伤。在渡过黄河时,壶口瀑布壮观的景象给了他灵感。1月中旬到达延安后,他一边治疗养伤,一边创作《黄河大合唱》组诗,同作曲家冼星海合作,写出了成为中华民族灵魂的《黄河大合唱》。是年4月3日,《黄河大合唱》在延安陕北公学大礼堂首次公演。从此,《黄河大合唱》唱遍边区,也唱遍全中国,今天又走向全世界。每谈及《黄河大合唱》的创作与演出情况,光年同志都特别激动。他曾向我表示,在有生之年,很想再到给他创作灵感的壶口瀑布看看,到《黄河大合唱》的诞生地看看。于是我便真的着手策划张光年到黄河回延安之行。在鲁院工作时,有位在山西临汾市市政府当过秘书长后来又到临汾尧都地区当区委宣传部部长的学生乔忠延很是热心,1990年9月我去临汾和壶口,就是他安排接待的。他得知张光年要重游壶口,很是高兴,答应一切由他安排,先到临汾,然后送去壶口,参观壶口瀑布后就在那儿渡过黄河,到达陕北的延长。同时也同周明说好了,由他安排陕北和延安的行程,带人在延长等待光年的到来。没想到,当这一切安排就绪后,光年同志于2002年1月28日因心脏病突发遽然辞世。重看壶口、重回延安的计划无法实施,也就成了一桩永远的遗憾事儿。

2001年也是张光年的丰收年。是年3月,《骈体语译文心雕龙》一书由上海书店出版社出版,他签送我的时间是2001年3月19日;《光未然脱险记》一书又于当年10月由上海文艺出版社出版,签送我的时间是2001年11月14日。他的创作情绪高涨,虽然年迈多病,仍壮心未已,有不少创作计划(他逝世后查看其遗稿,得知他正在为写有关屈原的书准备资料)。屈原这位战国时期的大诗人,也是他的湖北老乡,他早就有写屈原的打算,这也可从他关于《离骚》《九章》《九歌》今译中看出。可惜,由于他走得匆忙,这一计划也就成了永远的遗憾。另一遗憾是他未能看到出版后的《张光年文集》。五卷文集的前四卷,他是都看了清样的,文集原来打算在庆祝他米寿(即88岁寿辰,2001年11月1日)时出齐,可是由于一些技术上的原因，未能如期推出。文集五卷直到2002年4月，光年同志逝世三个月后才出来。2002年5月初，由中国石化长城润滑油公司出资、中国作协出面，在中国作协召开了一个隆重的张光年追思会和《张光年文集》出版座谈会。100多位文学界朋友与光年同志的亲属与会，这也算是对张光年这位身经近90年风雨的老革命家、老诗人、老作家一个隆重的纪念，也是为他的人生画上完满的句号。

陈荒煤

陈荒煤原籍湖北襄阳，1913年12月出生于上海。与张光年同为鄂北人，且是同年。他也是30年代即开始写作生涯，参加过"左翼戏剧家联盟"，1938年赴延安，曾担任延安鲁迅艺术学院戏剧系主任和文学系教师，是当年在延安鲁艺文学系做学生的冯牧的老师。中华人民共和国成立后曾任电影局局长、文化部副部长，长期主管电影工作。1964年曾短期调任重庆市副市长，"文革"中曾长期被监禁。"文革"后曾同我说起他被关在秦城监狱单人牢房的情景，最大的痛苦是没人同他说话，被关八年后放了出来，几乎不会说话了。

我第一次见到陈荒煤，是1978年夏天在北京日坛全总招待所举行的关于刘心武短篇小说《班主任》的研讨会上。那次会议可谓文艺界的"群贤毕至，少长咸集"，名义上是讨论《班主任》，实际上是控诉"四人帮"的滔天罪行，并把《班主任》作为一块砖头砸向"两个凡是"派，为改革开放清扫障碍。那次研讨会从下午两点开始，一直到晚上十点左右才结束，中间只吃了一顿工作餐。会上，陈荒煤有个长篇的发言，慷慨陈述著名电影演员、《阿诗玛》的主角扮演者杨丽坤在"文革"中的遭遇，会后曾整理成文，题为《阿诗玛，你在哪里》，并在《人民日报》上发表。荒煤同志的发言给我留下极为深刻的印象，他那铿锵有力的语言句句敲击着我的心扉。几年之后，即1982年，我调到中国作协刚刚筹建的创作研究室工作，荒煤同志正为在医院住院的时任中国作协党组书记的张光年临时主持作协党组的日常工作，因此有时还能见到他，并有过一些短暂的交谈。

真正同荒煤同志来往起来是1985年第二届茅盾文学奖初选读书班结束之后，我负责评奖办公室的日常工作，负责给评委们分批提供他们审读的初选作品，于是就常见到荒煤同志。1985年9月，在国务院西山招待所召开评委会，历时近20天，为了丰富评委们的文化生活，荒煤同志还亲自写条子让我到电影资料馆找岳小湄借来好几部片子，在西山招待所放映，其中既有法国名导演阿诺执导的《火之战》，还有80年代初日本名导演井上靖送给夏衍同志观看的10部日本电影，如《夕照街五号》等。提起《火之战》，荒煤同志还透露过这么一个小秘密，当年在电影资料馆搞法国电影展演，由于放了《火之战》，有人向中央告他的恶状，他还写过检查，背了个"党内警告"的处分。但对此，他淡然处之，还是把片子调到西山上供评委们观赏。

同荒煤更多的接触、更深入的交谈是在1986年12月于福建厦门召开的全国长篇小说创作座谈会上。就我的记忆，全国性的长篇小说创作座谈会，这是第二次，第一次是在1982年12月首届茅盾文学奖颁奖期间，由中国作协举办。1986年12月在厦门举行的第二次全国长篇小说创作座谈会，则是由中国作协联合人民文学出版社、作家出版社、解放军文艺出版社、中国青年出版社、北京十月文艺出版社、花城出版社、江苏文艺出版社等十余家出版社，委托福建省文联举办的。参与这次盛会的有从事长篇小说创作的著名作家、评论家、编辑家以及各省作协、各出版社领导一百多人，陈荒煤则是作为中国作协副主席主持会议的。当然，负责会议组织领导工作的还有时任中国作协书记处书记韶华和创作研究室副主任顾骧，福建省文联党组书记张贤华同志负责这次会议的全部会务领导工作，而我则参与会议从筹备到召开的全部具体协调工作。荒煤是从深圳飞到厦门的，我去机场接他时，发现托运的行李箱丢了；外面的衣服好办，只是由于他体胖，内衣一时不好找，让他的生活颇感不便，但他仍然乐呵呵的。我们住在万石山下福州部队的白鹭宾馆，早晚我都陪他到万石山上散步。万石山是厦门的植物园，不仅有各种奇石，还有奇花异卉，虽时值初冬时节，仍然花草繁茂。他很喜欢这个带有亚热带风味的植物园，兴致颇好，话也就多起来，聊他的革命经历和"文革"中被关在秦城监狱的遭遇，也聊文艺界、尤其电影界的情况。他热情鼓动我把长篇小说的研究和评论工作坚持下去，还安排我在会上做了一个关于长篇小说结构艺术的发言。这次会议承蒙福建省文联和厦门市党政领导的关心和照应，安排了颇为丰富多彩的活动。诸如会议期间安排乘快艇到青屿慰问守岛驻军，游览鼓浪屿和参观特区所办的企业，会后参观泉州晋江的陈埭镇，等等，70多岁的荒煤同志，每次都兴致勃勃地参与其中。我们离开福建返京时，他还由专人陪同上了一趟武夷山。

自1986年底厦门的长篇小说创作座谈会之后，我同荒煤的交往就多了起来。不仅通电话和书信往来，我还常到他位于木樨地22号楼的家里探访。因为他离休之后，除外出之外，就在家里读书、写作、会客。到他家，除了谈一些具体的事（诸如请他出席作品研讨会）外，还陪他聊天和散步。他的散步路线是从家里出来，沿着复兴门外大街向东走到南礼士路口，然后再走到22号楼楼下，如此反复几趟。20世纪80年代初，一位年近八旬的老人，就是这样坚持锻炼身体，以便保持旺盛的精力来从事读书写作和社会活动的。我曾在傍晚时陪他来回散过几回步，很是佩服他的毅力。下面记下的几件事，又足见荒煤的热情、平易近人和心地善良。

因为同荒煤走得近好说话，我就经常受人之托或在自己组织一些作品研讨会活动时把年迈的荒煤同志也拉去参加。荒煤总是给我面子，有时不能参加，也会把作品读完，然后写了长信给我作为发言稿。这样辛苦他老人家，现在回忆起来都感到有点不好意思。1990年夏天，鲁迅文学院同北京师范大学研究生院合办的首届创作研究生班准备举办学员王宏甲的长篇报告文学《无极之路》研讨会，我带着书和请柬登门请荒煤同志参加。当时他也答应了，可后来可能与别的事撞车未能参加研讨会，却让人给我带来一封长信，让我在会上念一下，作为他的发言。这封长信开头这样写道：

何镇邦同志：

谢谢你的推荐，长篇报告文学《无极之路》（王宏甲著，解放军文艺出版社1990年6月出版）我已匆匆拜读。读后心情很激动，也激发起许多思考，觉得还需要仔细看看，希望今后有机会与作者当面交换些意见。这里就简单谈点初读后的印象。

……

而使我感到兴奋的，是宏甲同志以自己的创作实践证明，报告文学在描绘和培养社会主义新人方面，完全可以大有作为。

这封长信接着从五个方面分析了《无极之路》的成就与不足。我在会上宣读了荒煤的长信后，把此信作为评论交《北京日报》发表，后来收入他的评论集《点燃灵魂的一簇圣火》。

过了两年，大概是1992年吧，他写信推荐了一位来自陕西、叫彭鸣的年轻人到鲁迅文学院文学创作进修班就读。据说是彭鸣上门找到荒煤老人，诉说他出身于贫困农家、喜欢写诗，具有一定的基础，希望能到鲁迅文学院上学。荒煤给我打了电话，然后让彭鸣持他的信函到鲁院找我。我在院务会上通报了这件事，大家认为既然是荒煤同志推荐的，那就收下。不料彭鸣骗人成性，到处行骗，连他的"乡党"老评论家阎纲都致信于我要求开除彭鸣，并发表文章揭露彭鸣骗人的伎俩。无奈，我在向荒煤同志报告后，经院务会讨论开除了彭鸣。此事可见荒煤太善良，容易上当受骗。

不过，若干年后的一件事让我看到了荒煤一以贯之的平易近人、乐于助人的品格。大概是前几年吧，一位原在湛江电视台文艺部工作的黄海歌（原名黄世雄）找到我，让我为他的长篇小说作序。电话往来几次后，又说他手里有50年代陈荒煤给他的两封亲笔信，是他当年在乡下当小学教师时写了电影剧本寄给时任文化部电影局局长陈荒煤审读后给他回的信，希望我代他捐献给中国现代文学馆保存。我让他挂号寄来，果然是荒煤同志的笔迹，一封为短简、一封为长信。我见到这两封20世纪50年代一个主管全国电影事业的高官、专家写给一个偏远的乡村教师的信，颇为感动，于是亲自送到中国现代文学馆陈建功馆长处，由他交有关部门保存。这是荒煤逝世十年后的事了。

荒煤生前办的最后一件好事是出面主编了一套于90年代中期由人民文学出版社出版的"文学评论家丛书"。文学评论集难以出版，这是从20世纪80年代以来的一个现实问题。因此，文学评论家只能打游击战、麻雀战，布不成阵势。而战斗在文学第一线的文学评论也往往为学院派的学究们看不起，认为文学评论没有学术价值。荒煤同志作为老一辈的文艺评论家，洞悉这一文坛世情，并对文学评论家的处境深表同情。于是同他的战友、学生冯牧同志萌发了编发一套"文学评论家丛书"的想法。他致信曾经在文化部工作，时任新闻出版署署长的宋木文同志，要求他支持这套丛书的编辑出版工作。宋木文同志把这件事交给人民文学出版社负责。时任人民文学出版社副总编辑的何启治告诉我，署里下达这一出版任务，曾言明亏损部分可从人民文学出版社上缴利润中核减冲抵。就这样，这套丛书从1993年起开始组稿编辑，1995年出齐。凡16种，按作者年龄为序排列，共有：陈荒煤的《点燃灵魂的一簇圣火》、冯牧的《但求无愧无悔》、洁泯（许觉民）的《今天将会过去》、朱寨的《感悟与沉思》、王春元的《审美之窗》、江晓天的《文林察辨》、唐达成的《南窗乱弹》、顾骧的《海边草》、陈丹晨的《在历史的边缘》、谢永旺的《当代小说闻见录》、缪俊杰的《审美的感悟与追求》、何西来的《文学的理性与良知》、何镇邦的《文体的自觉与抉择》、秦晋的《演进与代价》、冯立三的《从艺术到人生》、雷达的《文学活着》。陈荒煤、冯牧合署的总序置于每一种书的卷首。出齐后荒煤把他的书签名送给每位入选作者一本，出版社又送给每位作者一套书。这一套书，尤其是荒煤的签名本，我至今仍珍藏在书柜里，作为永久的纪念。

"文学评论家丛书"出版后，在社会上引起相当的反响；这一套书，同20世纪80年代由湖南文艺出版社出版的文学评论家选集丛书一起成为新时期以来有影响的文学评论丛书。

但在这套丛书出版后一年多时间，陈荒煤就告别我们驾鹤西归了！

秦兆阳

秦兆阳，湖北黄冈人，1916年生，早年习画，自号"老芹"。他是著名的作家、文艺理论家、编辑家、书画家。早在1935年至1937年间，他就开始创作，曾写过不少抒发人们抗战情绪的诗歌（其中还有长篇抒情诗和叙事诗），发表在武汉的报刊上，但未引起人们太大的注意。1938年，他到了陕北革命根据地，1940年，又到了晋察冀边区，先后在陕北公学分校和鲁迅艺术学院学习，在华北联合大学文艺学院美术系任教，从事美术工作。1943年他到了冀中抗日根据地之后，为无数抗日英雄事迹所感动，也为日寇侵略罪行所激怒，于是才下决心拿起笔来从事文学创作。这个时期，他有两部短篇小说集《平原上》和《幸福》问世。新中国成立后，秦兆阳同志转向正在进行土改和合作化运动的新农村，关心正在改变自己命运的亿万农民。于是有了短篇小说集《农村散记》和长篇小说

《在田野上，前进!》问世。1956年，正担任《人民文学》杂志社副主编的秦兆阳以何直的署名发表著名的论文《现实主义——广阔的道路》，轰动了文坛，但也由此而获罪，被划为右派，下放到广西，从此沉默了二十多年，直到1979年改正了这种历史的错误，重返文坛，到人民文学出版社担任副总编辑，并主持新创办的大型文学双月刊《当代》的编政。他以已逾花甲之龄和多病之躯，奋力工作，不仅出色完成工作任务，还把构思了近40年并在广西写出若干篇章的长篇小说《大地》完成，于1982年至1983年间写成42万言的长卷，并于翌年出版。

我是因为读评长篇小说《大地》而同秦兆阳先生相识并成为忘年之交的。秦兆阳先生家住北池子二条2号一个四合院里，据说那是他用长篇小说《在田野上，前进!》的版税购置的。这个四合院共有三进，秦兆阳住在最后一进铺着花砖的北屋正房里。按说这是一处不错的住所，但每到严冬之时，他们一家，尤其是秦老就为取暖问题伤透脑筋。因为院里没装锅炉，没有暖气，只能靠生煤球炉子取暖；老爷子是南方人，当了右派之后，又长期在广西生活，不会生炉子也不善管理，炉子时着时灭，冬天竟冷至需穿棉袄入睡的程度，这对于一位有着气管炎的老人简直是种折磨。大概从80年代初开始，秦老的家人就到人民文学出版社争取分配一处有着暖气设备的房子供老人居住，据说一直到90年代初秦老辞世后一年才在方庄找到一处很小的房子。每谈及房子之事，我们都很为老人的遭际而唏嘘。20世纪80年代初期至中期，我经常出入北池子二条2号院秦兆阳家，同秦老谈论创作和其他种种话题。

他告诉我，《大地》酝酿写作了40余年。它萌发于40年代初期冀中平原的抗日烽火之中。后来，他曾几度想拿起笔来，欲写一部反映冀中人民抗日的长篇小说，由于一直未找到合适的角度，也由于生活积累和感悟还未到而未能如愿。1959年至1960年间，他被下放到广西，处于苦闷之中，也有较多时间来思考这部小说的写作；后来，他从《学习》杂志上读到一篇考证义和团领袖张德成的文章。张德成是白洋淀人，从这个农民运动领袖的身上，他想到农民群众为什么会在19世纪、20世纪之交爆发义和团运动，为什么鸦片战争之后农民起义不断发生；又想到中国农民反对封建、反对外来侵略的自发斗争的要求等问题，他豁然开朗，找到写作切入的角度。于是在1962年秋动笔写《大地》，完成三万字左右，先在《广西文艺》上连载，1963年至1964年间，又陆续写了十几万字，仍在《广西文艺》上连载。1965年之后，尤其在"文革"十年中，他的写作被迫停了下来，稿子也被抄走了。直到1978年原稿才退回，1982年在原稿基础上做了一些修改，其中某些章节曾在《当代》选载过。1982年至1983年，他才集中精力完成了这部长达42万言具有史诗规模的反映农民命运的长篇力作。我听了秦老关于《大地》曲折创作历程的叙述，感慨多多，精读作品后终于写成一篇近万言的关于《大地》的评论，题为《寒凝大地发春华》，在一家杂志上发表过，后收入我的第一部文学评论集《长篇小说的奥秘》（花城出版社1988年5月出版），算是我同秦老交往和友谊的一点记录。

80年代初，我经常出入秦兆阳老先生在北池子二条2号院的家，聊得多，获益匪浅。秦老是位很有功力的书画家，直到晚年，还常在工作之余写字作画。有一次，他主动为我写了一张长条幅，上书"愿经沧海试深浅，欲上高山望云露"，落款"老芹"，并书上"镇邦同志请正"，时为"戊辰之秋"。秦老的字苍劲有力，雄健之中见萧逸之神。这件书法作品我装裱后一直珍藏着。

秦老不仅为我写字留念，还为我来自泰国的亲友赠送他的墨宝。20世纪80年代初，我在泰国的几个亲戚到北京语言学院（即现在之北京语言大学）留学，我曾带他们到秦老家做客，秦老一家不仅热情接待，秦老还为他们一一挥毫写字留念。他们学成之后归国，把秦老的墨宝带回去，作为对秦老、也是对中国文化的一种永恒的纪念。

80年代末、90年代初，我奉调到中国作协鲁迅文学院主持教学工作，工作繁忙，很少有机会去拜访秦老。好在我在鲁院同秦老的长女秦晴成为同事，就可以从她那里不时打听到秦老的情况。先是听说他多病，后来就是90年代初一个清冷的深秋时节，听到他遽然辞世的噩耗，那是1994年10月11日，可惜当时我正在大连出差，未能去送送秦老，这件事我引以为终身之憾事。

2011年8月下旬断续草成

说不尽的汪曾祺

我曾用同样的题目于1996年11月10日写了一篇介绍著名老作家汪曾祺的文章，那时汪老还健在，撰写此文是因为我答应为山东作协主办的大型文学双月刊《时代文学》主持"名家侧影"专栏，而汪老痛快地答应作为开栏的第一位名家而写的，算来已有16个年头了！汪曾祺先生因消化道大出血于1997年5月16日上午10时猝然辞世于北京友谊医院，掐指算来，也快15周年了。15年来，我也写了一些回忆他老人家生前文事和生活逸闻的悼文，而据有关方面统计，汪老辞世15年来，国内外出版他的遗著达40余种，这表明他老人家并未走远，还活在千千万万读者的心中。在这40余种遗著中，就有我编选的列入中国现代文学馆主编、华夏出版社出版的《中国现代文学百家·汪曾祺代表作》。当年编选这个集子时，按编选体例，我曾精心撰写了一篇1500余字的《汪曾祺小传》，系附于书末，再版时置于卷前。在这篇"小传"中，我是这样向读者介绍汪曾祺的：

汪曾祺，1920年3月5日（农历正月十五日）生于江苏省高邮一个书香门第，1997年5月16日卒于北京。现当代著名作家，抒情的人道主义者。

汪老于生前多次谦逊地对我说过，他充其量只能称为"名家"，而不够称为"大家"，随着时间的流逝，由于他辞世15年来得到广大读者的认可，我看他可以称为现当代文坛的"大家"了！

从汪老生前到身后的20余年间，我写过十余篇描述他生活与创作的文章，这一篇，该是最后一篇了。从此之后，我应该作为一个研究者，写点关于汪曾祺文学创作的研究性文字了。

一　写美文，做美食

汪曾祺小女儿汪朝曾对我这么说："我爸爸在家里只有这么两个任务：写美文、做美食。"诚哉斯言！统观汪曾祺的一生，尤其是从20世纪40年代初开始发表作品直到世纪末辞世的将近60年间，干的的确就是写美文、做美食这两件大事。当然，他的美文惠及天下千千万万读者，而他精心调制的美食，却只有亲近他的家人和朋友才能品尝到。汪曾祺作为著名作家，人们大都熟知，但作为美食家，且作为全方位的美食家（既能制作也能品尝），却未必为人所知。因此，1989年岁末我陪同他到闽南讲学，介绍他时报了一大堆名号，诸如小说家、散文家、戏剧家、书画家之后，他却补充说："你还漏报了重要的一家：美食家！"当场引起一片赞誉的笑声。这就是汪曾祺，作为老顽童的汪曾祺的杰出表现。

先来说说他写美文的情况。

汪曾祺于1941年（时年21岁）开始发表作品，其时他正在西南联大中文系，师从沈从文、闻一多、朱自清诸先生，尤其受到沈从文先生的影响和提携。从西南联大中文系肄业后，曾到昆明郊区私立中国建设中学任教，在此一年多时间，写了《职业》《小学校的钟声》《老鲁》等一批小说。1946年，离开昆明经越南、香港转赴上海，由李健吾介绍到私立致远中学任教，教学之余，写作并发表了较多的作品，诸如《复仇》《绿猫》《戴车匠》等小说。他的第一部作品集《邂逅集》1949年初由上海文化生活出版社出版。新中国成立后相当一段岁月，他当了《北京文艺》的编辑和《民间文学》编辑部负责人，后来又被补划为右派，下放到河北省张家口农科所劳动改造，创作时断时续，发表过《国子监》《下水道和孩子们》等一批散文和《羊舍一夕》《看水》《黄油烙饼》等一批小说。小说集《羊舍的夜晚》由中国少年儿童出版社出版。1964年后，在北京京剧团编剧的位置上参与现代京剧《芦荡火种》的改编（此剧后易名为《沙家浜》）。1980年8月，短篇小说《受戒》在《北京文学》刊出，反响强烈，一炮打响，开启了他文学创作的一个丰收期。但此时汪曾祺已届花甲之年，可以说，他的文学生涯是从60岁开始的。从此他一发而不可收，小说、散文、理论评论均有大量作品出现，并有较高的质量。据统计，从《受戒》问世到汪曾祺辞世的17年间就出版了《汪曾祺短篇小说选》《晚饭花集》《晚翠文谈》《蒲桥集》《塔上随笔》等作品集24部。《汪曾祺自选》1987年10月由漓江出版社初版，现又有了增订版。《汪曾祺文集》五卷本1993年9月由江苏文艺出版社出版，包括小说集两卷，散文、文论、戏剧各一卷。在他辞世之后，北京师大出版社出版了《汪曾祺文集》七卷本，近年人民文学出版社正在筹划出版他的十卷本的文集,人文社的文集,大概是集大成的了。汪曾祺生前曾对我说,他不会写长的作品,篇幅最长的小说《大淖纪事》也只有18000字。因此,汪曾祺近60年的文学创作生涯中,就作品的量来说,并不是很大的。

汪曾祺在创作上有一些很有趣的故事。先说说《受戒》写作发表前后。《受戒》篇末说明此作写于"一九八〇年八月十二日,写四十三年前的一个梦"。1980年的43年前,即1937年,此年汪曾祺才17岁。此时他正在江阴上中学,这个43年前的"梦",就是汪曾祺当年的一场初恋。他不直接写那场初恋,而是借小和尚明海同小英子纯洁的初恋来表述他43年前的那场初恋,是对那段感情经历的回忆与纪念,也是一种感情的宣泄。有一次我陪友人到汪家拜访,当着师母施松卿的面提出43年前的"梦"系何所指,他闪烁其词,不敢明确回答。但过了不久,在一次友人宴请之后,我扶他走过街天桥回家,他由于喝了点酒,情绪激动,借着酒劲,趁师母不在眼前,主动要求向我"坦白",这43年前的"梦"即指他17岁在江阴上学时的初恋,初恋女友还健在,几年前(即20世纪80年代中期),他在江阴参加一个笔会,还主动给初恋女友打过电话,要求到她家里拜访呢!《受戒》本来是一部自娱之作,不想发表的。小说写成之后,先在汪曾祺的一些朋友之间传阅。传阅者之中有一位是当年北京京剧团创作室主任,北京京剧团创作室乃汪老供职之所,该室主任也是他信得过的朋友。此公读完《受戒》之后,打心眼里喜欢这篇作品,尤其赞赏汪曾祺在作品中诗意再现的小和尚明海同小英子萌动的纯洁爱情。但是,由于《受戒》写的是小和尚谈恋爱的故事,赞美的是被压抑而待解放的人性,因而这位主任读后仍心有余悸。虽然时间已进入80年代的第一春,思想解放运动犹如春雷在华夏大地上阵阵雷鸣,可是文艺创作上的若干禁区仍未破除。于是,在北京市文化局召开的一次文艺创作会上,这主任把汪曾祺写的《受戒》作为"阶级斗争的新动向"在会上通报。没想到,这个信息被在座的李清泉听到,如获至宝。李清泉何许人也?他乃50年代《人民文学》杂志社编辑部主任,同汪曾祺担任《民间文学》杂志社编辑部主任时系同僚,且为朋友,又于1957年同为右派。50年代后期被发配到北大荒,后来一直在黑龙江工作。1979年改正后,刚回到北京,先在《北京文学》工作,虽尚未明确其主编职务,实际上却已主持当时《北京文学》的编政。却说李清泉在会上听到北京京剧团创作室主任通报"新动向"之后,迅即直接到汪曾祺处要来了《受戒》的稿子,并违反编辑部的工作程序,不通过三审,由他直接签发,减少环节,免得中间生变。就这样,《受戒》很快在《北京文学》上发出来,成了传诵一时的佳作。汪曾祺也一发不可收,《徙》《大淖纪事》等佳作联袂而来,一一由李清泉在《北京文学》编发出来,称为《高邮系列》的其他一批作品,如《故里三陈》等也在全国各地的报刊上发出来。此年汪曾祺已年届花甲,可谓老树新花矣!

再来说说《安乐居》发表后的故事。《安乐居》作于1986年7月5日,发表之后,我随即读到。小说只有六七千字,却把一个叫"安乐居"的小酒馆里形形色色的酒客写活了。他只通过酒客所要的酒的档次、喝酒的姿势与速度、下酒的菜肴,等等,即把酒客们的身份、性格写出来了。语言更是纯净的京白,手法是彻底的白描。有一次到汪老家做客,在饭桌上提起此作,表示赞赏之意,他立即打手势让我打住，因为师母在场。后来我到他的八平方米的卧室兼书房问个究竟，他关上房门，才说出这么一番话："还提什么《安乐居》！小说发出来后，老太太差点开全家批判会批斗我。她当着儿孙的面质问我：'好一个汪曾祺！你在家里喝，在宴会上喝，还没喝够，还跑到小酒馆里喝上了？'我分辩了几句，她又问我：'你要是没到小酒馆里喝酒，怎写得出《安乐居》那样的小说来？'一下子把我问住了！"据说，老太太还派了当时住在他们家里的小孙女汪卉当了小"侦探"，老爷子一回家，小孙女即跑到爷爷处表示亲热，一闻到酒味即到奶奶处告状。尽管如此，也没管住老爷子喝酒的事。此是后事，下面再表。

汪曾祺在文学创作上还提出"人间送小温"的理念。1992年第二期的《中国作家》封二上，刊有汪曾祺为该刊特制的一幅国画，画的是我的故里福建漳州的水仙花，在那棵被称为"凌波仙子"的水仙花旁，还配有这么一首打油诗："我有一好处，平生不整人。写作颇勤快，人间送小温。或时有佳兴，伸纸画芳春。草花随目见，画鸟略似真。唯求俗可耐，宁计故与新。只可自怡悦，不堪持赠君。君若亦欢喜，携归尽一樽。"认识汪曾祺的朋友都知道，汪老不仅写得一手好文章，而且写得一手好字，画得一手好画，堪称文坛中的书画高手。此前，他已送过我一些字和画，在《中国作家》杂志上读到这首诗之后，我又向他求字。他二话不说，给我写了一个横幅，书写这首诗。写的是行草，飘逸潇洒，装裱后镶在一镜框里至今挂在客厅。来客都说这幅字成了我的镇家之宝。可贵的是，汪老把"人间送小温"变成他遵循的写作宗旨，成为一种新的创作理念，让不少作家写温暖人心的文字。查阅汪老此前的作品，都是为"人间送小温"的,此后的作品,更是一种温暖的书写。

下面再记下几桩汪曾祺做美食的事。

我称汪曾祺为"全方位美食家",指的是他既善于品尝美食,也善于烹制美食,既区别于像陆文夫那样只会品尝美食的"半吊子美食家",又区别于一般只会烹制而不善于品尝的名厨。汪曾祺烹制美食的一大特点是"粗菜细做"。一盘拌菠菜,太家常了,他却能做出美味来,无非是用料讲究、做工精细而已。他拌菠菜,先把时鲜菠菜洗好切好,用温开水焯过,再拌以香干丁、小虾米、粉丝等辅料,最后滴上几滴香油,就成为一道美味佳肴了。他常做的家常菜,常端到饭桌上的还有风干鸡、大煮干丝等。风干鸡是把鸡宰杀清膛洗净之后,涂以汪家特制的料,挂在通风处风干,食用时再蒸一下,切成方块即可;他的大煮干丝是他家乡著名的淮扬菜中的一味名肴,刀功细,汤汁美,也是一件汪家饭桌上经常出现的美味。北京的一些风味小吃,诸如爆肚等,汪老也善于烹制,邀我与林斤澜到他家吃爆肚的事,容后再述。他在汪家有几次品尝汪氏美食的经历,至今20多年了,还是难以忘怀。一次是1992年国庆节刚过,秋阳高照,秋高气爽之时,我在鲁迅文学院办公室接到汪师母的电话,邀我同他们所关心的青年作家一起到家里吃饭。我们应邀前往位于北京南城蒲黄榆的汪府。开席之前,汪老破例发表了一段"祝酒词",他说:"这些天忙着赶写一篇关于沈从文先生《边城》的鉴赏文字,文章脱稿了,想轻松一下,做几样家常菜,请你们一起来品尝品尝。"话音刚落,四样菜端上桌来了:东坡肘子、拌菠菜、豆丝汤、腌香菜炒肉末。都是家常菜,也都是极为精美的美味佳肴。于是我们享用了一顿标准的汪氏美餐。另一次呢,在

1996年10月下旬，也是国庆节过后的秋日。上午10时左右，在亚运村的家中接到汪老打来的电话，他高兴地说，早上出去遛早，在菜市场上买到一个很棒的大牛肚，中午准备吃爆肚，已经约了林斤澜，要我也赶过去共进午餐，共吃爆肚。我在电话里同他逗闷，说道："老头儿，你心里没数啊，从亚运村到虎坊桥（汪老一家已从蒲黄榆搬到虎坊桥福州会馆街《经济日报》宿舍）打个的来回也要70多元，70多元在亚运村什么吃不成啊（1996年的70元的确可以吃点好东西）。"他在电话中说："好吧！你看着办吧！反正只请你和斤澜两位。"我放下电话一想，机会难得。都说北京名吃爆肚乃一美味，还有"爆肚冯"之类的老字号，我一直未曾品尝过，去尝尝汪老头的手艺，花个近百元的打的费也值得。心里盘算好了，就打了个的直奔虎坊桥福州会馆街的汪府。一进门，爆肚已出锅了，香喷喷，盛在一个大盘子里，还有芫荽等调料，牛肚条爆得焦黄脆嫩、入口即可嚼烂。真是美味啊！除了这盘爆肚外，还有四碟小菜，当然还有酒，汪、林二老一起吃饭，无酒哪儿成？此时汪师母已卧床，只有我和汪、林二老，还有汪家从安徽请来的保姆小陈四人入席，一起吃了个至今还唇齿留香的爆肚席。当然，汪老的拿手菜除以上种种外还有很多，有一次在他家赶上吃菜薹炒腊肉，也是令人回味无穷。腊肉倒是一般的腊肉，菜薹却是来自武汉武昌洪山下的名菜薹，加上刀工与火候掌控得好，那菜的味道就美得难以言传了！

二　汪曾祺的婚姻生活

除了汪曾祺主动坦白交代的43年前经历的初恋恋情外，尚未发现汪老还有什么绯闻。汪曾祺真正的恋爱迟至1944年，他由于体育连续三年不及格又拒绝到陈纳德航空队当翻译，因而不得不从西南联大中文系肄业到昆明郊外私立中国建设中学任国文教员，与校友施松卿交往才真正开始恋爱。

施松卿，祖籍福建长乐，出身于马来西亚一个爱国华侨家中，是位大家闺秀。为了读书报效祖国，她在家人的支持下，只身漂洋过海进入昆明西南联大西语系学习。在西南联大时，她与汪曾祺虽不同系，却因兴趣爱好相投，在一些社团活动中相识，但交往不多。汪曾祺到建设中学任教时，施松卿已先于他在这儿任英文教师。两位年轻人因为既是校友又是同事的双层关系而交往，关系变得密切起来；至于他们怎样成为恋人并私订终身，汪曾祺先生与施松卿师母从未向人透露过，这或许是只有他俩才知道的秘密吧。甜美安宁的书斋生活和最初的热恋很快随着抗日战争的胜利而结束。1946年，在昆明中国建设中学工作了两年的汪曾祺与施松卿随着一大批知识分子回到内地：汪曾祺经越南、香港到了上海，由李健吾先生介绍到私立致远中学当了国文教员；施松卿则回福建祖家小住了一个时期，之后到北平北京大学西语系冯至先生处当了助教。等施松卿在北平安顿下来后，远在上海的汪曾祺便辞掉在致远中学的教职匆匆赶到北平与施松卿相聚。由于没有找到工作，汪曾祺的生活与住处都成了问题。最初只好在北大红楼一个同学的宿舍里搭了一个铺位，晚上去挤着睡下，吃饭则靠施松卿接济。汪曾祺就这样度过了半年散漫而无着落的生活，最后还是他的老师沈从文先生为他找了一个安身之处——在故宫午门楼上的历史博物馆任职员，他把铺盖搬到午门旁一个太监住过的博物馆值班室里，从此有了一个小小的窝。

北平和平解放后，汪曾祺参加了革命队伍。1950年初夏时节，他即将随军南下之际，与施松卿结束了长达六年的恋爱关系，结成秦晋之好。他们的婚礼十分简单，那天，两人一起去办了结婚手续，然后来到一家小照相馆里照了张结婚照，并一起吃了顿饭，就算是结婚了。从那张发黄的结婚照上依稀可以看出汪曾祺当时的生活状况，他穿着一身刚刚领到的绿军装，眼中充满了对未来生活的憧憬。每当聊起结婚这段往事，两位老人总为一个细节而争论不休，那就是结婚那天中午他们究竟是在中山公园附近的哪家饭馆吃的面条，有可能就是在当年文学研究会成立时聚过餐的来今雨轩，也可能在别处。时光的流逝早已冲淡了历史的痕迹，然而这对老夫妇的争论却使他们回到了激动人心的青年时代。师母施松卿常指着当年她与汪曾祺的结婚照对我说："何镇邦，你看看，我也有年轻漂亮的时候！"今日执笔写此忆旧的文字，师母的声音仿佛回荡在我的耳际。

汪曾祺于婚后随军南下武汉，曾作为军代表接收了几所中学，最后留在汉口硚口区武汉第一女中任教务主任。但只过了半年左右，就调回北京。表面上的原因是过惯了以文为生闲散生活的汪曾祺不习惯武汉的教书生活，更过不惯武汉酷热的夏季，而实际上呢，却是离不开新婚的妻子。回到北京后，他先在文联任职，先后在《北京文艺》和《说说唱唱》当编辑，后来调民研会的《民间文学》杂志社当编辑部主任。汪老后来回忆说，到了《民间文学》后，大小当了官，出差可以坐软卧了。施松卿则于1952年从北京大学调到新华社从事英文编辑工作。50年代的最初几年，汪曾祺夫妇团聚在一起并有了安定的生活，有了不错的稳定收入，有了三个活泼可爱的孩子,温暖可爱的小家过得充实而幸福。然而,好景不长,1957年开始的政治风暴使这个与世无争的家庭处于风雨飘摇之中。1958年初,汪曾祺被补划为右派,随即被送到张家口一家农科所的果园里进行劳动改造。临走那天,施松卿仍在单位上班无法回家送他,汪曾祺一个人在家中枯坐良久,当意识到妻子真的无法回来送行时,他才无可奈何地起了身。出门前,他好像想起了什么似的,匆匆拿起笔留下一张字条。字条上只有这么几个字:"松卿,等我四年!"再没有比这样的叮嘱更执着、更值得信赖的了!施松卿下班回来站在空荡荡没有了丈夫身影的家里读着那张只有六个字却让她肝肠寸断的字条,泪水一下子流了下来,她在心里默默地说:"我等你,一定等你回来。"从此一直到十年运动结束,不论在多么艰难困苦的环境下,不论面对多么大的政治压力,施松卿始终守着三个幼小的孩子坚决不离婚,为此她吃的苦经受的折磨是不堪回首的。每谈及此,汪曾祺都特别激动,看得出来,他从内心感激妻子在他极端困难的动乱年代给予的最真诚的信任与帮助,对妻子在那些年代遭受的不公正待遇深感内疚。因此,他不止一次对我,对朋友们斩钉截铁地说道:"我这一辈子一不戒烟,二不离婚!"

　　汪曾祺在张家口那家农科所的果园里一干就是四年。他在那儿劳动得很愉快,受到应有的尊重,还成了果园喷射波尔多液的能手。在劳动之余,他又拿起笔写了小说《羊舍一夕》《黄油烙饼》等作品。由于长期在外,汪曾祺十分惦念家中的妻儿,长子汪朗刚上小学学会了拼音,就用拼音给他写了封信,接到此信后,汪曾祺兴奋得夜不能寐,为了能与儿子交流,他专门拜师学会了汉语拼音。1962年,由于劳动中表现好,农科所提前给他摘去了右派的帽子。回到北京后,他被分到了北京京剧团(后来改为北京京剧院)当编剧。在此期间,他执笔将沪剧《芦荡火种》改编成京剧,这就是后来易名为《沙家浜》的革命样板戏。后来,他又根据蒲松龄的同名小说改编了一出京剧《小翠》。但未及排演,史无前例的"文化大革命"爆发了。因为这个《小翠》,差点祸及全家。"文化大革命"爆发后,汪曾祺很快就被作为"老右派、新表演"揪出,打进"牛棚"。一天,北京京剧院的造反派突然找到施松卿勒令她交出《小翠》的原稿。施松卿大吃一惊,别说原稿根本不在她手上,就是在她也不会交出去。后来汪曾祺才知道这竟是自己一言不慎造成的。造反派批斗汪曾祺时,准备给《小翠》上纲上线,甚至上纲到"恶攻"的程度,可由于当时的混乱,竟找不到《小翠》的剧本,为此造反派勒令汪曾祺交代原稿的下落,汪曾祺以为妻子收存了此稿,无意中流露了一句,差点给妻子招来杀身之祸。多年后,他们夫妇俩才弄清楚,《小翠》的原稿就保存在北京京剧院的资料室里存档,这一场误会使汪曾祺尤感愧对默默受苦受难的妻子。即使这样,施松卿对汪曾祺的信任与感情也从未动摇过。汪曾祺被揪出关进"牛棚"后,组织上要求她和三个孩子同汪曾祺划清界限,她也总在人前对三个孩子说要和父亲划清界限不受他影响等,而她自己却一点也不在乎,暗中从生活上关心体贴他。有一次,她正在对三个孩子讲要站稳立场与父亲划清界限的大道理时,大儿子汪朗突然反问她:"妈,划什么界限?你不是总在给爸打酒吗?"一句话道破了她的心事,从此之后,她与孩子们达成了某种默契,再也不说什么划清界限的事了。

1976年秋天，胜利的十月，全国人民欢庆粉碎"四人帮"的胜利，汪曾祺也重新获得了艺术生命。1980年，《受戒》的发表，使汪曾祺老树开新花，焕发了新的艺术青春。此时，施松卿从新华社的工作岗位离休后回到家庭，成为汪曾祺创作上的助手和生活上的保姆。两位老人无论是在生活上还是心灵上，都更加和谐和欢乐了。此后的十多年中，唯一争执不休的话题就是酒，一个要喝，一个要禁，有点像大和谐中的小矛盾。我是他们晚年和谐幸福生活的见证人之一，也曾陪同他们外出旅行过。这对"高邮湖上的老鸳鸯"沐浴世纪末的阳光，共同度过幸福的晚年。当然，由于疾病，他们的幸福生活也曾蒙上阴影。先是施松卿由于中风而病倒，后来又是汪曾祺突发消化道大出血而辞世。但这时，他们双双年近八旬，也可以说是白头偕老了！

三　汪曾祺生活的方方面面

汪曾祺与书画艺术。中国的士大夫阶层，或者说通晓传统文化的纯粹的文人，大都通晓琴、棋、书、画。汪曾祺出身于书香门第，从小受家中书香和艺术的熏陶，一懂事就为他那位酷爱书画的父亲铺纸研墨，因此，他除了写作外，还长于书画，也精通音律。他的书与画，在当代文坛上都是出了名的。他晚年由于同我走得近，因此我也从他那里求得了几件书画作品。一件是20世纪80年代用一盒他所钟爱的漳州产的八宝印泥换来的，是件条幅，行书，上书他的《宿桃花源》之三："山下鸡鸣相应答，林间鸟语自高低，芭蕉叶响知来雨，不觉清流涨小溪。"诗是一首相当优美精致的七绝，字秀丽飘逸潇洒，我至今珍藏着。一件是他在《中国作家》

1992年第二期的封二上发的打油诗《人间送小温》,并配以水彩画《水仙》,我求他把打油诗写成一条横幅,他搬迁到虎坊桥福州馆街的新居后,便用一张不大的宣纸,写了一条横幅,字体是行草,于清秀飘逸之中又见苍劲有力。记得字写完了,只剩下左下方一小角还可署名,他写上"镇邦一笑曾祺"几个字,连年月都没地方标注了。但名章和闲章都是循例盖了的,因此是一件值得珍爱的书法作品。此作多年前裱后装在镜框里悬挂于我那不大的客厅墙上,供来客观赏。我还得到他的一幅画。那是1996年春节到他新居拜年,看到他书桌上有一幅画好的紫藤未署名落款,我就提出将它送我。他笑着说:"你着什么急!随时都可以为你画。"于是题了款,签送于我,题了"镇邦饰壁"几个字。好在及时抢了一件画作,否则就要不到了。汪老善于画葡萄和紫藤等藤状植物,可能同他在张家口农科所劳动改造时对葡萄及藤状植物观察仔细有关。给我的这幅画,据说是在离他新家不远、现为"晋阳饭庄"、原为纪晓岚故居的院里对一丛紫藤的写生之作,未知确乎。据我所知,汪曾祺的书画作品大都是为朋友所求或是外出参加笔会为"交饭票"而作的,因此大都是小品,大型作品不多。1996年夏天,我们一行三人即汪曾祺、唐达成和我应邀到中国石化长城润滑油公司参观,汪曾祺为公司会议室作巨幅荷花图,题曰"风从何方来",荷花在风中摇曳,颇具动感。后来,他又为新居客厅画了一幅巨幅的荷花图,且在右上题了这么一首南朝乐府:"涉江采芙蓉,兰泽多芳草,采之欲遗谁,所思在远道。"诗情画意,交相辉映,更是一件佳作。汪曾祺为人平和,向他求字求画极易。尤其到他家拜访的女孩子,均可得到字画馈赠,有时他甚至主动提出为她们写字作画,他曾自我调侃曰:"这是自投罗网!"汪曾祺一生中的书画作品有多少,谁也没有精确统计过,也无法统计。他辞世几年后,他的儿女用他在北京师范大学出版社出七卷文集的稿费,自费编印了一本《汪曾祺书画集》,印了1000册,收入大部分作品,虽答应送我一册,但至今尚未拿到手。

汪曾祺与青年作家。汪曾祺是位面容慈善的老头儿,为人平和低调,热心提携青年作家。因为当年在西南联大是沈从文先生手把手教他写作的,于是他把沈先生提携青年的作风传承下来,热心辅导青年作家。在我主持鲁迅文学院教学行政工作的期间,他被聘为鲁迅文学院的兼职教授与文学创作研究生班的创作导师,每学期都要到鲁院授课,不少青年学生到他家里接受辅导。有的后来成了才。诸如现在安徽省农业银行工作的陈立新(笔名苏北)就是当年汪曾祺重点辅导的学生,现在成了铁杆"汪迷"和著名散文作家。汪曾祺不仅通过写序和指导作品修改、向刊物推荐作品等方式施惠于青年作家,更重要的是传授一些重要的文学理念。他强调文学要回归文学,但又再三强调对人生对社会要有点作用。他说过:"一个作家的作品是要引起读者对生活的关心、对人的关心,对生活、对人持欣赏的态度,这样读者的心胸就会比较宽厚,比较多情,从而使自己变得较有文化修养,远离鄙俗,变得高尚一点,雅一点,自觉地提高自己的作品。"汪曾祺这样来阐述文学的社会作用是很精辟独特的。他被称为"中国式的抒情人道主义者",毕生写作是为了"人间送小温",这种温暖书写的姿态和理念在青年作家中产生了相当深远的影响。汪曾祺还多次在鲁迅文学院的开学、结业典礼上提出作家要"三通"的看法,这三通即打通中国古代文学与现当代文学，打通民间文学与文人文学，打通中国文学与外国文学。这个"三通"的观念，就是要作家打通古今中外与雅俗文学的阻隔，成为一个视野开阔的饱学之士。这些观念也在不同程度上影响和惠泽青年作家——当然，首先是同汪曾祺有过交往、接触的青年作家。

汪曾祺与烟和酒。汪曾祺曾对我斩钉截铁地表示："我这一辈子一不戒烟，二不离婚。"他吸了一辈子烟，嗜烟如命，因而把"不戒烟"放在誓言的第一项。他逝世之后，他的儿女把他的喜好之物——一包烟和一瓶酒作为供品供奉在他的灵位之前。记得20世纪90年代之初，他去云南参观玉溪卷烟厂，时任厂长的褚时健要他写一篇文章宣传宣传烟，并许下每年送他一箱"红塔山"（一箱内装五十条）的诺言。回京之后，他果然写了一篇万言之长的《烟赋》，刊发在《十月》杂志上。我读了夸他赋写得好，但提倡吸烟我不敢苟同，而且一辈子也不会抽烟。后来，褚时健出事了，每年一箱"红塔山"的许诺当然不了了之。为了酒，施松卿师母同汪曾祺"斗争"了一辈子，因为汪老嗜酒如命。在他生命旅程最后的十余年，我观察到不少他饮酒的情况，听到不少他喝酒的逸闻。有一次请他到鲁院讲课，食堂炒了几个小菜，为他拿出一瓶"四特酒"，他和酒友、时任鲁院院长的唐因对饮，一喝竟长达三个多小时之久，待我到办公室睡了一个午觉到食堂一看，他俩还在津津有味地喝。在汪老家里吃饭，通常是有酒的，但他当着师母的面不喝，等她一离身，即端起酒杯，仰脖一口喝下。听说他炒菜时有时酒兴一起，连作为佐料的料酒也要偷着喝几口。听师母说，有一次她到邻居家搓麻将，只剩老头一人在家。半夜回家一看，老头在卫生间里睡着了，满屋酒味。还有一次，师母从楼前的小卖部经过，人家喊住她说："你们家大作家到我们这儿买酒时还有五角钱没找零给他，带回去吧！"凡此种种，让师母啼笑皆非，也时常怨从心起。当着儿孙和我们的面数落他，均无用。可到了1995年初，汪老因小肠疝气手术而住进友谊医院高干病房，例行的体检中发现他由于长期饮酒导致肝功能异常并局部硬化，医生于是下了禁酒令，汪老这才下决心戒酒。可戒了酒，又没有精神，举起笔没有灵感，手还时常发抖，于是经医生同意，喝点葡萄酒等"色酒"，聊以解馋，以振精神，启动灵感。但最后他还是死在贪杯之上。1997年4月底5月初，他兴致勃勃地到四川宜宾参加蜀南竹海笔会，事先准备了不少字画仍不够用，笔会的主办者把他隔离，饮之以美酒，让他作画写字，喝多了五粮液，累垮了身体，返京后因突发消化道大出血而辞世。

关于汪曾祺的幽默点滴。一是汪老晚年老不知道新居的电话号码，人家一要他的电话号码，就把我家的电话号码给人家，随口报出，很顺溜。于是我在家就经常接到找汪曾祺的电话，不胜其烦。有一次，我当面抗议，他还振振有词地答道："我也不给我家打电话，只给你打电话，因此只记得你家的电话号码。"这一番话让我哭笑不得。二是1996年筹备召开中国作协第五次会员代表大会时（简称"作协五大"），听说南方一位"左爷"活动要当中国作协的主席，汪曾祺听说后肺都要气炸了。可后来"作协五大"召开，那个"左爷"没当上主席，还是巴老继续当，他还混上个"中国作协顾问"，便又高兴起来。他赶紧印一盒名片，上面赫然印着"中国作协顾问"，还派送给我一张新名片，我至今保存着。三是1996年底，上海有些好事之徒怂恿沪剧《芦荡火种》原编剧的遗孀状告汪曾祺侵权，要求赔偿巨额损失。原因是江苏的陆建华在代编江苏文艺出版社出版的《汪曾祺文集》时把戏曲卷中收入的《沙家浜》题下括号内的"根据沪剧《芦荡火种》改编"一行字自行抹去，于是招来这个大麻烦。汪曾祺是个"法盲"，没打过官司，只有挨过斗的经验，面对这么一场官司慌了手脚。于是那段日子，他几乎天天来电话通报进展，讨我的主意。后来此事转交中国作家协会作家权利保障处处理，老头儿就不那么慌了。可是据汪老的子女说，到1997年5月16日汪老辞世之后，上海方面还来催问此事，要求开庭审理此案，据说直到林斤澜先生得知此事，打电话告诉他们："人都走了，还提什么鸟事！"此事才不了了之。

2012年3月26日至28日

汪曾祺、林斤澜的福建之行

20世纪80年代末、90年代初,汪曾祺、林斤澜二老均兼任鲁迅文学院客座教授,对我的工作支持力度很大。有一次,二老提出要我陪他们到福建转转的要求。因为汪老的夫人施松卿祖籍福建长乐,他算是福建的女婿,可一直未曾去过福建,年届七旬,想到福建去当一回老姑爷;林老呢,在温州老家初中毕业后,参加革命,曾在闽东北一带打过游击,多年再也没去过福建,于是想与汪老结伴旧地重游。我想,这个要求很合理,于是把鲁迅文学院函授班的一次面授活动安排在我的故乡漳州。在漳州师范学院进行面授活动,请汪曾祺、林斤澜二老作为讲课的教授,这样不就一举两得了吗?

稍做准备,我同汪、林二老的福建之行便于1989年12月初成行。

一

为了给鲁迅文学院节省差旅费,我便陪汪老乘北京至福州的直达快车离京赴榕。虽说是直快,其实不快,要在火车上熬两天两夜计48小时。软卧很舒适,但漫长的旅途却让人煎熬。庆幸的是我随身带了两瓶朋友送的"湘泉"酒,每每到餐车就餐时让老爷子喝上两口,乘着酒性汪老天南海北地聊开,时间就这样不知不觉地过去了。因林老有收集酒瓶的雅好,我们便把质朴别致的"湘泉"空酒瓶保存下来,想着等见到林老时送给他,也算是为他的收藏添砖加瓦了。我们到达福州时,郭风先生因闻汪老来福州,亲自到火车站迎候。在福州稍事休息后,我们便转乘大巴直奔漳州。

林斤澜当时还担任着《北京文学》的主编,因要主持一个重要的会议,未与我们同行。他几天后由北京直飞厦门,然后与我们在漳州会合。

我们三人下榻在漳州宾馆,住在宾馆八号楼的一个三人间里。汪老睡中间,我与林老则睡在左右两侧。每晚我与林老的鼾声打擂台似的此起彼伏,汪老却可以安然入睡——这种超常的定力让我至今佩服不已。因为要节省经费而让两位著名的老作家住在普通的三人间里,虽然他们从无怨言,但我却一直深存歉意。

我们在漳州大概待了四五天,除到漳州师院为参加面授的函授学员讲课、辅导外,还为漳州师院的学生讲课。与此同时,由于汪老的字画在文学圈口碑极好,到宾馆住处向汪老求字者颇多。有一位《闽南日报》的记者一求再求,除为自己求汪老的墨宝外,还为他的亲朋好友来求。林老实在看不过去了,动气斥之才作罢。对于所有求字画的人,无论是否相熟,汪老都是有求必应。除了为求字者写字外,我们还偶尔到街上走走。时令虽已届初冬,但地处闽南的这座古城,仍然秋意颇浓;水果和鲜花把这座闽南古城打扮得花团锦簇。到处怒放的三角梅和在街头设摊零售的水仙花头最是吸引人,也让两位老作家瞩目。我们曾经访问过名噪一时的漳州南郊百花村,那里的花卉和榕树盆景最受汪老赞叹。当然,最让汪老喜欢的是漳州的特产八宝印泥。在北京时,我曾用一盒八宝印泥换回汪老的一张条幅。这次我们一起参观了八宝印泥厂,汪老蛮有兴致地仔细观察生产中的每一个程序。闽南之行时常有来求墨宝的人为了表示感谢送来八宝印泥,汪老也不客气地统统收下,准备带回北京写字作画时盖章用。

在漳州逗留四五天后,我们借用漳州师院的一辆旧北京吉普南下云霄。车子开出漳州城区大概十公里,到达九龙岭下的木棉庵,我们下车游览。过去我曾多次路过此处,也听过一些关于木棉庵的传说;也曾下车参观过,但都是匆匆一览而过。可是对于汪老与林老来说,这是一个重要的古迹,仅仅一个小亭子和一处破旧的小庵堂,他们都兴趣盎然地观赏了近一个小时。后来,汪老在《初访福建》一文中有这么一段简朴的记述:

> 木棉庵在漳州市外。这个地方的出名,是因为贾似道是在这里被杀的。贾似道是历史上少见的专权误国、荒唐透顶的奸相。元军沿江南下,他被迫出兵,在鲁港大败,不久被革职放逐,至漳州木棉庵为押送人郑虎臣所杀。今木棉庵土坡上立有石碑两块,大字深刻"郑虎臣诛贾似道于此",两碑文字一样。贾似道被放逐,是从什么地方起解的呢?为什么走了这条路线?原本是要把他押到什么地方去的呢?郑虎臣为什么选了这么个地方诛了贾似道?郑虎臣的下落如何?他事后向上边复命了没有?按说一个押送人是没有权力把一个犯罪的大臣私自杀了的,尽管郑虎臣说他是"为天下诛贾似道"。想来南宋末年

乱得一塌糊涂，没有人追究这件事，也就不了了之了。贾似道下场如此，在"太师"级的大员里是少见的。土坡后有一小庵，当是后建的，但还叫作木棉庵。庵中香火冷落，壁上有当代人题歪诗一首。

参观了木棉亭和木棉庵，我们又坐车沿漳汕（即324线）公路南行，不到两个小时，就到达我的家乡云霄了。途经我家住的村庄时，在乡下行医的老父亲还热情地请两位老作家在寒舍中喝了一泡功夫茶。

二

云霄地处漳江出海口，东与东山岛相邻，北与漳浦县接壤，西邻平和、南邻诏安，过诏安即通达粤东之潮汕，为闽南一重镇。我们一行三人到达云霄县城云陵镇之后，受到时任云霄县委书记的戴全成热情周到的接待。三人住进县宾馆，一人一室，两位老作家还住上了套间，再也不用三人共挤一室了。在云霄的几天，除了同文学爱好者座谈外，戴书记还陪同我们到漳江对岸下畈村山上的果园参观，品尝了刚摘下来的美味芦柑，看满山枇杷树上的花朵；还到建设中的将军山公园遛了遛，并参观了将军山的矿泉水厂，尝到了带有家乡味道的甘甜的将军山矿泉水。云霄的霞河乡出产的蜜柚闻名海内外，此柚清甜可口，但产量不多，颇为珍贵。戴书记把他珍藏的霞河蜜柚送我们每人一个。汪老的那一个一路带着，一直带回北京。他后来告诉我，切开蜜柚的时候，全家老小都聚齐，一人尝一点，颇为隆重。在我的故乡云霄，吸引汪、林二老的除水果外，大概就是海鲜了。漳江的出海口,咸水(海水)与淡水(江水)交汇,养出的海鲜尤其鲜美。汪老在《初访福建》一文中,对云霄的海鲜如西施舌、泥蚶等赞不绝口。他这样写道:"在云霄吃海鲜,难忘。除了闽南到处都有的'蚝煎'——海蛎子裹鸡蛋油煎之外,有西施舌、泥蚶。西施舌细嫩无比。我吃海鲜,总觉得味道过于浓厚,西施舌则味极鲜而汤极清,极爽口。泥蚶亦名血蚶,肉玉红色,极嫩。张岱谓不施油盐而五味俱足唯蟹与蚶,他所吃的不知是不是泥蚶。我吃泥蚶,正是不加任何佐料,剥开壳就进嘴的。我吃菜不多,每样只是夹几块尝尝味道,吃泥蚶则胃口大开,一大盘泥蚶叫我一个人吃了一小半,面前蚶壳堆成一座小丘,意犹未尽。吃泥蚶,饮热黄酒,人生难得。举杯敬谢主人曰:'这才叫海味!'"这里所说的"极爽口"的西施舌,乃是一种养殖于海水与江水交汇处滩涂的蚌壳类海鲜,由于其肉极像舌头,故称"西施舌",走遍海内外,好像只有我的故乡云霄才有此美味。西施舌既可以做汤,又可以加鸡蛋或韭菜热炒。泥蚶也是云霄的特产之一,远销海外,今年春节期间,《福建日报》一消息称,此物一公斤已达五十元之巨,可见身价之高。

  我们离开云霄时,许是考虑到两位老作家舟车劳顿的辛苦,戴书记体贴地为我们派了一辆好车。并安排司机一定要把我们平安送到福州后才能返回。离开云霄后,第一站到达东山岛。东山县政协副主席兼文联主席、诗人刘小龙负责接待我们。在东山老县城铜陵镇看了奇异的风动石和游览了马銮湾海滩之后,夜宿东山新县城西埔镇。晚宴之后,我们在刘小龙陪同下,徜徉于西埔镇的街头。初冬时节,海风阵阵,我们又在街头一个用塑料围起来的粥棚里各喝了一碗难忘的"猫仔粥"（此粥由鱼鲜熬制而成，是一种咸味海鲜粥，人们大概用此喂猫，故名），然后，由汪、林二老为东山的业余作者讲课。讲课的地点好像是一间不大的会议室，没有扩音和录音设备，到会听讲的也只有不到20人，但是两位老作家讲得却很精彩。汪老讲的是文学语言问题，论及语言的内容性、文化性、暗示性和流动性，这是他1986年应邀赴美参加爱荷华写作营在耶鲁和哈佛讲演的题为《中国文学的语言问题》专题中主要观点的演绎，但讲得更随意更生动些。他以为，讲闽南方言的写作者，要写好小说，首先要学好普通话，要学会用普通话思维和写作，而不能用闽南话进行思维活动或再翻译成普通话写出来。因此，他建议闽南作家最好能到北京住上几年，学会普通话。林老则讲述了他50年代为了写好小说在北京郊区农村生活学习语言的经历。二老的课讲得很有水平，富于启发性，可惜没有录音设备把他们的讲课内容录下来。

我们只在东山岛游览了大半天，住了一宿，第二天就离开东山经云霄、漳州抵达厦门，在厦门参观了厦门大学附近的南普陀寺，然后就渡过鹭江到达鼓浪屿中华路14号舒婷家赴宴。这次宴请名义上是舒婷请，其实一桌子富于鼓浪屿风味的美味佳肴均为舒婷的婆婆所烹制。饭后在暮色中登上当年郑成功操练水兵的水操台匆匆一游，即返回厦门岛投宿于万石山下的白鹭宾馆。翌日，我们驱车离厦赴榕，路过泉州时，参观了开元寺和东西塔，然后找我大学时的老同学黄振源君叙旧吃饭。黄君见到两位老作家十分高兴，取出家中珍藏的洋酒"将军酒"接待我们。二老痛饮后尚剩半瓶，黄君便把那半瓶送给汪、林二老，让他们带到福州再喝。二位老酒仙当然也就其乐融融地笑纳了。

三

到达福州后,我们受到福建省文联的热情接待,住进条件颇为优越的温泉宾馆。在福州逗留的数日中,林斤澜频频约会在闽东北打游击时的老战友,这些老战友或在福州工作,或在省内其他地方生活,他们闻讯后专程赶来福州同林老相聚。见到这些生死与共的老战友,林老兴奋之余早把我们这两位旅伴忘记了。于是,我同汪老或徜徉在初冬的榕城街头,或到一些名店品尝福州的小吃。我俩还曾登上福州东郊的鼓山,游览了拥有天下第一大锅的涌泉古寺。汪老对涌泉寺东山上的摩崖石刻尤感兴趣,并欣赏了北宋书法名家蔡襄的题字。蔡襄系福建汕游人,宋至和三年(1056)曾以枢密直学士知福州,汪老推测蔡襄登鼓山题字当在他知福州之际,并以为"宋四家"(即苏、黄、米、蔡四大书法家),实应以蔡为首。汪老本人就是一位书法家,对中国书法史又颇为熟悉,这一评介应是公允正确的。以前我多次来过鼓山,也看过东山摩崖石刻上蔡襄题刻的大字,却都是匆匆来又匆匆去,未能深思量。同汪老同登鼓山,受益匪浅。

对于福州精美的小吃,汪老不仅赞不绝口,而且在《初访福建》一文中还有这么一段有趣的记述:"福建人食不厌精,福州尤甚。鱼丸、肉丸、牛肉丸皆如小桂圆大,不是用刀斩剁,而是用棒捶之如泥制成的。入口不觉有纤维、极细,而有弹性。鱼饺的皮是用鱼肉捶成的。用纯精瘦肉加茹粉以木槌捶至如纸薄,以包馄饨(福州叫作'扁肉')谓之燕皮。街巷的小铺小摊卖各种小吃。我们去一家吃了一'套'风味小吃，10 道，每道一小碗带汤的，一小碟各样蒸的炸的点心，计 20 样矣。吃了一个荸荠大的小包子，我忽然想起东北人。应该请东北人吃一顿这样的小吃。东北人太应该了解一下这种难以想象的饮食文化了。当然，我也建议福州人去吃李连贵大饼。"读至此处，联想当年在福州吃小吃的情景，我不禁笑了起来。

福建省作协也效仿中国作协搞了一个文学基金会，准备拿点钱派专人陪同我们到武夷山一游。那时候到武夷山需先从福州乘火车到南平，再换乘中巴到当时的崇安（即现在的武夷山市），大概要用将近一天的时间，记得一早从福州出发，到达武夷山崇安溪畔的银河饭店时已是下午三四点钟。银河饭店虽然是一家民营的小饭店，但客房颇整洁，又在景区内，颇方便。尤其是饭菜是专门为我们设计准备的，令人难忘。记得在武夷山的三四天内，我们租用一轿车，每天上午出游，中午睡个午觉，然后就是有地方特色的丰盛的晚餐了。每天大都准备了蛇汤、冬笋、石蛙等武夷山的特产。吃着这些美味的菜肴再喝上几口黄酒，如此神仙般的日子让两位老作家都有点"乐不思京"了。

游武夷山，当然要乘竹排游九曲溪和登天游峰了。初冬时节，游人不多，我们雇用了一只竹排，坐在竹沙发上，看两岸景色，清风徐来，听着船工信口编出的神话故事，竟然在竹排上的竹沙发上睡着了，你说这有多惬意啊！我陪汪、林两位老作家游福建那一年，汪老年近七旬，林老也六十多岁了，但游完九曲、下了竹排，两老仍能健步登上天游峰，连汪老也说想不到，可能是头天晚上喝了蛇汤和黄酒，心情极好之故吧！

有一天上午,我们一行在游了一线天,并在水帘洞喝过武夷茶,参观过鹰嘴岩之后,舍车走路,大概步行三四华里,走过一段小溪上的钉子桥(即用石条立着的桥,要一步一步地跳过去,汪老一不小心差点掉下小溪,好在我眼疾手快托住他才避免出现险情),来到一个叫慧苑村的小村庄。这个小村子一共有几十户人家,房子依山而建,均是以种茶为生的茶农,这些人大多能讲闽南话,据说是从闽南安溪迁来的。这个村子不远处就是种植名茶"大红袍"的地方。我们找到一家正为儿子娶媳妇办喜事的茶农家坐了下来,讨口茶喝,沾沾喜气。这家正在办喜事的茶农极为热情,为我们冲泡了一种称为"小红袍"的新茶(当时,大红袍尚未能进行无性繁殖,即不能进行插枝或嫁接,因此极为稀缺,而在种植大红袍的周围种的茶称为"小红袍"),我们喝得顺口,汪老一下子买了半斤准备带回北京。后来回到北京,我屡次接到汪老的电话称这"小红袍"果然名不虚传,不仅入口甘醇,香气扑鼻,而且有治肚子胀的功效。此后的几年间,我又曾两度访问武夷山慧苑村的这户茶农,从其处购得或获赠"小红袍",并转赠于汪老。此事详细记录于拙作《三访慧苑村》一文。

我们在武夷山待了头尾四天,又折回福州。在福州,我送汪曾祺、林斤澜二老登上北去的列车返京,我则乘西去的列车往南昌,去取我在江西人民出版社出版的第二部评论集《当代小说艺术流变》的样书。我陪同汪林二老游福建之行,在历时十八天游走了大半个福建之后终于画上了句号。

2011年8月2日至4日

文学道路上的"探求者"

1957年春,"百花齐放、百家争鸣"的"双百"方针,曾使不少知识分子兴奋莫名,以为文学艺术的春天真的就要到来了!当时,在江苏省文联创作组的几位青年作家——陆文夫、高晓声、方之、叶至诚、梅汝恺、陈椿年、宋词等也想干一番事业,酝酿成立"探求者"文学社团,并创办同人刊物《探求者》。社章和宣言拟好后,陆文夫自告奋勇携社章和宣言从南京赶回苏州,拉时任江苏省委宣传部文艺处处长、正在苏州写作长篇小说《大江风雷》的艾煊"入伙"。艾煊连看也不看就签上了名,于是成了资格最老、年龄最大的"探求者"。然而是年夏天发动的一场反右斗争,尽管"探求者"的宣言上写明"不断地学习马克思主义,在辩证唯物主义世界观的指导下,运用现实主义的方法进行创作",成员们还是无一幸免地成了右派分子。经过长达二十几年的"改造",1979年,他们真正地迎来了文学的春天,成了文学道路上奋力探求并卓有成就的"探求者"。"探求者"的诸位仁兄,我大都熟悉,其中的艾煊、高晓声、陆文夫、叶至诚等四位,交往较多,可以称为至交。而他们又都先后于20世纪末21世纪初作古。下面是关于他们的一些零碎的回忆。

艾　煊

　　我同艾煊初次见面是在1984年3月中旬于苏州举行的陆文夫作品研讨会上。阳春三月，莺飞草长，正是江南的好时光，陆文夫的创作也正处于全盛时期，于是，江苏省作家协会在苏州为他举办了一次盛大的作品研讨会。艾煊其时正担任单独建制的江苏省作协的党组书记兼主席，他到苏州为这次学术活动掌舵。我当时在中国作协创作研究室工作，前一年（即1983年）创研室编了一册《当代作家论》，其中的《陆文夫论》是我花了不少精力写成的，陆文夫的作品研讨会我当然要参加。那时的作品研讨会不像现在这么多，这么滥，显得特别隆重，来自全国各地的评论家、作家、编辑近百人与会。就是在这个会上，人们把陆文夫称为"陆苏州"，而把艾煊称为"艾江南"的（据我的朋友、后来曾任江苏省作协创研室主任的黄毓璜说，称艾煊为"艾江南"我还是始作俑者，版权应归我）。会上会外，我同艾煊有了不少交流，交上了朋友。于是，对他的经历大致有了一点了解。

　　艾煊于20世纪30年代后期抗日烽火燃起时就投身中国共产党领导的革命队伍。据他说，他是于1942年在抗大八分校当教员时开始正式在报刊上发表作品的，"创龄"相当长，可以说是位资深的老作家了。他虽然是位老革命、老作家，却全然没有一点官架子，身上仍然保留着相当多的文人气质；而从衣着上看，则更近似一位老工人。1956年（一说1957年），他任江苏省委宣传部文艺处处长，是分管文艺的官。据高晓声后来回忆说："1955年我住在无锡市肺结核防治院治疗的时候,艾煊有事来无锡,便坐了轿车来看我。当时有资格坐轿车的干部来医院看过我的,也只有他一个人。"(见《往事不堪细说》一文,载《艾煊作品研究》第10页,中国文联出版公司1987年12月第一版)高晓声、陆文夫一帮青年作家正在酝酿成立一个叫"探求者"的文学社,筹办同人刊物,起草了一纸宣言,想让艾煊看看,并拉他"入伙"掌舵。艾煊当时正躲在苏州的一个僻静处写他的第一部长篇小说《大江风雷》,于是,陆文夫自告奋勇回苏州找到艾煊。据高晓声后来回忆说,当陆文夫拿着"探求者"的宣言在苏州见到艾煊时,"他虽然不曾同意,也并未拒绝"。因此,当"探求者"被打成反党小集团,高晓声、陆文夫们无一漏网地被划为右派时,艾煊自然也被当作"探求者"的一员,由一个老革命变成了右派分子,并被送到太湖中的洞庭西山劳动改造。洞庭西山是名胜,又为了照顾艾煊这个老革命,只让他干些采茶的轻活,因此后来艾煊向我陈述这段生活时说,那些年并没有吃什么苦(这有点像汪曾祺当年发配到张家口农科所劳动改造的样子),反而有了一些意想不到的收获,写下了收在《碧螺春汛》中的多篇优美的散文。当然,艾煊政治生命与艺术生命勃发的时期还是在70年代末,粉碎了"四人帮",拨乱反正,改正错划之后,这位老革命又回到了革命队伍,担任江苏文艺界的领导工作,重新焕发了艺术青春。在领导工作繁忙之余,不到几年间,他就创作了电影剧本《风雨下钟山》和长篇小说《乡关何处》两部反响较大的作品,并有大量散文新作面世。这样忘我地工作,真有点拼命的架势。他在苏州时告诉我,80年代初写《乡关何处》时,写到最后几章时他的心脏病发作了,常常是写一点儿就得伏案休息,于是只好草草结束。这就是作品有点头重脚轻的原因。

自从1984年春天在苏州陆文夫作品研讨会上同艾煊认识后，我们之间陆续有了些往来。

是年秋天，单独建制之后的江苏省作协举办盛大的太湖笔会，邀请天下文友聚会于钟山之下、太湖之滨，历时十余天，先在南京集合，畅游金陵古城，然后移师江南名城苏州，探同里、访甪直、游盛泽，最后一站到了无锡和宜兴，并在无锡闭幕。这是我一生经历的规模最大、收获最多的一次文坛盛会。在这次笔会上，我同艾煊再次见面。他作为江苏省作协主席兼党组书记，本来可以坐镇南京指挥的，可他不愿意放弃这次同来自四面八方文友相聚的机会，于是从南京到苏州再到无锡，他一路陪着大家。当然，他不是那种事无巨细都要揽过来的官僚，在笔会的整个行程中，他潇洒得很，大事过问，小事放手。于是，当我们住在苏州南林饭庄一座旧楼里的那几天，常在一起聊天，一起到楼下的客堂里欣赏为我们专场演出的评弹，我也围观他同吴强等老同志下围棋。正是这次笔会期间，他告诉我，已无意于官场，并准备把自己的创作暂放一下，腾出手来抓一下江苏青年作家队伍的建设。他说，有时连省人大常委会他都不想去参加，怕浪费时间，而为了选择青年作家进省里的青年创作组，却愿意花大把时间亲自审读青年作家的作品，这绝不仅仅是为了选拔其中优秀者进省作协的青年创作组，也是为了更好地指导他们提高创作水平。在他的紧抓之下，三五年间，江苏省青年创作组建立起来了，调进了诸如赵本夫、范小青、黄蓓佳、苏童、储福金、叶兆言等一批青年作家，并为他们的生活和创作创造了比较好的环境和条件。看来，艾煊的心血没有白费，江苏省的文学事业后继有人，作家梯队比较整齐，继以艾煊、高晓声、陆文夫为代表的"探求者"一代作家之后，赵本夫、范小青、苏童、叶兆言、毕飞宇这一代作家成长起来，并蜚声海内文坛，这同当年艾煊的战略决策和心血浇灌是分不开的。

1984年与1985年之交，中国作协第四次会员代表大会在北京召开，艾煊率江苏作家代表团与会。我作为大会工作人员和江苏作家代表团的联络员在京西宾馆的十余天中同艾煊可以说是朝夕相处，有了进一步的接触。在那十来天中，同江苏代表团的作家往来甚多，在胡石言的策划下，1985年元旦之夜同黎汝清讨论其长篇小说《皖南事变》的详细写作提纲至深夜；关于张弦的理事问题也反复磋商，由我上传下达。这期间，我也进一步了解到艾煊朴实的作风和沉着冷静的处事方式。当然，还有他身上那浓浓的文人气质，这一切都给我留下深刻的印象，同时也加深了我们之间的友谊。

再次见到艾煊是1985年的秋天。他的作品研讨会继陆文夫之后在苏州举行，我应邀再次到苏州参加江苏文坛这一盛会。记得在会上主要争论这么一个问题，艾煊的文学成就中，是小说成就大，还是散文成就大？我是分工读他的长篇小说的，并有写文章的任务（因为江苏几位主要作家的研讨会后都要出一本研究论文集，陆文夫的会开过后出过一册，艾煊的会开过后仍然要出一册）。于是我当然尽力举证论述艾煊长篇小说的思想艺术成就。其实，艾煊的散文写得更放松自在些，有其更突出鲜明的艺术个性，而长篇小说呢，境遇大都不佳。1956年在苏州埋头写出的《大江风雷》，迟至1966年才由人民文学出版社出版，一出来"文化大革命"爆发，书就压库里了，未能产生其应有的社会影响。《乡关何处》，从前半部看，倒是很有特色，甚至很有点史诗的意味，但写到后面，由于他的心脏病突然发作，草草收笔，就显得虎头蛇尾了。大概开过1985年秋天的研讨会后，艾煊更加清醒地认识到自己在文学创作上的优势所在，于是此后十余年他把主要精力用于散文创作方面，且颇有收获。20世纪90年代初，我和友人谢永旺应邀为群众出版社主编一套"当代名家随笔丛书"，前后几年共出了三辑30种。在编第二辑时，我们想到了艾煊。于是在1994年5月，我到了南京组稿，艾煊为我安排了食宿等各项事宜，并交了打印得很清楚整齐的文稿《金陵·秣陵》，还带领我认识了诗人、散文家忆明珠，向他组了一部书稿。几年后，在1996年12月于北京召开的中国作协五大上，他还送给我一套新出版的散文集，共六册，总题为"烟水江南绿"，分为《海之潮》《绿醉天涯》《人之初》《醒时的梦》《海内存知己》《茶之余》等六部分册，由珠海出版社出版。记得两年前在南京组稿时，他曾对我说，除交给我的《金陵·秣陵》外，他的散文随笔还可以编成若干集子，可是无处出版。看来，1985年秋的作品研讨会之后，他把主要精力转向散文创作，的确写下不少散文佳作，可是由珠海出版社推出的六部散文集，无论从印制质量看，还是从版式来看，可能都是自费书。这正说明散文创作与出版处于一种相当尴尬的局面！

  话还得说回来。1986年5月，我到上海出差，回京途中被胡石言传唤到南京商讨黎汝清的长篇小说《皖南事变》出版事宜，于是在南京有了几天的逗留。这几天，艾煊盛情款待使我没齿难忘！他不仅在金陵饭店的"六朝春"盛宴款待，还让张弦专门陪我去看了阳山碑材。所谓"阳山碑材"是当年朱元璋在南京建都时开采作为碑材的石料场，至今仍遗存相当多尚未运走的作为碑材的石材，值得一看。可是由于交通不便，人迹罕至，跑一趟阳山殊属不易。将近30年过去了，我一直记着艾煊、张弦等故去的老友对我的厚待。

1997年春天，我为山东大型文学双月刊《时代文学》主持一个聚焦作家的专栏《名家侧影》，向艾煊组稿，他热情支持。关于他的专辑就在这一年第三期的《时代文学》刊出。可惜我当时准备南下珠海治病疗养，行色匆匆，来不及为他写一篇文章。后来就听到他在南京举办别开生面的散文作品研讨会的消息。据说还有一封由他起草的邀请信，措辞相当幽默，其中言及此次研讨会，既无车马费、出场费，也无力宴请与会者，愿者上钩云云。手边正有他草拟的《预请柬》，兹摘引若干段落于下，即可见其为人的品格与为文的风范：

　　时下谀词漫天飞舞，直言避讳敛迹。习见者，以文艺捧场，替代文艺批评。学术讨论会，演化成官场排场。这次邀请诸位参加之小集，名曰艾煊散文作品批评会。批评会有别于捧场会。批评也有别于批判。批判为金棍子、银棍子们一边倒的斥责与辱骂。批评，为有好说好，有坏说坏的真话讲坛。

　　……

　　君子之交淡如水，会上会后，既无酒宴，也无水果糕点，更无拎包红包。清茶一杯，废话一篓，龙宫鬼蜮，艺苑尘。会开至午，意绪阑珊，即望起驾回府。若意犹尽，午后续谈。中午则向诸君子呈上快餐一盒。

越年,又听到他赴美探亲发现绝症回国治疗的消息;

再后来又听说他住进医院;

最后传来他辞世的噩耗。

2002年七八月间,我突然接到他的长女艾涛的电话,其父之文集八卷已校读完毕,即将付梓,由上海文艺出版社出版;她还说,其父临终前曾留下一份送书的名单,在这个名单上,我列第一名。听到这儿,我心里一悸,觉得愧对故友艾煊。他是2001年8月10日辞世的。听到噩耗时,我正准备参加中国作协组织的理论家访问团赴台访问;访台回来后,又是重庆、武汉、深圳、上海等地跑了一圈,然后又出访加拿大东部的蒙特利尔、多伦多、渥太华等地。既未曾发唁电,又没有写悼文,真是辜负了艾煊生前对我的一片深情!直到2002年9月,接到艾涛寄来的《艾煊文集》八卷,读了一遍,才感到心中稍许平静下来。现在,《艾煊文集》同《鲁迅全集》《张光年文集》《汪曾祺文集》《鲁彦周文集》等一起排列在我书柜最显眼之处,以备时时查阅,这就算是对故友的一点纪念吧!

高晓声

高晓声是"探求者"的主将,据说"探求者"的宣言是他起草的。因此,在反右中,他被错划为极右分子,遭到"双开"(即开除党籍、开除公职,这是处理较严的一种),遣返回原籍(江苏武进,即常州市的郊区)劳动。在那里待了22年,直到1979年改正"错划"之后,才回到南京"归队"。高晓声在回忆艾煊的一篇文章《往事不堪细说》中这样写道:"到了1979年3月,我们才在南京重新见面,艾煊向大家说了一句伤感的话:'你们看,高晓声下去的时候，还是一个青年人，现在回来，已经是个小老头了！"岁月无情，历史的错误不仅耽误了一个人的青春，也耽误了他创作的大好时机。然而，上帝（如果真有上帝的话）也是公平的，22年的磨难也成了高晓声取之不尽的精神财富和生活矿藏。1979年春天重返文坛之后，他接连发表了从《漏斗户主》到《陈奂生进城》《陈奂生转业》《陈奂生出国》的"陈奂生系列"及其他农村题材的中短篇小说，引起强烈的反响，其中《陈奂生进城》还荣获全国优秀短篇小说奖。

　　说起《陈奂生进城》，还有一段动人的故事呢！陈奂生系列的第一篇《漏斗户主》，写陈奂生家人口多劳力少是个透支户，生活穷困潦倒，表现出中国农村在党的十一届三中全会前的状况，是独具社会认识价值的；但是由于作品写得太实，几乎是原型生活的实录，因此发表后反响不大。而这个系列的第二篇《陈奂生进城》，写陈奂生改革开放后进城卖油绳（油条）赚了五元钱，本想买一顶帽子，后来由于他不吃早饭血糖低而晕倒被地委书记路过时发现，用小车送至医院并住进县招待所的"高间"这么一段喜剧性遭遇，虽纯属虚构，却把农民进城住招待所"高间"时的心态写得淋漓尽致。其实，陈奂生的这种心态乃是作家高晓声一次住高级宾馆心态的外化。事情的经过是这样的：1979年右派错划改正之后，高晓声同他的"探求者"伙伴们回到了文坛。中共江苏省委宣传部为了给他们一次开阔眼界的机会，组织他们一行外出参观访问。他们一行，包括高晓声、艾煊、陆文夫、方之、叶至诚、陈椿年、梅汝恺、宋词等人，从南京出发，经徐州沿陇海线到西安，又从西安穿越秦岭到成都。在成都期间，他们受到高规格的接待，住进当地最现代也最豪华的锦江宾馆。对于刚从苏南农村走出来，在生活的底层挣扎了20余年的高晓声来说，这种生活的反差实在太大了。在这座高级宾馆里，高晓声感到无所适从。他觉得眼睛都看花了，从客房里的席梦思床、纯毛地毯到沙发、压水瓶，从洗刷得锃亮毫无异味的卫生间到彩电、冰箱等各种家用电器，他都感到新鲜。几天中，他好似生活在仙境中。他体验到人生的沉浮，也感到生活的多姿多彩。当他们一行经重庆、武汉回到南京，他一回到常州，立即投入新的创作。他在成都锦江宾馆这段非凡的生活体验虽可以写成纪实性的散文或别的文字，但他却把它写进了"陈奂生系列"的第二篇《陈奂生进城》，把他的这段生活体验改写为小说中的人物陈奂生的一段经历。此作大获成功，摘取了全国短篇小说奖的桂冠。可是麻烦随之也就来了，小说主人公陈奂生的原型高奂声听说高晓声以他的经历写小说，不但当上了官，还获取大名大利，便到常州城里找到高晓声，要求帮他的子女安排工作，弄得高晓声哭笑不得。最后，只好给了五百元打发高奂声回乡下老家。

　　高晓声是个嗜酒如命的酒徒。20世纪50年代初，他和林斤澜、陆拂为等人在无锡的苏南新闻专科学校上学。晚上常常是三五结队到小酒馆里喝黄酒。据说有一次喝完了交不起酒资，林斤澜脱下身上的西便服作为酒账的抵押品，回去学校凑够钱后才把那件抵押的西便服赎出来。这真是活得够潇洒的！"文革"岁月结束，但错划右派还未得到改正的那几年，陆文夫已从苏北回到苏州，有时高晓声到苏州看病或办事，一到陆文夫家，哥儿俩就关起门来喝慢酒，能喝上整整一天，直到陆文夫的夫人管大姐一声断喝："你们这样子要喝死人的"，他们才停杯。1985年秋天，我与高晓声一起参加过在苏州举行的"艾煊作品研讨会"之后,一起经上海到贵州,然后转赴遵义,参加黔北笔会。参加这次笔会的除我与高晓声之外,还有以长篇小说《金瓯缺》闻名于世的徐兴业老先生,此外还有何士光、顾汶光、李宽定、曾镇南等。我们在遵义待了近一周,除参观遵义会议遗址、娄山关、红军坟等名胜外,就是喝黔北产的各种名酒。除茅台外,还有董酒、习酒、鸭溪老窖等,几乎早、中、晚三餐均有酒。尤其是早餐,吃豆花饭、喝小酒,真是快活似神仙。这正中了高晓声的下怀。在遵义那些天,他特别快活,话也就多了起来,给各种酒起绰号,比如说习酒是"布衣大夫"、鸭溪老窖是"辣味甜姐儿",等等。当然,在喝完酒后滔滔不绝的言说中,也说到他坎坷的经历和带悲剧性的家庭生活。我们一行从遵义又折回贵阳,先到安顺游览了黄果树大瀑布和龙宫景区,又回到贵阳讲学。我因要赶回北京筹办第二届茅盾文学奖的颁奖工作,提前离开贵阳返京。这大概是我同高晓声相处最长的一段日子。

后来,也听到关于高晓声的一些消息,最后,他还是由于家庭生活不幸,身体得不到调养过早地离开人世。

陆文夫

在属于"探求者"的诸位仁兄中,我同陆文夫交往时间最长、交情也最深。

20世纪80年代初,我在中国作协创作研究室工作,拟编一卷《当代作家论》交作家出版社出版,其中的《陆文夫论》由我撰写,于是同陆文夫有点书信往来。越年,即1984年春,江苏省作协在苏州举办"陆文夫作品研讨会",我应邀赴会,在会上见到精神矍铄的陆文夫,从此成了好朋友。当然,我同陆文夫之间纯属评论者与作者的友谊。我一向认为,评论家与作家应该可以成为挚友,可以进行沟通和切磋,而不应该成为陌路和仇敌。因此,我与陆文夫大致上是以文字之交为主,一个时期内,我几乎追踪他的创作足迹,除了《陆文夫论》(1983年)外,还写了不少关于陆文夫创作思想与作品的评论,主要有《艺术辩证法的创造性运用——略论陆文夫的小说理论和小说创作》(1985年),《精心营造小说艺术的"苏州园林"——陆文夫1984、1985年创作漫评》(1986年)等宏观评论,1986年上半年,还代他编辑了《艺海入潜记》一书,书中收入他的创作谈以及艺术随笔十余万字,由上海文艺出版社出版。通过对陆文夫的作品阅读和评论,尤其是20世纪80年代中后期比较密切的往来,诸如1985年一起参加"第二届茅盾文学奖"的评奖工作(我是评奖办公室的具体负责人,他是评委,我们常在一起谈论工作或聊天),或者我在鲁迅文学院主持教学行政工作时多次乘他来京开人大会或作协的会议时请他来鲁院讲课,我对他的为人和创作有了较深入的了解。我认识到,陆文夫是一位善于思考和探索的作家,是一位具有鲜明的艺术个性的作家。有一次,我陪他到苏州大学为学生做报告,在谈到创作过程时,他把创作过程中的准备阶段归结为"看清楚"和"想清楚"两个阶段,这同当年王国维在《人间词话》中所说的"大家之作"往往是由于作者"见者真""知者深"的道理不谋而合。这种见解,深入浅出,丰富了创作学的美学理论。1987年秋,他到北京参加作协的理事会,我请他到鲁院给学生讲上一课,由于他白天活动多,只好安排在晚上讲。讲课前,他可能喝了点酒,且达到微醺的程度,于是讲出新的水平。在这次讲课中,他把创作的心理活动描述为"打醉拳"的过程。他说,一个作家在落笔之前,是要对生活"看清楚",对要写的东西"想清楚",但是,一旦动笔,就不要太清醒,太理智了,因为创作是一种情感的活动,太清醒,太理智,往往就会太观念化。他用"打醉拳"来描述这种创作的心理活动特征,实在是一种妙论。中篇小说《井》的创作过程则提出了另一重要的创作理论。《井》发表后,不少读者对他把女主人公徐丽莎写成跳井自杀这么一个悲剧的结局有点不理解,甚至认为他违背了自己的创作常规,因为陆文夫的一些代表作几乎都是喜剧结尾:诸如《小巷深处》里的徐文霞走向新生活,《小贩世家》里的朱源达幸福度晚年,《美食家》里的朱自冶吃成了"美食家",等等。有一次,我就这一问题同他闲聊,探询他为什么让徐丽莎跳井而死?没想到,这一问却问出他一番精彩的妙论来。他说,当一个人物在作家笔下活起来以后(也就是具有艺术生命的时候),作家就不能任意安排他们的命运。写徐丽莎之死,正是遵照这一原则的。1985年春,《中国作家》刚刚创办,派编辑石湾到苏州组他的稿并坐等他的作品,他躲到苏州郊区写这篇题为《井》的中篇小说。写到徐丽莎准备跳井自杀时,他不忍心让这个盼来了春天的美丽女工程师跳进那黑咕隆咚的古井里,于是搁笔三天,想尽办法挽救她。三天过去了,还是一筹莫展,因为在那种情景下,情节发展别无他路,只有让徐丽莎跳进古井里,才符合她性格的发展逻辑。于是下狠心动笔写下那个悲剧性的结尾交卷,让坐等于苏州的石湾编辑回京交差。

据我所知,除社会上知名度甚高的成名作《小巷深处》和中篇小说《美食家》外,《小贩世家》《唐巧娣翻身》等是陆文夫比较看重的作品。《小贩世家》写的是卖馄饨的小贩朱源达辛酸的一生,浓缩他对半个世纪以来社会变迁的认识和体验,细节描写也颇为精彩;《唐巧娣翻身》写的则是纺织女工唐巧娣解放以后政治上翻身了,但由于文化上没有翻身,于是在社会地位上仍然处于底层而翻不了身,作品的寓意颇深,耐人寻味。这类陆文夫自己看重的作品,发表出来由于时机不对头,宣传评论工作跟不上,导致反响平平。而短篇小说《围墙》却因一位省委书记偶尔读到并热心推荐而轰动文坛内外,这让陆文夫哭笑不得。晚年他下功夫颇多的长篇小说《人之窝》除了得到一个"首届紫金山文学奖"外,似乎反响也不够强烈。

当然,中篇小说《美食家》反响的强烈程度也出乎陆文夫的意料之外。这篇写一个靠美食成"家"的"白相人"的长达八万字的中篇小说一发表,即产生轰动效应。不仅迅即改编成电影、电视,还被译成多种文字版本介绍到国外去。陆文夫也由此荣获"美食家"的美誉。陆文夫的"美食家"是吃出来的,他只会品尝美食,而不会烹制美食,这一点不如汪曾祺,汪曾祺是既会品尝又会烹制,而且善于烹制。因此,汪曾祺把陆文夫戏称为"半吊子美食家",而汪自己当然是"全方位美食家"了!陆文夫在美食方面颇为讲究,经验丰富,例如他在中篇小说《美食家》中所说的汤里不放盐是有根据的。他说,汤往往是最后上的一道菜,这时食客们嘴里已积累了不少盐,汤不放盐一进口也就有咸味了。因此,他说,《美食家》中写汤不放盐是有充分根据的。他还告诉我,他品尝美食的经验也是积累起来的。20世纪50年代他刚出道时,稿费比较高,例如《小巷深处》发表时的稿费就有500元之多。在20世纪

50年代，500元是一笔相当丰厚的稿酬。而当时物价低，在苏州的老作家，如程小青先生等都长于品尝美食。于是每次聚会，每人掏一元钱就可以吃到一顿丰盛可口的美食。可见，陆文夫这个"美食家"是前辈程小青先生等培养出来的。

我有几次同陆文夫品尝美食的经历。1985年秋天，我到苏州参加艾煊作品研讨会，会议期间，时任苏州大学中文系系主任的范伯群把与会的七八位作家、评论家请到苏州大学同学生们见面，做文学讲座，一人讲个20分钟左右，我们讲了足足一个晚上。参加者有我和老范在复旦大学的老师贾植芳教授，还有陆文夫、胡石言、高晓声、张弦和我，其他两位记不起来了。当时，还不兴给讲课费什么的，老范的意思是第二天安排在苏州大学招待所的食堂里请我们吃一顿算是答谢。陆文夫说不干，这太便宜老范了。于是他向老范要了150元亲自跑到"小小得月楼"，从经理到厨师再到跑堂的服务员，上上下下打了一番招呼，让我们美美地吃上一顿地地道道的苏州菜。这一顿美食，可谓色、香、味俱全，尤其是那道豆苗虾仁：翠翠的豆苗上铺上一层白白的河虾虾仁，不要说吃起来味美无比，就是看起来都是美的。从张罗这顿饭，显示出陆文夫美食家的水平，也显示出他在苏州的公关能力。还有一次品尝美食的经历也让人难忘。1986年的五六月间，我先在上海参加母校复旦大学的校庆活动，然后又到了苏州。此次去苏州一为到苏州大学讲讲课以便混顿好饭吃，同时也想到陆文夫处把替他编就的《艺海入潜记》书稿送给他过目。于是，老陆请我在家里小酌。那时他还住在善家巷的老房子里，他吩咐小女儿锦锦准备的饭。记得主要有一大盘刚出锅的叉烧肉，还有几瓶啤酒。喝啤酒，就叉烧肉，这顿饭也是我吃后久久难以忘怀的。叉烧肉制作的水平相当高，我一口气吃了三斤多，以至于锦锦笑着说要收我的伙食费。

作为一位知名度甚高的美食家，陆文夫还善饮，即喝酒、饮茶。他喝的是慢酒，以黄酒为主，偶尔喝点白酒和啤酒。我不能喝酒，一般不陪他喝。但是1984年秋天的太湖笔会散伙前的晚宴，他劝我陪他喝苏北的名酒洋河、双沟，差点醉了。在微醺中，如今已故的文友刘亚舟（黑龙江）、顾汶光（贵州）扶着我在太湖边散步醒酒，则别有一番滋味。老陆喝的茶只有绿茶，而且只喝碧螺春。我之喜喝碧螺春，就是他带出来的。1984年秋冬之间，由闽返京途中在苏州小憩，老陆陪我游网师园，由于老陆小女儿的面子，公园服务员给我们各自冲泡了一杯上等的碧螺春茶：满杯绿色盈盈，氤氲中暗香浮动，浅尝一口，绵甜醇香，回味无穷。从此，碧螺春成了我喝绿茶时的首选！

陆文夫1928年出生于江苏泰兴临近长江的水陆码头陆港，少年时代负笈苏州，就读于苏州中学（即后来的苏高中）。1948年渡江赴苏北解放区参加革命，次年重返苏州，任新华社采访员，《新苏州报》记者。1956年发表短篇小说《小巷深处》，一举成名。1957年成为江苏省文联专业创作员，即成为专业作家。后因"探求者"案错划为右派。他的青年时代和中年早期，生活经历颇为坎坷，也有"三起二落"之说：即发表《小巷深处》，一举成名，为"一起"；1957年错划右派，为"一落"；1960年重返省文联，为"二起"；"文革"期间，举家迁往苏北射阳插队，为"二落"；"文革"之后，举家迁回苏州，1979年改正错划，重返文坛，就只有"三起"，而再也不"落"了。中年之后，他还是比较顺当的。在

1984年至1985年之交的中国作协四大上，他当选为中国作协副主席；随后，又担任江苏省作协主席；1986年又被选为全国人大代表，多次出国访问；1997年7月1日，他还作为中国作家唯一的代表出席香港回归仪式。可以说，他的中年后期至晚年，生活道路与创作道路很是顺畅，充分享受了一个中国作家能享受到的所有尊贵待遇。苏州市委市政府还把在带城桥据说原来为市领导建的一套别墅分给他住。当年以至当下，能住上政府分配的别墅的作家，恐怕只有陆文夫了。据说后来安徽也分了一套别墅给鲁彦周，其他的再也没听说了。当然，陆文夫的老境也有不尽人意的地方，一是疾病缠身，他年轻时烟酒均好，故进入老年后，支气管炎发展为肺气肿、哮喘，最后变成肺心病。另一方面，江苏省作协主席宝座突然丢失，令他颇感失落，影响到情绪。他对我说过，有一次省里打电话告诉他到南京去一趟，有要事相商，他驱车从苏州赶到南京，组织上找他谈话，要他辞去省作协主席一职。他同意了，也就回苏州了。当了好几年的省作协主席就这样让出去了。当然，晚年的陆文夫把精力集中于办《苏州杂志》和经营"老苏州"餐馆上。《苏州杂志》安营扎寨于叶圣陶老先生捐出的宅子里，倒是很安闲，杂志也办得颇有特色，老陆从组稿到选稿、编稿，事事过问，精心编辑，付出很大的精力。但囿于只发写苏州的作品，使杂志只有地方性，缺乏全国视野，故也难以走进全国读者的心中，倒是对吴文化的开掘与发展起了不可替代的作用。至于"老苏州"餐馆，他只是后台，一切由其女陆锦打理。后来陆锦病逝，"老苏州"餐馆也就不知所终了。记得2000年秋天，我应邀到苏州大学讲课，恰遇我的62岁生日，老陆还请我在"老苏州"过的生日，锦锦还为我特地做了几个大寿桃呢!

老陆有两个女儿：陆绮与陆锦。绮绮考上了西南政法学院，毕业后到北京当了律师。可在80年代中期被查出患有肺癌，好在早期查出、精心治疗，并请当时中医研究院广安门医院的肿瘤科主任段凤舞大夫为她诊治。段大夫的父亲是清代宫廷的太医，家学渊源，他一方面为绮绮开了一剂常服的中药，以去邪扶正，增强体质，保证她顺利地进行"放疗"和"化疗"；另一方面，又为她开出了"犀黄丸"的处方，共50余味中药，其中有牛黄、麝香等名贵中药。老陆夫妇为配制"犀黄丸"费尽九牛二虎之力，估计老天也为这对夫妇的爱女之心感动了，药终于配好了。将近30年过去了，绮绮仍然健康地生活着。可小女儿锦锦却没有姐姐那样幸运，她因病过早地离开了父母！锦锦本来是为了陪老陆夫妇而专门留在苏州的，她过早的离世对老陆的打击是可想而知的！

我最后一次到陆文夫家是在他辞世的前一年年底，即2004年12月24日。那时，我与何西来应邀先到无锡参加了为十个青年作家举办的作品研讨会，会后顺访宜兴、常熟、苏州，在苏州大学讲完课后准备返京，听说老陆刚刚出院，于是准备去看看他。先托范小青给管大姐打了个电话，遭婉拒，但我不顾一切买了鲜花和水果直奔带城桥路36号的陆府。陆文夫此时显得消瘦憔悴，但见到我这个老朋友在圣诞节前夕的到来，立刻来了精神，从躺着的床上坐起来，在我的坚持下，又躺回病床同我及西来聊了半个多小时。没想到，这竟是我同他的永诀！

叶至诚

叶至诚是现代著名作家、教育家叶圣陶先生的二公子。在"五四"以后文化名人的后人中，叶至诚是最为低调的一位。在反右之前，他低调地生活，从不拿他的父亲说事；反右之后，他因"探求者"一案被错划为右派分子，更是低调做人了。1979年改正错划后，他当了《雨花》的主编，"探求者"的同人一个个红起来，他仍然一味地低调。我同他见过几次面，在南京的会上或某个饭局上。有一次是在北京东四八条他父亲的家里见到他，只是寒暄几句而已。和他真正有所交流是在我们同时参加1984年秋天由江苏作协主办的太湖笔会。在这次笔会上，不仅同游同聊，还有几天同居一室。虽然彼此的鼾声有所相扰，却相安无事，而且聊得很好，因之可以称为朋友。

记得至诚兄多次告诉我，他一辈子都生活在名人的阴影下。小时候生活在其父亲叶圣陶（绍钧）的阴影下，叶圣陶先生是位大作家，但对子女要求极严，叶至诚虽然是其少子，其上还有姐姐和哥哥，却一点也不被纵容，由不得他耍公子哥儿的脾气，于是只好低调为人。长大成人了，娶了个老婆是锡剧名角姚澄，甚至可以称为表演艺术家，在江南一带的名气大得很，出去场面上应酬，人家一介绍他就说，这是著名演员姚澄的爱人；在老婆的阴影下生活，只好继续低调为人，仍然抬不起头来。到老了，儿子出名了，儿子叫叶兆言，在文坛上名气也不小，是位硕士出身的著名青年作家。因此父子出去应酬时，人家一介绍他就说，这是著名作家叶兆言的父亲，又得生活在儿子的阴影下，此时除了继续低调似别无选择了。

如此这般，本来老实巴交的叶至诚就更加朴实无华了，甚至可以说朴实得有点窝囊。

其实，叶至诚也是很有才华的，他的散文随笔写得很出彩；《雨花》在他的主持编政之后，也办成了全国闻名的名刊。只是他们一家（包括他父亲及哥哥叶至善、侄儿叶三五等）太出名了，于是就轮不到他显山露水了。

1984年秋天太湖笔会，从南京到苏州，由于我睡觉打呼噜，一般受到照顾，单居一室。比如在苏州住南林饭店期间，就在艾煊、吴强、王西彦等老同志住的小楼上，安排一间耳房（可能是秘书或传达室之类）让我单独住，以免"扰民"。可是到了无锡住进湖滨饭店，房间有点紧张，不能单独居住一室了。于是就与同样打呼噜的叶至诚同居一室了。叶至诚的呼噜果然打得超水平，以至我三天晚上均无法入睡，起来挑灯夜战写文章。至诚兄打呼噜很有特色，他是先憋住一阵子，然后一下子打出来，山崩地裂似的，颇为震撼人心。他有时醒过来，睁开眼看我端坐在写字台前，开着灯写文章，似乎抱歉似的冲我嘟囔几句，我赶紧说声"没事、没事"，他又倒头睡去了，呼照打，直至天亮。于是乎，在无锡湖滨饭店与叶至诚同居一室三夜的情况，快过去30年了，仍然难以忘怀。

后来，很少有机会见到叶至诚了，倒是常常见到他的儿子叶兆言，见到时就问一句他父亲怎么样，他回一句"还好"就过去了。直到他悄然辞世，见到叶兆言时也就不再问了。

2012年5月17日至20日

徐兴业的传奇人生

长篇历史小说《金瓯缺》的作者徐兴业是我一位已故的老朋友。

记得第一次见到徐兴业是 1982 年底在北京举行的首届茅盾文学奖颁奖活动暨全国长篇小说创作座谈会上。徐兴业的四卷本长篇历史小说《金瓯缺》的前两部已由福建人民出版社出版,由我的老师郭绍虞先生作序并题扉,在社会上引起相当强烈的反响。但按茅盾文学奖评奖条例规定,凡多卷本的长篇小说,必须待全部出齐后方能参评,单部不能参评,故《金瓯缺》的前两部未能参与首届茅奖的评奖。徐兴业先生此次参加颁奖仪式及长篇小说创作座谈会,是作为上海作协的代表,更重要的是想来听听有关长篇小说创作的经验的。查了一下,徐兴业正是此年参加中国作协的。我在会上只是同他打了个招呼,寒暄几句,未及深谈,但从此就有了一些联系。

1982 年之后,徐兴业加紧了《金瓯缺》后两部的创作和出版工作。我查了一下,《金瓯缺》第一部出版于 1980 年 12 月,第二部初版于 1981 年 2 月,并于第二部卷末注明"1977.7.18 修改第二部毕"。由此看来，到1982年底，三、四部也大致完成初稿了，只待修改出版而已。因此，当1985年春，我负责第二届茅盾文学奖评奖办公室的具体工作开始征集参评作品时，就收到由上海作协和海峡文艺出版社报来参评的《金瓯缺》全四部，其三、四部改为海峡文艺出版社出版。《金瓯缺》四部终于出齐了，它对宋朝南北宋过渡时期宋、辽、金的关系，对那个历史年代的战争与和平做了角度独特和浓墨重彩的描写，其富于穿透力的历史思考和独特的艺术表现引人瞩目，这种比较雅致被称为"教授语言"的文学语言也是小说的一大特色。照说它在第二届茅盾文学奖的评奖中将会是很有竞争力的，可是一看三、四部的版权页，上面印着初版的时间是1985年1月，而第二届"茅奖"规定参评的作品乃是自1982年至1984年三年出版、发表的长篇小说新作，截止于1984年12月底。于是，《金瓯缺》与第二届"茅奖"又失之交臂，只好再耐心等待第三届"茅奖"的开评。对于徐兴业来说，此后几年当然是一段特别漫长的岁月！

自1985年至1989年，我多次到过上海且每次都应徐先生之邀造访他那位于上海闹市区黄金地带宝庆路3号的豪宅。这些时间分别是：1985年10月，在苏州参加过艾煊作品研讨会之后途经上海飞贵阳转遵义参加"黔北笔会"，这次笔会，有幸同徐兴业先生同行；1985年12月底，由合肥到上海参加俞天白作品研讨会并在上海过新年；1986年5月底应邀回复旦大学参加校庆活动暨"新时期文学十年研讨会"；1989年4月由闽返京途经上海回复旦商议同复旦大学中文系联合举办作家班事宜。记得这几次到沪均造访过宝庆路3号，同徐兴业先生都做了比较深入的交谈，也认识了徐先生的一家人。尤其是1985年10月底至11月一同参加"黔北笔会"期间,边走边聊,对徐兴业的传奇人生有了更加深入的了解。

徐兴业,祖籍浙江绍兴,1917年出生。其父徐春荣是一位著名的企业家,创办闸北水电公司,故家原住上海苏州河北的闸北地区。20世纪30年代,日本人对闸北大轰炸,炸毁了徐家的闸北水电公司和所有家产,徐家从此破落。徐兴业曾就读于无锡国学专修学校,1937年毕业。上海解放前,曾任上海国学专修馆、稽山中学教师和上海通城公司的职员。1949年上海解放后,徐兴业历任上海失业工人救济委员会店员工会教育科长,上海立信会计学校、和建中学教师,上海教育局研究室干部,1961年起担任上海教育出版社历史编辑。退休后应聘执教于上海师范学院历史系,主讲宋金史。大概从20世纪70年代初起动笔写于40年代就开始构思的四卷历史小说《金瓯缺》,80年代初完稿出齐。此外,尚有描述明末秦淮名伎柳如是的历史小说《心史》,以及同周美宇合作的长篇历史小说《辽东帅旗》《东京妓女》等著作。

从他的简历来看,除了他家在闸北的水电公司遭飞机轰炸、家里破产有点大起大落外,一生还是比较平实无奇的。徐兴业的人生传奇是从他的简历中读不出来的。他的人生传奇主要表现在同周家四小姐的一段浪漫婚恋以及宝庆路3号那座豪宅的经历上,当然,关于《金瓯缺》获第三届茅盾文学奖荣誉奖也有一段曲折的经历。

徐兴业的岳父、宝庆路3号的老主人周宗良被称为上海的"颜料大王",浙江宁波人,发迹于20世纪20年代,据说到了40年代初,手头拥有400万美元,为上海富商之一。周家的四小姐周韵琴(又名周淑芳)不仅长得漂亮,而且通晓英文和法文,会画画、弹琴，舞也跳得好，传统文化稍差。于是，注重传统文化修养的周宗良为他的四女儿物色了一位国学教师到家中为其补课。刚从无锡国专毕业不久的徐兴业被相中，成了四小姐周韵琴的国学家庭教师。徐兴业不善言谈，相貌平平，但外拙内秀，满肚子学问；这个书呆子在为周家四小姐授课之中居然擦出了爱情的火花。徐家与周家，门不当户不对，周四小姐身边有排成队的追求者，可她偏偏爱上了不善言谈的书呆子徐兴业，并不顾其父的反对委身于他。据说，在徐兴业与周韵琴结婚并在周府外赁屋居住一段时间后，周老板才在朋友们的劝说之下，认可了这门亲事，并给女儿补了一份嫁妆。徐兴业与周韵琴，这一对性格迥异、门户不相称的青年人婚后似乎生活得还不错，很快有了二子一女。大儿子叫徐元健、二儿子叫徐元章，还有一个女儿，九岁时病夭。据徐兴业先生后来告诉我，长篇历史小说《金瓯缺》还是他同爱妻周韵琴一起构思的，小说的酝酿始于20世纪40年代日寇仍然占领上海的时期。

贫困落魄的家庭教师与富商小姐的浪漫爱情故事充满了传奇色彩。但是，无论多么浪漫、多么富于传奇色彩的爱情故事到了过日子、生儿育女的阶段，就变得平实无奇了。1948年，周宗良一家移居香港，他的大部分子女也散居国外。1951年，徐兴业一家五口迁入宝庆路3号居住。1985年秋我造访徐府时，徐兴业先生领着我看过宝庆路3号的豪宅。据他介绍，这座豪宅共占地4774平方米，共有欧式建筑五栋，包括一面向大花园草坪的跳舞厅（约200平方米）和几座小楼，建筑面积达1048平方米。80年代中期，我看到的这座花园式建筑已经有些破旧了，但位于上海市中心淮海中路附近的这座民居，花园和草坪却大得惊人，让人艳羡不已！花园周边遍植名贵树木，比如香樟树，更是价值不菲。后来，我查了有关资料，得知宝庆路 3 号民宅于 1925 年由德国人建造，周宗良于 1930 年用重金购得，加以整修而成。这是一座能够彰显海派文化的重要民居建筑。

  1957 年，周宗良病逝于香港，他的四女儿、徐兴业之妻周韵琴撇下丈夫和孩子，急匆匆赶往香港继承遗产，从此再也没回来。据说她由香港到了英国，又由英国到了法国巴黎，长期侨居巴黎，在巴黎成了一名小有名气的华人画家。周韵琴离沪赴港后不久，正是反右斗争如火如荼展开之际，徐兴业忙于参加运动，对患急症的九岁女儿未能及时诊治，致使其夭亡，这对远在香港的周韵琴来说是一个沉重的打击，她对此一直耿耿于怀，不能原谅她的丈夫，用徐先生的话来说，"她因此一直勿开心！"加上对内地一个运动接着一个运动，尤其是"文化大革命"的不理解，周韵琴一直没有再回上海来，只是有一些书信联系。据说，她的大儿子徐元健 80 年代初赴美留学途经巴黎戴高乐国际机场转机时，在机场同他的母亲见过一面，他母亲送他一副精致的银质餐具做纪念；再有当她得知二儿子徐元章得一女儿，也就是她当了奶奶时，也很高兴，要求把孙女送到巴黎去由她抚养。孩子的妈妈、徐兴业的二儿媳妇小黄说："我没她那么心硬，怎能把孩子送到巴黎去呢！"不过，这个孩子取名"黎平"，包括有"祝奶奶在巴黎平安"之意。徐先生的二儿子徐元章从小辍学在家中习画，后来成为上海有名的水彩画家，专门画老上海的洋房花园，具有海派文化的特色；他也画人物肖像，我在他家里就看到他为其母画的肖像，果然显得雍容华贵。

  80 年代初期，当长篇历史小说《金瓯缺》四卷出齐之后，徐兴业先生曾给远在巴黎的夫人周韵琴女士寄去一套。这部他们共同构思孕育的长篇历史小说打动了她，让她回忆起曾经美好的岁月，听徐先生说，周女士曾从巴黎给他来了一封信，邀他到巴黎共度晚年。此时徐兴业已年近七旬，经过反复思考，他撰写了一封长信，既诉说分别数十年的衷情和《金瓯缺》写作中的甘苦，又委婉地拒绝了她邀他赴巴黎的请求。记得徐先生复述了信中一段主要的话，大意是这样说的："我研究中国的历史，写以中国历史为题材的历史小说，我的事业在中国，如果遵嘱到巴黎共度晚年，那将一事无成。"我相信徐先生会说出这样的话。因为《金瓯缺》四卷的写作实在不易，在他研究宋金史的基础上，40年代开始构思，70年代初"文革"后期动笔。最初几年写作的时候，即使是大白天，也要拉上厚厚的窗帘，打开台灯，秘密进行。以后便弄成不拉上窗帘不打开台灯就写不出来的写作习惯。《金瓯缺》写成出版之后，徐兴业在历史研究和历史小说创作方面还有不少打算，因此不去巴黎与夫人团聚自然有他难以尽言的苦衷。

80年代中后期，我经常利用到上海出差的机会出入宝庆路3号，因此同徐兴业一家处得很熟。他的大儿子徐元健从美国留学回来后，进入中国科学院应用数学研究所工作，研究理论物理，偶尔在他家中见到，是他回上海休息或养病时碰到的，他的妻子和儿子一直未能见到。见得最多的是他的二儿子徐元章、徐元章的妻子黄亨义和女儿徐黎平。徐兴业的二儿媳黄亨义是个中德混血的美女，她的父亲是当年国民政府派往维也纳奥地利警官学校学习的，在那儿娶了一位漂亮的德国姑娘。小黄是在15岁时拜徐元章为师学画时爱上徐元章，并谈了八年恋爱喜结连理的。她不仅漂亮能干,而且贤淑大方,徐家的内内外外都靠她来操持。那时,徐元章同黄亨义的女儿徐黎平才上初中,漂亮、活泼、可爱,常在他爷爷眼前撒娇,便成了徐先生的开心果和全家的中心人物。我每次到徐家做客,也要同小黎平玩一会儿,看元章作画。当然,小黄要下厨为我们准备一桌美味菜肴,那种天伦之乐也能让我这位奔波于旅途之中的行路人得到快乐。

徐兴业先生自然十分关注第三届茅盾文学奖开评的情况。到了1989年,第三届"茅奖"的评选工作已经启动;但我已于1987年初调中国作协鲁迅文学院工作,不再负责"茅奖"评选的组织工作了。恰好是年4月间,我陪同李国文、缪俊杰两位文友访问我的故乡,在闽南逗留一周左右,返京路上途经上海,一来准备同复旦大学中文系商议办作家班事宜,二来是看望徐兴业先生。当我来到宝庆路3号把第三届"茅奖"开评的消息告诉他时,他显得相当兴奋。他陪我在花园里散步,此时春意正浓,大草坪一片翠绿,花园里树木蓊郁、百花盛开,徐先生此时心情好极了,走到跳舞厅前,他说:"如果《金瓯缺》获得茅盾文学奖,咱们就在此地开舞会庆祝!"我答道:"当然!"可是由于时局的种种原因,第三届茅盾文学奖从1989年开评,直到1991年才评出颁奖。徐兴业先生因患绝症,于1990年5月22日辞世,竟等不到评出的那一天;因作者辞世,《金瓯缺》也只能得个"荣誉奖"。记得1989年5月初,我由沪返京,复旦大学派车送我穿过市区到虹桥机场时,我让车驶到宝庆路3号门口,同徐兴业先生告别,没想到,这就是我们之间的诀别!

后来,在翌年即1990年5月我参加首届滕王阁笔会游庐山时,听到徐兴业先生病逝的噩耗。一位热爱祖国、热爱民族文化、饱经忧患的知识分子就这样走完了生命的历程。一位结交认识不久,却可以倾心交谈的挚友就这样永别了!我站在庐山上的含鄱口,远眺东方,热泪盈眶,送别这位话不多、心很热的好朋友。

1991年春天,第三届茅盾文学奖揭晓,四卷本长篇历史小说《金瓯缺》获"荣誉奖"。举行颁奖仪式时,黎平代表爷爷从上海来京领奖。几年间,黎平长成亭亭玉立的大姑娘了,她被安排住在新源里的华都饭店,离我当时住的三元桥头旧居不远,故我一直陪着她。我想,徐先生在天之灵,看到他宠爱的孙女来京代他领奖,并同他的老朋友在一起,也会满意微笑的。

1991年春天在京同黎平短暂相聚之后,就再也没见到她。听说她随她母亲于1992年离开上海移居美国。这样,上海宝庆路3号的那座大宅子里,就只剩下徐元章了!

据说,徐元章在宝庆路3号,生活得相当惬意。他的画技大有长进,成了上海滩著名的水彩画家,以画老上海的花园洋房见长。上海APEC会议选了他的62幅老洋房油画挂在各个会议厅墙上,当时的上海市市长徐匡迪还选了他的画作作为礼品送给与会贵宾。每到周末,一群"老克腊"(class)从四面八方拥到宝庆路3号的花园里来,在那座历尽沧桑的舞厅里举办"home party",而徐元章作为宝庆路3号的主人在那儿尽地主之谊。更有意思的是,美女们络绎不绝投于元章门下拜师学画,成了他的徒弟和粉丝,有人传说他拥有不少"情人",他出来澄清说,只有友谊,而没有爱情。从网上传发的徐元章的相片来看,他越来越像他进入老年时的父亲了。可他这20年来的日子,过得比他父亲快活得多,可以说成了一个快乐的老光棍汉。而绝不像他的父亲那样，从1957年后，30余年中一直过着苦行僧的生活。

但是，进入21世纪以来，宝庆路3号那座将近百年的豪宅越来越引起世人的注目，周家十多位合法继承人也都关注着这座宅子。这座价值近亿或数亿元的豪宅引起不少官司，也创造了不少传闻。而守候这座豪宅半个多世纪的徐元章同他的哥哥徐元健据说却没有这座宅子的继承权。

宝庆路3号豪宅的故事还在延续着，可它已不是本文叙述的内容了，也与徐兴业的爱情故事无关了！

2012年12月初

林希的文学生涯

林希，原名侯红鹅，1935年出生于天津。1952年师范学院毕业后曾在唐山开滦煤矿职工学校任教师，后调任天津文联主办的《新港》杂志社当编辑。因少年时代起即爱诗写诗，以诗闻名于文坛，与后来被当作"胡风反革命集团"骨干的诗人阿垅往来密切，1955年受胡风案株连，成为最年轻的一名"胡风分子"。1958年，又被错划为右派分子，被送到茶淀农场"劳动教养"，后又转到工厂从事体力劳动。从此走上坎坷的人生旅途。直到1980年获得平反，调回天津市文联，在由《新港》更名为《天津文学》的文学杂志社当编辑。后来，又成为天津市作家协会的专业作家，直至退休。

林希于20世纪50年代初开始发表诗作。著有诗集《无名河》《海的诱惑》《柳哨》《高高的白杨树》等，诗句洒脱而思想深刻，句式灵动而自由，其组诗《无名河》还获得1979—1980年全国中青年诗人优秀诗歌奖。大概于20世纪80年代中期以后，他转向小说创作，作品颇丰，以中篇小说《丑末寅初》《"小的儿"》《高买》《蛐蛐四爷》《天津闲人》等"津味小说"闻名于文坛内外。其中若

《丑末寅初》《高买》之属均先发于《中国作家》杂志，先后获《中国作家》优秀作品奖，因我曾忝列该奖评委，故其"津味小说"引起我的关注。1996 年，百花文艺出版社推出《林希小说精品选》，共收入其中篇小说精品 12 篇，分两卷出版。林希先生曾签送我一套，托人带给我。1997 年春，林希"津味小说"研讨会由天津市作协与《小说选刊》杂志社联合在京举办，我因当时在广东珠海疗养未能赶回来参加。但后来我补读了两卷精品，至今仍珍藏着。林希后来写了不少反映天津历史的长篇小说，计有《五槐桥》《买办之家》《桃儿杏儿》等五部，尚有记录家族史的《百年记忆》等著作。

记得 1996 年秋天在天津作家王家斌于北京文采阁举办的作品研讨会上第一次见到林希，他胖胖的，不怎么说话，后交谈了几句。而同他有较深的交往乃是在 1999 年一起参加内蒙古举办的笔会之后。此年夏天，由我在内蒙的文友冯苓植发起，由内蒙古公安厅主办的《警察》杂志举办的笔会在赤峰之西克什克腾旗境内的热水塘镇举行。我和林希、陆柱国、肖克凡、关仁山、毕淑敏、冯苓植等十几位作家参加。内蒙古自治区公安厅还派了一位政治部副主任来主持笔会，显得颇为隆重。笔会的内容也颇为丰富，除了交流创作，议论办刊以及泡温泉之外，还有到贡戈尔草原举行篝火晚会、登山、游湖等多种活动。在笔会期间，我同林希交流比较多，我称他为"林公"，肖克凡、关仁山等称他是"老顽童"。因为无论在草原上漫游，还是在篝火堆旁跳着"安代舞"，他都彻底放松了，颇有一种"老顽童"的姿态。

笔会期间他讲起他的家世。侯家大概在数百年前由南方迁山西，然后再由山西迁往天津定居。林希的曾祖父侯春源（侯六爷）

曾任日本三井洋行中国掌柜,祖父侯晋泰、父亲侯凤翔也先后到美孚油行、塘沽大阪公司供职,是个"买办世家"。三十多年前,"买办"是个让人听了害怕的词儿,其实"买办"相当于当下在外企供职的"首代",是个很令人羡慕的职业。天津的侯家大院,几代人都干的"买办",而从林希的曾祖父侯春源侯六爷开始,又很重视传统文化,积德行善,因此驰名于远近。林希出生于侯家大院,但14岁时就迎来了天津解放,20岁就成了"胡风分子",23岁又错划为右派,被打入了另册。他从童年到青年时代的大起大落,对他后来的文学创作,尤其是"津味小说"的写作产生了很大影响。后来他还写过两本书,都是同他的家世、同他的侯家大院有关的。一是长篇小说《桃儿杏儿》,20世纪末由作家出版社出版,此作从两个小丫鬟环的视角切入,写尽了颇似《红楼梦》中荣、宁二府的侯家大院,有小《红楼梦》之称。此书出版后我还配合做了些宣传工作,可惜没有畅销。一是长篇纪实作品《百年记忆》,2005年由中国社会出版社出版,此书不仅记录了林希的家世,也追述了他大半生具有传奇色彩的经历,从最年轻的"胡风分子",到错划的右派分子,从在农场度过饥饿年代到被迫在阿垅宣判时出庭做证。此书不仅是林希家世与经历的记录,也是百年中国历史的一个侧影,既具有很强的史料价值,也颇具文学上的审美价值。

在热水塘笔会期间,林希讲起他的经历时,有两件事给我留下深刻的印象。

一是三年困难时期,他们在农场里劳动、干重活,吃不饱,有些人扛不住了,就在附近农村找个姑娘结婚,落了户。一方面图个吃饱饭,生活安稳;另外也可以与工农相结合的方式改变"成分"。

一些农村姑娘也到他们这儿找对象，物色合适人选招进门。有一天，林希下了工到小河沟里洗刷，光着膀子；正好有一位农村中年妇女陪着她的小姑子来挑选"对象"，一下子看中正在小河沟里洗刷的林希，一把抓住他的膀子，说了句："还挺白！"好在林希还不打算在农村落户，一把甩开，离开这姑嫂俩，要不然被招进农家落了户，这一生的历史恐怕就得改写了。每当回忆起这段经历，都逗得听者哈哈大笑，但我们笑后都感到有点心酸。

另一段经历是1966年春天被迫在法庭为阿垅的宣判做证的事。阿垅作为"胡风反革命集团"骨干分子，从1955年被捕入狱到1966年已被关押达11年之久。据说，胡风案涉案被捕的人员，大部分已陆续释放，只准备对胡风和阿垅公开审判。林希从少年时期起喜欢写诗，后来同诗人阿垅有些文字上的交往，1955年因此被划为最年轻的"胡风分子"。到1966年，他已历尽劫难，从农场劳动改造摘了右派帽子回到城里，在一个工厂当了工人。检察院的王处长又要他在审判阿垅时出庭做证，强迫他写了1000字的证词，证明阿垅对他"进行反革命拉拢"，要林希"和他一起颠覆国家"，犯有"颠覆国家、进行反革命宣传罪"。尽管这不是事实，林希却不得不写了证词在法庭上做证。结果，法庭宣判时判了阿垅"十二年徒刑"。也就是说，已经关了十一年多、再过半年多就可以刑满释放了。当林希同一些相关人员在法庭上听了宣判后，感到啼笑皆非。在《百年记忆》的第十七节"法律的戏弄"中，他详细描述了这段法庭做证的经历，至今仍然感到在尊严的法律前受到妄称执法的人的戏弄。

自1999年夏天在热水塘镇笔会与林希相处一周并做了比较深

入的交谈之后，我同林希的交往就多了起来，不仅互送著作而且互有走动。他曾经到寒舍喝过乌龙茶，当他品尝过"大红袍"和当时颇流行的台湾产的"参茶"后，啧啧称赞，说天津找不到这种茶。但大多数时候还是我们去天津。当时天津与北京的海鲜有较大的差价，而且也比较鲜，因此，我们经常应邀去天津吃海鲜。20世纪90年代末21世纪初，我应邀在中国石化旗下的长城润滑油集团公司办一张企业小报，帮他们搞企业文化建设。北京的一些文友，诸如李国文、邵燕祥、柳萌、谢永旺、陈丹晨、叶楠、袁鹰等常应邀到长城公司参加座谈，并为《长城润滑油报》的《清水河》副刊撰稿。有时，我把稿费积攒一起，从公司要车，一起到天津吃海鲜。这时候，林希总是积极为我们筹办。他和肖克凡一起，在位于天津南郊的鹏天阁大酒店订好座，并在那儿恭候我们。我们一般下午四点钟从北京出发，六点多即可到达。暴搓一顿，畅聊一番。这种聚会是非常愉快的，过去十余年了，回忆起来，还能体会到友情的温馨。有一次，我与夫人从济南探亲后乘火车返京，上车时给林希打了个电话，他立即要求我们在天津西站下车，到鹏天阁一聚。我们应约到鹏天阁同林希共进午餐，遍尝各种海鲜，然后还打了包让我们带回北京，让他所惦念的我那身患残疾的孩子何方美餐一顿。这让我特别感动。每当这种时刻，林希都感叹他生活中翻天覆地的变化，感谢改革开放的好政策给他带来的幸福新生活和提供的在文坛上可以施展才华的机会。

同林希一次难忘的相处是2005年岁末，我同他还有肖克凡三人一起到南粤及海南之行。这次的三人行早就进行策划，由我在广东和海南的几位朋友操办。那一年的11月，我先是为鲁迅文学院策划在厦门举办面授活动，然后由厦门飞深圳与林希、肖克凡会合，一起到东莞的虎门待了几天。在虎门期间，东莞文联和《虎门报》的朋友，还有在虎门打工的几位学生热情地接待了我们，安排我们参观了当年林则徐销毁鸦片的销烟池以及鸦片战争博物馆，探访当年关天培将军战死的南山炮台和陈连升将军战死的沙角炮台，并到另一古镇参观了明末袁崇焕的故居和纪念馆，对明清之际的历史，尤其是鸦片战争以来的近代史补上了生动的一课。林公对此行颇为满意，也颇为激动，过后曾撰文描述在虎门的行止，文章发于《人民日报》副刊，后收入《虎门报》主编的名人写虎门的散文集《千秋之门》中。

游过虎门后，我先期离开虎门，应广州市文联之邀到从化为广州文联一个培训班授课，林希与肖克凡则在虎门多休息几天。几天后，我与他们二位，还有从北京赶来从化的夫人一起在白云山机场集合，飞往海南做旬日之游。

海南之游是我一位在海口附近某大型国营农场担任党委书记的文友孙丰华筹划的，他倾尽全力对我们的海南之行做了精心的安排。我们一行住在离海口市60多公里的农场招待所里，当然也参观了这家以种橡胶为主的大型国营农场的胶工割胶作业和制作半成品胶片的车间，但更重要的是以此基地走出去参观各地名胜，诸如海口的"五公祠"和文昌的宋氏祖屋等，并由专人带领我们走海南岛东线南下，看博鳌论坛会址，登万宁东山岭，参观兴隆的热带植物园，然后到避寒胜地三亚市逗留数日，游鹿回头、天涯海角景区，瞻仰南海观音，可谓大开眼界，大壮游兴。

海南之行，有两桩事值得一记。

一是在海口结识女企业家兼业余作家邢增仪女士,参观她任团长的海口爱乐女子合唱团的排练。邢增仪祖籍海南文昌,因其父系起义的国民党军官,从小在贵州一个偏僻的山城长大。海南建省成为大特区之后,她第一批返乡创业,既搞房地产开发,又是一个颇为活跃的社会活动家,创办了海口爱乐女子合唱团,还组织过琼州海峡横渡活动。她喜欢文学,业余进行创作,既写散文和报告文学,又写小说。我们到海南之后,就是在海口市文联举办的一次作品研讨会上认识她的,因为她在那个研讨会上提交了一部中篇小说参加研讨。会后她不仅宴请我们,还请我们去观赏她们女子合唱团的排练。海口爱乐女子合唱团已创办好几年,参加过国内外一些合唱比赛,蜚声海内外。林希、肖克凡和我都有兴趣,于是在一个下午,我们一行驱车从农场出发赶赴海口。晚餐后到合唱团租用的一个宾馆小礼堂里观看排练。这一天,林希显得颇有兴趣,他不仅即兴发表观感,提出意见,而且答应为合唱团写团歌的歌词。当晚回到农场招待所后,他连夜写出一首可以作为歌词的诗,记得题为《我们在海边歌唱》,诗句忘了记录下来。第二天早上还给我看过,后来怎么交给邢增仪的,她们是否采用作为团歌的歌词进行谱曲,就不得而知了。记得后来林希还告诉我,邢增仪请他看过小说稿,他认为邢在小说创作上还没有上路。从这一经历看来,林希既有作为一个诗人的热情,又有作为一个小说家的严谨。

另一件事是我们沿着海南岛东线到达三亚之后,住在海边一家四星级假日酒店里。这家酒店是新建的,离天涯海角不远,设备不错。院里有露天的温泉可泡,每晚泡完温泉后,林希、肖克凡还常到大堂吧喝上几杯咖啡,吃点西点。他们有时也招呼我一块在大堂吧聊聊。林希说这儿还真有点天津老租界星级酒店的氛围。这个时候,他就还原成为侯家大少爷了。想当年,他作为侯家大少爷到天津租界里的酒店泡咖啡吧的时候,大概就是这种派头吧。

有时我也同林希谈到他的小说创作。我还是希望他多写点像《"小的儿"》《丑末寅初》《高买》《蛐蛐四爷》之类的"津味小说",因为只有他才最有写"津味小说"的生活积累和艺术潜质,尤其玩熟了地道的天津话。可他告诉我,已届七旬,没有那种心气和力气了。那些年,他似乎大部分精力用于家史的写作,可是出了几部作品,如《桃儿杏儿》《买办之家》《百年记忆》之后,也没有什么大动静了,于是只写散文和随笔。那些年,我编了一本随笔集,名曰《文坛杂俎》,交文化艺术出版社出版,责任编辑希望我找一位著名作家写一段广告词印于封底,我找到林希,并往他的邮箱里发去书稿,他二话没说,过了几天,就发了一段他拟的广告词来:

名为杂俎,实为细说:说得细致,说得系统。

解析文学奥秘,描绘作家风采,新时期文学的笔记野史,雅俗共赏的闲逸文章,长知识、知世情,读美文,得乐趣。

——林希

抓得准,文辞美,是一段很地道的图书广告词,一字不改地印在拙著《文坛杂俎》的封底上。这是我同林希的一段值得记下一笔的文字之交。

林希夫妇只有一个独子,清华大学毕业后远渡重洋,到了美国。在那儿同一位来自福建的姑娘结婚之后定居于南加州的圣迭戈。于是，进入晚境的林希夫妇，从经常到美国探亲到准备赴美国定居，再往后的大部分时间就住在美国了。2011年12月，我应北美洛杉矶华文作协之邀，第三次赴美访问，到达洛杉矶时，给林希发了一个邮件，表明元旦前后准备到离洛杉矶不远的圣迭戈去拜访他。他立即回复说：元旦后他将启程回国，还是等我回国后到天津再见吧。今春我回到北京后，给他打了电话，说我同夫人准备专程去天津拜访他。他在电话里说："专程来承受不起，还是以后有机会顺便吧！"可是过了不久，他们夫妇又动身去美国了。不知这一去何日再能相见！又是一年岁末，真是有点想念林公了！

2012年12月初

说"二唐"

在文坛上,"二唐"是有所特指的,指的是唐因和唐达成。唐因,原名何庄,笔名于晴,唐因是他参加革命时的化名,后遂以此为名,1925年出生于江苏松江(今上海)。文学评论家、编辑家。曾在香港上过中学,后就读于云南大学中文系,北平解放前夕,又进华北联合大学中文系学习,1950年到《文艺报》任编辑组长,后任编辑部副主任。唐达成,笔名唐挚,文学评论家、编辑家。1928年生,湖南长沙人。其父唐醉石是著名的篆刻家、书法家,为西泠印社成员,唐达成本人在书法上颇受其父影响。1946—1948年就读于上海新闻专科学校,曾参加学生运动。1949年报考新华社新闻培训班,1950年初该班结业后分配到《文艺报》任编辑,开始发表文学评论。20世纪50年代曾任《文艺报》文学部代理主任。据有人查证,"二唐"之称始于20世纪50年代中期,1957年7月,第十五期的《文艺报》上赫然登出"用右派思想向我们进行了猛烈挑战的'二唐'(指当时《文艺报》总编室主任唐因、文学部代理主任唐达成)"。从此,"二唐"之称便流传于文坛内外。唐因、唐达成这一对不是兄弟胜似兄弟的文坛搭档,便成了中国文坛一个重要的

"文学现象"。从20世纪50年代中期至70年代后期,两人虽不在一起("二唐"双双错划右派之后,唐因先到唐山劳动,后到东北北大荒。摘帽后,在哈尔滨的《北方文学》当编辑部主任,在"文革"中被整得家破妻亡;唐达成先到农场劳动,"文革"中到太原钢铁公司当工人和行政杂务干部),心却是相连的。"文革"结束后,尤其是70年代末四次文代会后,《文艺报》复刊,"二唐"又同时调回复刊的《文艺报》双双任副主编,后来又合作写《论〈苦恋〉的错误倾向》,受到文化界最高领导的关注,也受到国内外读者的关注。此时的"二唐"正像唐达成所言:"公离不开婆,秤离不开砣。"身影相随,形同一人。可是,到了1984年底1985年初的中国作协"四大"开过之后,唐达成变成了中国作协党组书记,唐因却被调离《文艺报》到中国作协鲁迅文学院当院长。职务的变动,身份的改变,加上其他种种说不清道不明的原因,"二唐"决裂了,他们再不是亲密无间的兄弟,变成陌路,甚至变成不能对话交流的仇敌。"二唐"的反目,也成了20世纪80年代后期中国当代文坛一个重要的文学现象。

我于20世纪80年代初调入中国作协,本来是想到《文艺报》工作的,后来又到新组建的创作研究室工作。我目睹"二唐"的"蜜月"期,看到他们在作协机关和《文艺报》社里如何亲密无间地工作;后来,我被唐因强拉到鲁迅文学院,在他身边工作,同时也保持着同时任中国作协最高领导职务的唐达成之间的来往,于是也目睹了他们之间的误解、冷战以至争斗的情景,也感受到劝解不成的无奈。现在,"二唐"均远离我们而去另一个世界了,回想起同他们相处的点点滴滴,仍觉得有把他们写出来的必要。

先说说唐因吧！

80年代初，具体说是1982年到作协工作后，就常在沙滩北街2号院里见到唐因，并打过招呼，说上几句，算是彼此认识了。但真正有较深入的交流是在1984年秋天江苏省作协举办的太湖笔会上。那次笔会，从南京到苏州再到无锡，前后近旬日，参加者近百人，可谓一次文学的盛会。我与唐因同时被邀与会。最后一站住无锡太湖畔的湖滨饭店。此时，张光年大概已经找唐因谈过话，要他离开《文艺报》到鲁迅文学院当院长，他的心情不好。加上无锡是他已故夫人的故里，到无锡一住进湖滨饭店后，他就去探望尚健在的老丈母娘。回到湖滨饭店后，喝了几杯酒，于是他在房间里放声痛哭起来。唐因同其已故的姚氏夫人感情甚笃，夫人"文革"中自杀后，他一直把她的骨灰盒带在身边，置于卧床之下。工作安排上心情不佳，探望丈母娘更是触景生情，于是痛哭一番以发泄是可以理解的，也显出唐因乃性情中人。我闻讯后赶忙到其下榻房中问候宽慰，聊起天来。这一聊，才知道他系松江人，原来姓何，叫何庄，是我们老何家的，便更亲了一层。而他这种重情的性格也使我同他更亲近一些。从此之后，我们来往就多了起来，至少去掉了原来那种晚辈与前辈之间的严肃，而变得随意一些。

不管愿意不愿意，唐因最终还是到鲁迅文学院就任院长，且着手调兵遣将，搭建自己的班子。他除了把已从黑龙江大学调到北京对外贸易大学任教的老朋友周艾若调到鲁迅文学院当教务长之外，还打起我的主意来。1985年一整年我都忙于第二届茅盾文学奖评奖的组织工作。可到了当年12月底颁完奖之后，唐因就把我叫到他还在虎坊桥的家里谈话，要我尽快放下创作研究室的工作，到鲁迅文学院报到，他准备让我干教研室主任。我觉得在创作研究室干得好好的，时间比较充裕，可以专心致志地读长篇小说，做点评论和研究的工作，于是坚辞不就。一年之后，也就是1987年1月，他打电话告诉我，已经为我办好调转关系，从该月起就到鲁迅文学院领工资了。当然，在中国作协范围内调动工作是很方便的，只要征得当时主持创作研究室工作的副主任顾骧的同意，到作协人事部门打个招呼，档案不用转，只是转一下工资关系，那不是轻而易举的事么！没什么商量的余地，于是，我便于1987年1月初结束在中国作协创作研究室五年的工作，到鲁迅文学院报到，当那个唐因为我谋下的教研室主任了。

鲁迅文学院的前身为中国作协文学讲习所，1984年才经中宣部批准易名为中国作协鲁迅文学院，正式编制29人，设院长一人，副院长三人，下设教研室、教务处、办公室、后勤处等四个中层机构。李清泉、徐刚退休后，唐因接任院长，副院长一直空缺。教务长周艾若与作为教研室主任的我只好越权代理副院长的一些工作，周艾若管行政，我分管教学。这样，我除了负责教研室各项工作外，还要管理全院教学行政工作。有周艾若和我干活，唐因的院长倒是干得蛮适意。有时我同他开玩笑说：你相当于"总统"，是"国家元首"，只管礼仪性工作，而我同艾若则要干不少具体的活儿。我有时抱怨说，我越权干教学副院长工作，有实无名，白扛长活，岂不冤哉！每到这个时候，他就安慰我说，咱们三人（指他和艾若及我）这样干很好，还要当什么"官"？我说："多新鲜！你院长当着，我们只有苦力的活干！"每到此时，他"嘿嘿"地笑着就对付过去了。有时见到唐达成，他也解释安慰说："你们那儿唐因和我憋着劲,不把你和艾若报上来,作协党组没办法讨论。"我想也是,"二唐"闹着矛盾,水火不容,我也就不再提此事了。不过,话说回来,有唐因的支持,有唐、周和我的默契,从1987年到1989年间,我们倒是干了不少活儿。1987年下半年申请学历再次受挫后,全院上下有点沮丧,但我们不受影响。从1988年下半年起,除办好原有的文学创作进修班和大专班外,还同北京师范大学研究生院联合举办有学历和硕士学位的首届文学创作研究生班,同华中师范大学文学院联合举办有学历和硕士学位的首届文学评论研究生班。此外,学科建设与学术活动也颇为活跃,有明显的成果。根据鲁迅文学院的性质和教学上的需要,我们拟重点建设有自己特色的学科,如创作心理学、文学批评学、现代文体学等新学科,从教材建设到教师培养均着手进行。配合学科建设,我们同武汉大学、华中师大及社会科学出版社于1988年春在武昌珞珈山武大校园里举办首届文学批评研讨会,1987年冬与1988年春之交,还在院里举办创作心理学学科建设小型座谈会。这些学术活动均取得初步明显的成果。唐因对此颇为满意。1988年春,他同我一起到武昌武大校园出席首届文学批评学研讨会,住在当年蒋介石住过的"半山庐"里,同来自全国各地的学者交流关于文学批评建设的诸多学术问题,他会心地笑了。会议闲暇时间,他同我聊了从家庭到工作的诸多话题,并身体力行,支持我把工作开展起来。凭良心说,没有唐因的全力支持,文学创作与文学批评的两个研究生班是办不起来的,也不会取得那样令人满意的教学成果。

当然,唐因在鲁迅文学院,也不仅仅是当个"国家元首"式的院长,而是亲自动手做了不少具体的工作。凡事他都先同艾若及我商量，有个主意再拿到院务会上去讨论决定，这种决策性的工作是他最重要的工作。此外，他还给进修班和研究生班的学生上课；首届文学创作研究生班招生时，近百名考生报考时要提交一两篇作品，他也同我们一起亲自审阅，并签署意见；大小学术会议，还有学生的作品研讨会，他也参与准备并出席发言。而最重要的工作是为鲁迅文学院的学历备案费尽心血，甚至想到把鲁院转到文化部，人事、财务由文化部管理，而教学业务仍请中国作协予以指导这种办学方案。1988年下半年至1989年上半年，我们已同文化部有关部门及分管艺术教育的副部长商谈过此事，取得积极的进展，可惜由于1989年夏天那场政治风波的发生，王蒙获准辞去文化部部长之后，这件事就被搁置了，不久后，唐因、周艾若也就退休了。

在工作闲暇时，唐因也同我一起闲聊，从文坛逸事到家庭琐事，均在聊天范围。他吹过他还能烹调，拿手的菜肴是西湖醋鱼，说有机会要请我到他家里吃他亲手烹制的西湖醋鱼，可一直没有等到这样的机会。他有一次同我聊起闽南话同朝鲜话同源的话题，还举了不少语话做对比分析，还真有那么点道理，可见他的语言天赋。他虽然为人有点耿介，甚至有点狷介、倔强和偏执，但大多时候却是平易近人，听得进不同意见的。但他在同唐达成的关系上，却听不进我们的意见，我多次劝他同达成和解，他一直说达成地位变了，人也变了。不仅不和解，甚至在作协开理事会时把部分理事请到鲁院，公开他与达成同志的分歧，加剧了"二唐"之间的矛盾。这样的做法当然是不妥的。我多次向他陈述我的意见，却不被采纳。在"二唐"的关系上，我了解不深，但从旁观的角度看，虽然有比较错综复杂的原因，也有外在的因素，但就"二唐"来说，唐因的责任要大一些。唐因对当时中国作协党组成员、书记处常务书记鲍昌的意见很大，存在不少误解和偏见。他同当时中国作协两位主要领导者之间的不和谐关系，当然对鲁迅文学院工作的开展是有影响的。尽管唐达成对鲁院工作仍然关心支持，一些重要活动也出席表示支持，鲍昌还应我之邀为进修班开设系列的课程，等等，但涉及一些重要的决策，诸如备案问题、人事安排问题，都受到不同程度的影响。

唐因自从其夫人在"文革"中自杀之后，一直过着单身生活，儿子在上海，身边只有女儿姚晓晴陪伴。这样的生活，对于晚年的唐因来说不免凄凉孤单。1991年退休后，原来一位在《文艺报》工作的老同事为他介绍了一位女朋友——来自成都的陈女士。这位女士原来曾被广州文学界的朋友介绍给一位诗人、翻译家，种种原因没成功，于是又被介绍到唐因这儿。唐因接受了她，过起相当幸福甜蜜的新婚生活，以解刚刚退下来的苦闷。这位女士有时要回成都住上一段时间，唐因每天要同她通电话，于是催着我给他家安装长途电话。本来，按他的级别和工作需要，他的住宅是可以安装电话并加长途的，他曾以不需要为由婉拒，现在急需，于是天天打电话找我，要我催促有关部门火速办理。可是好景不长，过了两三年，这位陈女士却不辞而别，跑到那位诗人、翻译家家当女主人去了。这给唐因的打击无疑是致命的。此后，唐因把自己关在家里，什么人都不见。我有时要去见他，还得先打电话求他开门才能进门去劝解几句，可是怎么劝解也没用了。这样熬了一段时间，到了1996年秋天，他终于灯油熬尽，心力衰竭，在被送往协和医院抢救的途中去世。在瑟瑟秋风之中，我同一些同事、朋友到八宝山为他送行，颇为伤感。没想到，一位文学评论界的前辈，一位忘年之交，一位年轻时就投身革命洪流的英才，就这样悄悄地离开人世。多少纷争，包括"二唐"之争，也统统画上句号。

再说说唐达成。

我同唐达成的认识几乎与同唐因的认识同步。1981年，经复旦老同学介绍，先认识谢永旺，准备调《文艺报》工作。记得那年秋天第一次到位于沙滩北街文化部大院的《文艺报》编辑部时，系谢永旺与刘锡城接待我（他俩一为总编室主任，一为评论组组长），也见到时同为《文艺报》副主编的唐因、唐达成，但只是点头打个招呼而已。郑兴万与时为《文艺报》人事干部的顾瑾从北京回民中学取走我的档案后，本来我很快就可以到《文艺报》上班，可是由于回民中学一再刁难不放行，延宕至1982年春，此时谢永旺已从《文艺报》出来创办中国作协创作研究室，任创作室主任，就让我到那儿了。而到创研室之后，第一件事就是参加首届茅盾文学奖的评选工作。记得1982年12月举行首届茅盾文学奖颁奖仪式时，同时举办全国性的长篇小说创作研讨会。张光年在会上有个重要的讲话，主旨是讲创造典型问题。谢永旺会前让我准备记录并整理成文。没几天把文章整理出来后呈达成审阅，我见到他在稿子首页的右上角批上"可发。达成"几个字。本来是要发在《文艺报》上的，后来大概分管创联部的束沛德要求发在《作家通讯》上，而且是专发，《文艺报》就不再发了。这算是同唐达成之间第一次的文字之交。

后来，在作协机关上班，就可以常常见到唐达成。他为人低调，平易近人，见面就打招呼，有时就站在院里聊上几句。他那时好像已是作协党组副书记了。我分工读长篇，有时安排我在党组会上汇报长篇小说创作情况，他对我的汇报很重视。1983年秋天，开展"清除精神污染"，简称"清污"，大有再搞一次运动的架势，从历次运动过来的人都颇为紧张。可是刚发动起来不久就有收的势头。那时，曾在中山业余学校听过我上课的一位高层领导的秘书，有一天让我到复兴门外的广播剧场听报告，且坐在第一排。报告者为邓力群，讲的是"清污"运动的始末和安排，发出收束的信号，据说是中央一位主要领导同志让收的。我对此报告做了详尽的记录，回作协机关后当即向唐达成同志做了汇报。他当即决定第二天上午由我向作协党组传达这个报告，因为这个报告的重要精神他们必须及时了解。这次活动当然拉近了我同唐达成之间的距离。1984年与1985年之交的中国作协"四大"之后，唐达成当了中国作协的党组书记，身份变了，但他依然平易近人，我依然称他为"达成"。

1985年，第二届茅盾文学奖的评奖工作如期进行，我具体负责评奖办公室的一些组织工作。可能是我的工作做得还可以，评奖中没出现什么大的问题。年末中央统战部举行党外人士座谈会，达成还让我作为中国作协的唯一代表出席会议。这当然给予我很大的鼓励。与此同时，有人无端告我的状，也被他挡住了，比如有人给党组写信告我向湖南省文联周建明（周立波之长子，系湖南文联党组成员）泄露评奖情况一事，达成并未偏听偏信，而是慎重地了解情况——因为我本人并不认识周建明，也未曾见过他。达成同志对身边同事的公正、认真和爱护，让我一直铭记在心！

1987年1月，由于唐因的一再诚邀，我离开中国作协创作研究室到鲁迅文学院工作。唐达成得知后也颇为支持,并特地写了一件条幅,让乌热尔图送到我家里来(此时我与乌热尔图同住在三元桥头的一座楼里,乌热尔图在作协当值班的书记处书记),条幅上书邓拓的一首绝句,题为《雄鹰》:

> 高岩独立对空蒙,
> 天地风云入望中;
> 自有双肩生双翼,
> 翱翔万里任西东。

我一直把此条幅挂在鲁院我的办公室墙上,直到退休离开鲁院时才取下,也一直把它作为对我的一种鞭策。

1987年夏天,解放军出版社邀请我们一行到旅顺对他们社出版的一部军旅作家李占恒的作品《中尉们的婚事》进行研讨,实际上是以此为由,给我们提供一次短期疗养的机会。参加这次活动的有唐达成、谢永旺、雷达、邓刚、黄国柱、朱晖、丁临一和我等军内外的作家、评论家近20人之众。我们住在原旅顺大旅社里,原来为张学良的姑母住处;20世纪30年代"九一八"事变之后,日本人从天津把溥仪弄到东北建立伪满洲国,溥仪到达旅顺时也曾住在此处。我和达成、永旺被安排在张学良姑姑住过的"绣楼"里,由于我的呼噜打得有点小名气,谢永旺不愿意和我同屋,于是他和达成同住"秘书房",我却住进原来应由达成住的主人房。在旅顺的十来天中,我们除了研讨作品外,还参加过打靶、参观潜水艇、在巡洋舰的甲板上阅览海军士兵、乘军舰出海巡游、出席军乐团的音乐会、到大连达理夫妇家做客等丰富多彩的活动。更重要的是，十余天中我和唐达成可以放松地聊天，还一同到喜欢文学的海军基地司令员家做客，过得十分愉快。二十多年过去了，在旅顺同游同乐的情景恍若眼前。

1989年夏天那场政治风波过后，唐达成从中国作协党组书记的领导岗位上退了下来，在家赋闲。位于安定门桥头之隅一座二十层高楼中的唐府似有一点"门前冷落鞍马稀"之状了。唐达成住在虎坊桥时，我曾有事去过他家一次，似乎是谈第二届茅奖评奖的事，具体的细节也已忘记；达成乔迁安定门新居后，正是握有作协大权之时，一时间，登门之客络绎不绝，我没什么事绝不去凑什么热闹，我一不求官、二不求他办什么事。可他现在退下来了，门庭冷落了，我就常抽空去他家聊聊天。他感慨说，原来踢破他家门槛并同居一楼的一些人，怕同他沾连，也不登门了，颇有点世态炎凉的感慨。我不仅视他为原来的老领导，更视之为老朋友，到他家聊聊很正常。但有时也拉他一起去写字，挣点小钱，例如1996年夏天就曾拉他同汪曾祺一起到某大型国企做客。一方面下基层了解国企改革情况，一方面为人家写字画画，人家待之甚殷，还送点润笔的小红包，汪老和达成高兴得很。当然，有时也给他拉点活干，诸如为一些业余作者的书题签、作序，等等，做这些事能挣点小钱无非为家中餐盘添点"光彩"，但更重要的是扶植刚刚起步的文学新人。90年代的前五年，我经常跑唐府，干的就是这些事，一来二往，达成同我之间更亲密也更随意了。有时我跨进他家门，他还开玩笑说"财神爷"来了！那些年，达成似乎也适应了这种赋闲的生活，身体好起来，脸色红润，精神焕发，不仅书法大有长进，还学起画国画来。1991年夏天，我和汪曾祺、林斤澜、王蒙夫妇、谢永旺、童庆炳、韩静霆夫妇一行应邀到黑龙江牡丹江参加一次文学活动，顺便可以游镜泊湖。他本来也想同我们一起去，可是由于他还担任着人大常委会内务司法委员会的委员，要开会，不能成行。我为达成适应赋闲生活感到高兴。

1997年的春夏之交，唐达成应邀参加蜀南竹海笔会，会后同何士光夫妇等一行顺江东下，到了安徽。鲁彦周同志热情接待：先请他游了九华山，然后到黄山之下的屯溪，住在安徽省公安厅与新加坡合办的美丽园大酒店里，游皖南、登黄山。恰逢我由安徽省公安厅的一位副厅长陪同参加《警探》杂志主办的黄山笔会，住在同一家酒店里准备携子飞深圳转珠海看病疗养，于是有时同他们一行会合一起活动。有一天，他们一行到绩溪参观胡适故居，当地党政部门自然热情接待。晚上回到酒店晚餐之后，绩溪县委县政府马上派人来索字。于是，达成又连夜铺开毛毡和文房四宝写起各种规格的书法作品来，从8点多一直忙到深夜近12点，仍未写完。我在一旁观看助阵，看到他极端疲劳之状，于是也奉命帮他写了几件。翌日清晨吃过早餐，达成即作别回京。不日，我也携子飞深圳转赴珠海。几月后，待我回到北京，就听说达成重病的消息。原来，5月中旬他从绩溪回到北京后，感到身体不适，入院一查，发现是肺癌，于是当即手术治疗。只听说术后采取了中西各种办法，病情虽略为隐退，但为了保证休息和不被感染，拒访。于是我只好写了一封信表示慰问。自黄山下一别，再也没见到达成，心里有一种难以名状的滋味。1998年末，文友们集资在北京国际饭店为张光年同志庆祝85岁寿辰，还见到达成用珠笔写成的"寿"字作为光年的寿礼。此后,就一直未听到他的消息。越年春天,竟听到他辞世的噩耗。呜呼,一代英才,文坛栋梁,我辈良友,年仅70,就这样悄悄地走了!这怎能不让我肝肠寸断呢!巧得很,他和唐因,都正好是71岁这一年辞世!

2012年7月下旬

我所认识的刘白羽

在当代文坛上,刘白羽称得上是个"大腕"。他 1916 年生于北京通州,1938 年赴延安参加革命,参加文艺工作团。1944 年在重庆曾任《新华日报》副刊编辑。解放战争时期,任新华社随军记者;朝鲜战争时期,两度赴朝,采写了不少战地通讯。1955 年后,历任中国作协书记处书记、党组书记、副主席、主席团委员,国务院文化部副部长,中国人民解放军政治部文化部部长等职务。1990 年,70 余高龄的刘白羽,还就任《人民文学》杂志主编。他的文学创作,涉及散文、通讯、报告文学、小说等诸多领域,《日出》《红玛瑙》《长江三日》《平明小札》等散文代表作有较大的影响;长篇小说《第二个太阳》获第三届茅盾文学奖。自从 1985 年我负责第二届茅盾文学奖的评奖组织工作同作为该届评委的他认识以来,近 20 年中有过断断续续的来往,也从几个侧面看到与别人议论中不同的刘白羽。

1985 年 4 月在位于卧佛寺附近的国务院西山招待所东区举办为第二届茅盾文学奖筛选备选作品的读书班之后,20 部备选作品出炉,我就分批给评委们送作品。刘白羽处我每次都是亲自送到他那位于北京饭店之北的红霞公寓的。他每次都热情地留我坐一会儿,从文坛动态聊到长篇小说创作近况,有一次还专门谈到浪漫主义这个话题。他认为,现在只讲现实主义,而不讲浪漫主义,是不正常的。他主张文学创作,从诗歌到小说,都要有点浪漫主义。他说当时正在写作中的长篇小说《第二个太阳》就有点浪漫主义精神,用点浪漫主义手法。记不得我当时说些什么,大概是说浪漫主义是要的,但1958年提出的"两结合",即革命现实主义与革命浪漫主义相结合的创作方法是行不通的。至于《第二个太阳》是否有浪漫主义精神,是否用点浪漫主义手法,书出来后,甚至获奖后我均未读过。当时我不好说什么,后来也没法发表意见。记得第二届茅盾文学奖评委投票之后,我还用征用大家的评奖费用尾款在东四的闽南酒家组织了一次聚餐,从当时位于沙滩的中国作协到东四不远的路上,白羽还拉我坐进他的车,以便多聊一会儿。对于这一顿聚餐,他似乎也还满意,尤其是饭后让酒家的经理分发早就准备好的几颗水仙花头一事,更受到白羽的赞赏。

  从此以后,我同他就来往起来。1986年"八一"建军节前夕,他打电话把我叫到他家中,对我说,第二届"八一"文艺奖即将揭晓,长篇小说还没有定盘子,他认为我长篇小说读得多,对军事题材的长篇小说创作也颇熟悉,要我提出一个参考名单。我略经思索,要来一张白纸,即在上面写下我的意见:一、朱春雨的《亚细亚瀑布》;二、马云鹏的《最后一个冬天》;三、刘亚洲的《两代风流》。朱春雨当时是二炮创作室的创作员,其《亚细亚瀑布》写的南疆那场战争,是我比较喜欢的长篇佳构。时为工程兵某团政委的马云鹏写平津战役的《最后一个冬天》以及时在空军司令部工作的刘亚洲反映中国人民解放军高级将领情感世界和家庭生活的《两代风流》,均为第二届茅盾文学奖的入围作品,也均因少了几票而落选,正好让它们获"八一"大奖,以补其落选之憾。刘白羽让我提出获"八一"大奖的参考篇目,是对我极大的信任。过了几天,看报上公布的第二届"八一"文艺奖获奖篇目,长篇小说获奖者正是我在白羽家写出的三部,连次序都没变动。

过了若干年后,听到这么一个消息:当年被错划为右派的河北文联主席徐光耀出了一部新书——《昨夜秋风凋碧树》,回忆当年被错划右派的经历和错划为右派后的遭遇。刘白羽读到此书后诚恳地向徐光耀道歉。因为徐光耀当年被错划为右派,正是刘白羽在中国作协当领导时一手造成的。文坛对此事颇有异议,有赞赏刘白羽此举者,也有说他作秀的,一时意见纷纷。我还是赞赏刘白羽此举的,认为他确有诚意。这是凭 1985 年之后同他的来往中做出的判断。

2001 年春天,人民文学出版社在中国现代文学馆多功能厅举办庆祝人民文学出版社建社 50 周年的庆典,文坛老老少少应邀出席,群贤毕至,老少咸集,蔚为壮观。我在会场中见到庆祝会刚刚开始时,刘白羽拄着拐杖从门口缓缓步入会场,当他从中间通道走近主席台前一看,台上已坐满了人,而没他的名牌和位置时,他毫不犹豫地转身走出会场。这又让我看到另一个刘白羽,太在乎自己的位置!也太看重虚名了!

到了晚年,刘白羽年迈多病,身边又无亲人照顾。在红霞公寓的家里,只有秘书、公务员、司机等部队派来照顾他的工作人员。女儿从加拿大回国了,却不同他生活在一起;虽说同住在北京这座城市里，但相隔甚远，一周只能看望他一次。于是，他经常住在医院里。其时，乔冠华的小女儿乔松都正在写一本关于她母亲龚澎的书。抗日战争时期，刘白羽同龚澎曾在太行山的八路军总部一起工作过，因此乔松都想找到白羽进行一次采访。她从我过去的一个学生处打听到我同刘白羽有点交往，于是找上门来，要我带她去见刘白羽。我打听到刘白羽正好从301医院出来住在家里，于是约上乔松都赶到红霞公寓刘白羽家。我们一进门，就看到刘白羽坐在他书房的地上哭泣，环看四周，屋里没人，白羽哭着说："秘书、公务员都出去办事了！"他的腿软了，从沙发上滑下来就走不动了。我赶紧把他抱到沙发上坐好，乔松都则端来水，并剥好水果送给他吃。一说明来意，他开始破涕为笑，随即侃侃而谈，讲述起当年在太行山八路军总部同松都的母亲龚澎并肩战斗的岁月和故事。当然，乔松都也告诉她的白羽伯伯，她之所以取名"松都"，是因为她出生时，她父亲乔冠华正在朝鲜"三八线"附近板门店的松都同美国人进行谈判。当龚澎发电报告诉他喜得千金时，乔冠华回电说："女儿取名松都。"听了这段陈述，刘白羽也哈哈大笑起来。我们在刘白羽的书房里聊了一个多小时，他又签名送了我一本《第二个太阳》，又让我看了镶在镜框里的巴金致他的信。这时，他身边的工作人员陆续回来了，我和乔松都也就告辞离开红霞公寓了。

没想到，这是我见到刘白羽的最后一面。大概一年之后，报载刘白羽逝世。我只有叹息，连纪念的文章也未曾写过。

2012年7月下旬

浩然二三事

浩然，原名梁金广。河北蓟县人。1932年出生于开滦赵各庄煤矿。读过三年小学和半年私塾。1946年起，当过八年村治安员、区团委书记等基层干部。1948年加入中国共产党。1954年任《河北日报》记者，1956年任《俄文友好报》记者。1961年任《红旗》杂志编辑。1964年起在北京从事专业文学创作。曾任北京文联副主席、《东方少年》主编和《北京文学》主编。

我之认识浩然，可以追溯到20世纪50年代中期，大概是1957年吧，我在复旦大学中文系上二年级，由于一年级英语学得比较专心，且有"小锅饭"吃，阅读水平提高比较快，常在学校开放阅览室里翻阅英文版的《中国文学》，偶然发现浩然的短篇小说《喜鹊登枝》，我为其浓烈的北方农村的生活气息所吸引，于是找到中文版原作读起来，知道当代文坛有位青年作家叫浩然。这就算是神交吧。尔后陆续读到他的长篇小说《艳阳天》《金光大道》，知道他的文名颇大，直到"文化大革命"中有"八部样板戏，一个作家"之说，而"一个作家"指的就是浩然。"文革"中他风光无限，"文革"后当然要遭算账。1977、1978年暑假，还在北京回民中学教书的我，利用放假期间到《北京文学》编辑部打工,就参加过浩然做检查的会议。浩然检查了几次,总是强调他是按组织原则参加"四人帮"组织的各种活动的。所谓"组织原则"就是事先向时任北京市革委会主任的吴德请示,事后又如实向吴德汇报。这么一来,也找不到浩然的什么麻烦,浩然似也就过了关,既不按"三种人"论处,更说不上其他处分了。于是,他作品照写,官照做。当然在北京以至全国文坛,他也就没有以前那么显赫的位置了。这一次,我算是见到浩然了。我虽认识了他,可他面对那么多与会者,却未必知道我是谁。

过了将近十年后,也就是1987年春天吧,我早已调入中国作协创作研究室分工当代长篇小说的阅读与评论,还参加过两届茅盾文学奖的评选工作,在当代文学评论,尤其是长篇小说评论方面,还有点发言权。此时,浩然出版了他的一部长篇新作《苍生》,拟在《北京日报》的办公楼里召开作品研讨会,并邀我参加。我认真阅读了作品,发现它虽然是反映农村改革开放后的新生活的,但仍然跳不出浩然的思维模式,大概一个作家一旦形成了对生活的认识与表现的某种模式,要从中跳出来很是不容易。会上对浩然的新作展开了认真热烈的讨论,并有所争议。看来,浩然此作是他花了很大力气写出来的,并对其有极大的期待值。据说,河北省三河市把他接到了三河,给他创造了很好的创作条件,盖了小院,也配了奥迪专车,让他可以潜心创作。可以说,在这次会议上,我同浩然才真正认识了。从1957年读《喜鹊登枝》作为一个读者对著名作家产生仰慕到1987年坐在一起讨论,对名家的作品进行评判、道其优劣,经历了30年漫长的岁月。《苍生》最后进入了第三届茅盾文学奖初选的书目,但最后评委投票时,仍同茅盾文学奖失之交臂,这对浩然大概是一次不小的打击。

此后，就听到浩然两次中风的消息。1998年秋天，人民文学出版社在怀柔的雁栖湖为他的长篇新作《乐土》召开研讨会，并专车接我赴会。再次见到浩然时，他仍然很精神，且兴致勃勃地同我聊起他的创作计划，不仅要写新的小说，还要写几本回忆录。

　　一部松了架的机器是经不起折腾的，浩然已经中了两次风的身体更是经不起折腾的。果不然，两年后，他又第三次中风，这次他病得不轻，被送进了同仁医院。2002年春，湖南省作协主席、我的老朋友孙健忠准备率领中国作家代表团出访叙利亚，到了北京，知道浩然又一次中风住进同仁医院，约我一起去同仁医院看望病中的浩然。我们在一天下午到达位于东单南、崇文门附近的北京同仁医院，先到医院的花店买了个300多元的大花篮，然后到高干病房看望浩然。浩然住在一个单人病房里，见到我们已经说不出话来了，只是嘴巴张开做说话状，而眼眶里饱含泪水。我们知道想说而说不出来的苦楚，示意他别说了。其时，在病房里照顾他的只有他夫人的一个侄女。看样子，久病床前无孝子，孩子们和夫人都不来照料了，只好动员夫人的乡下侄女来照看姑父了。浩然既然讲不出话来，照看者也是一副冰冷的样子，我和孙健忠只好待了一会儿就告辞了。不过，一位当年成为"八亿人口一个作家"的风光无限的名作家，病重之后落得这步田地，实在让人唏嘘不已！心酸不已！

　　浩然在病床上熬了几年之后，最终撒手人寰，这已经是前年——2010年春天的事了。记得浩然逝世之后，还有不少文友写了悼文，我读后更觉心酸。

2012年7月下旬

我与莫言

一

1987年秋天,我曾经工作过的中国作家协会创作研究室与解放军文艺出版社、江西省文联在井冈山联合举办革命历史题材文学创作研讨会。此会会期近一周,与会者数十人,除了开会研讨外,还有参观游览和自由交流的时间。正是在这个会上,我与莫言初次见面,并做了比较深入的交谈。当时的莫言,刚因"红高粱"系列声名鹊起,照说正处于踌躇满志的时候,可是在那个会上,莫言却处处以低调的姿态出现,发言是低调的,说得很短,具体说些什么也记不清了,会下也很少同人交流,看来情绪低落。我问他怎么回事,他说在军艺文学系毕业后回到总参,总参又不设创作室,所以他当时的境遇并不好,于是想继续上学。恰好我当时正筹谋着同北京师范大学研究生院一起举办文学创作研究生班,我把这个信息告诉他,他听了很高兴,说如果这个班办起来,一定告诉他,他准备来读这个研究生班。翌年春天,我们果然筹划着举办首届文学创作研究生班的事。我及时把这个信息告诉莫言,他果然很快地报了名。到了当年的秋天,他就成为这个研究生班预备班的一名学员了。这个研究生班由鲁迅文学院与北京师范大学研究生院联合举办,由北京师范大学研究生院常务副院长童庆炳教授同我共同担任班导师,于是,就开启了我与莫言一段亦师亦友的生活。

二

莫言当时已是小有名气的青年作家,他到鲁迅文学院这个刚刚创办的研究生班上课,从某种程度而言给这个班增添了光彩。记得在当时给国家教委有关部门提交关于对一部分虽然没有大本学历但创作成绩优异的青年作家破格录取进入研究生班的报告中,就以莫言领衔,提到"莫言等青年作家"云云,可见莫言的知名度和影响。因此,我不是把莫言看作我的学生而是作为朋友看待的。但莫言却不想当特殊学员。他同这个研究生班个别有点小名气的青年作家不一样,不像他们处处要显出自己的"范儿"来,而是老老实实地当好学员,为人低调,遵守纪律,完成作业。只是有一次,他差点违纪。1990年上半年,班导师之一童庆炳教授为研究生班讲授学位课《创作美学》。此课分为16个单元,上满课考试成绩及格者可得3个学分。按班纪律规定,学位课连续缺课7次者,取消其听课资格,3个学分自然泡了汤。莫言此时请假回山东高密老家盖房,连续缺课已达5次之多,我即找来他要好的同学转告他,立即回来上课,否则执行规定取消其《创作美学》的听课资格。莫言听到消息后立即从高密赶回北京,找到我销了假,并交了超假的书面检查。我们自然让他上了课。其时,他同班的一位稍有一点名气但颇自大的青年作家不听劝告，连续缺课7次，被取消听课资格，最后毕不了业。数年后，童庆炳的《创作美学》讲稿整理修改后交上海文艺出版社出版，定名《维纳斯的腰带》，请王蒙和我写了序一序二，又请曾经听过此课的学生莫言、刘震云、余华、毕淑敏、迟子建、刘恪等各写一段话，作为序三。莫言在题为《轻轻地说》的一段文字中这样写道："这本大书的雏形，是十几年前童老师在鲁迅文学院给我们讲授创作美学的讲义。那时我经常逃课，逃童老师的课尤其多。十几年的光景转眼过去，回头一想，遗憾良多，逃童老师的课当然是一个重大的遗憾……"多少年过去了，莫言仍然检讨当年逃课（其实是请假缺课）的行为，由此可见其自我批评的自觉。

1991年春，莫言顺利地修满了应修的学位课程和专题课，获得足够的学分，领取了鲁迅文学院与北京师范大学联合举办的首届文学创作研究生班的毕业文凭。研究生班毕业前夕，他在"总结"中写到，这两年半他"在人生道路上，走了很重要的一步"。几年后，他在童庆炳教授悉心指导下，完成了硕士学位论文《超越故乡——文学创作与童年经验》的写作与答辩，获得硕士学位文凭，完满地结束了文学创作研究生班的学业。

三

莫言好学而热情。在鲁迅文学院就读研究生班的将近三年的岁月里，他除了听课写作之外，还读了不少古今中外的文学名著。对于外国文学，他涉猎颇广，但更钟情于福克纳和马尔克斯。在他读研究生班期间，《中国现代文学研究丛刊》编辑部曾通过我组了他与几位同学接受外国文学影响的一组笔谈，他在文章中就谈到在创作中受到福克纳与马尔克斯的影响。北京师范大学中文系教授韩兆琦应邀为研究生班开设《史记》研究方面的专题课，至今仍津津乐道莫言当年交的关于《史记》的作业中"玩战争"，以及对项羽与刘邦的评价有诸多新的见解。可见莫言还是通读了《史记》的主要篇章的。

莫言从研究生班毕业后，回到他在总参的原单位，我同他之间的联系时断时续，联系并不密切，可一旦有事找他，他还是热情回应。他与刘震云等几位同学的读书笔记在《中国现代文学研究丛刊》刊出后，稿费寄到我处，我打电话征询他们的处理意见，他们都说把它吃了吧。于是我把他们约到鲁院附近的一家火锅店吃涮锅，莫言吃得特别高兴，大家也都说便宜好吃，还说以后再约齐到鲁院附近的这家火锅店吃火锅。说是这么说，真约到一起就颇不容易。过了几年，大概是90年代中期吧，我家乡的《海峡》杂志执行主编叶恩忠来京组稿，想见一见我在京的一些学生，记得约了莫言、余华、刘震云等，还有刘恒与王朔。莫言接到我邀请的电话时，答应得很痛快，而且最早到达约定的地方，记得他和刘震云还狠狠地挖苦了一下迟到的余华。此后，我同莫言的联系多了起来。譬如请他为我主持的《时代文学》专栏"名家侧影：从维熙专辑"撰稿，为童庆炳教授的《维纳斯的腰带》一书集体作序，等等，他都答应得很痛快，而且总是第一个交卷。由此，我看出莫言还是很看重师生情谊的，虽然我不敢贸然把他看作我的学生，但他还是认我这个老师的。

关于我与莫言的关系，还有两件事值得提一下。一是21世纪初，我拟在我主持的山东大型文学期刊《时代文学》的"名家侧影"上做一期关于莫言的专辑，打电话向他组稿时，他谦虚地推辞了一番就接受了。随后寄来几部长篇小说新作,其中有我喜欢的《檀香刑》一书,在书的扉页上,他还写了这么一首打油诗:"鹤发童颜,期颐百年。得趣得乐,随遇而安。"表面看来,他是随意写下的,但情透纸背,读之感人至深。另一件事是,2012年5月,北京东城区图书馆的"书海听涛"拟请莫言到场为读者做一次报告。萧馆长同他联系不上,来电话求我代请,我冒昧地给莫言打了电话,他爽快地答应了。于是,我们师生一起到东城图书馆联袂表演了一番。讲座之后,一起为东图的"书海听涛"系列讲座题词,并共进午餐。这一次,我们聊得比较多。他告诉我他已调到中国艺术研究院担任文学院院长,但只是一个光杆司令;他的女儿已经研究生毕业,在北京某高校任教,并为他的长篇小说《蛙》写了评论,发在《南方文坛》。这都是一些让人听了高兴的好消息。

四

关于莫言的创作情况,不是本文写作的重点,但也需略述一二。

莫言的文学创作起步于20世纪80年代初。80年代中期在解放军艺术学院文学系学习时创作并接连发表的中篇小说《透明的红萝卜》《红高粱》以及"红高粱系列"让他锋芒初展,声名鹊起;在鲁院首届创作研究生班学习和毕业后,他的创作进入了一个喷发期。这时期,有《檀香刑》《第四时一炮》《天堂蒜薹之歌》《生死疲劳》《蛙》等长篇小说面世,而更重要的是作为他的代表作之一的长篇小说《丰乳肥臀》的面世。此作于90年代中期先由云南人民出版社主办的大型文学杂志《大家》发表,随后由作家出版社出版，并很快荣获《大家》同红河卷烟厂共同设立的首届"红河文学奖"，奖金10万，在当时是一个天文数字。《丰乳肥臀》的面世与获奖，不啻是文坛的一声春雷。文学评论界，尤其是一些青年文学评论家热情肯定这部可以作为莫言代表作的作品，并指出它是莫言创作高峰期到来的表现。我是赞同这一见解的。现在回头看，《丰乳肥臀》正是2012年瑞典皇家学院授予莫言当年诺贝尔文学奖的授奖词中所说的"他将魔幻现实主义与民间故事、历史与当代社会融合在一起"的重要注脚。然而，正是这么一部作品，招来一些人的举报与批判，莫言也为此写了不少检查，并被迫离开了部队。2003年，当他把此作修订扩充加了有特色的插图交由中国工人出版社出版，不料又有人举报，再次遭遇一些麻烦。由此可见，莫言的创作道路也不是一帆风顺的。

2012年10月11日，瑞典文学院常任秘书彼得·恩龙德当天中午（北京时间晚上7时）在瑞典文学院会议厅先后用瑞典语和英语宣布将2012年诺贝尔文学奖授予中国作家莫言。我是正吃晚饭时从中央电视台《新闻联播》节目插播的消息中听到这一喜讯的。当即暂停晚餐，给莫言发了一条祝贺的短信，其中有"兴奋之状难于言表"之语。此时的莫言躲在他的故乡高密，手机关机。

2017年元旦过后，高密莫言文学馆馆长带一行人来我家就莫言的上学与创作进行专题采访，并全程录像，作为资料保存。此时他带来了莫言的问候。

我与莫言之间的往来就此打上了句号。

2012年10月初稿，2018年4月改定

马兰三日识周涛

周涛的诗名与文名闻之久矣,也可以说我同他神交久矣!可是见到他却迟至2006年8月底,在朱增泉将军的散文集《血色苍茫》的出版研讨会上。周涛显然是专程从新疆赶来北京参加这个为期半天的文学活动的,足见其对朋友的真诚。2011年秋日,朱增泉将军积近十年之功写出的《战争史笔记》五卷由人民文学出版社出齐,在京举行盛大的研讨会,周涛又一次专程从新疆赶到北京出席研讨会,还在会上向朱增泉赠送一件书法作品,以表祝贺。这两次活动,我均应约参加,因而得以同周涛谋面,但匆忙之间未及深谈。

2012年8月初,中国核试验基地举办第二届马兰文学笔会,朱增泉将军率北京的一些文友远赴新疆马兰参加这一文学盛会,我也在应邀与会。8月5日,我们一行十多人飞抵乌鲁木齐,先分头在乌市参观。晚上吃饭时,发现周涛也在席上,彼此均十分高兴,他喊了一句:"何兄,你也来了!"我回了一句:"涛弟,很高兴在新疆见到你!"便彼此越席拥抱起来。次日,即8月6日,我们分头驱车数百公里由乌鲁木齐赶赴马兰基地。周涛同朱增泉、朱向前直达马兰。我与王必胜、王干等则随大队伍到达吐鲁番参观交河古城遗址、坎儿井、火焰山和葡萄沟等名胜后于薄暮时分才赶到马兰。接下来，我同周涛在马兰就有了三天的聚会。

8月7日，我们在马兰的活动安排得比较轻松，只有参观营区，观看历次核试验录像以及林俊德院士临终前拼命搞科研的录像、晋谒烈士陵园、参观家庭农场等活动。周涛平常不大言声，但是关键时刻出手不凡，颇显诗人气质。比如在看完录像题词时，周涛的字与词均美，颇获赞誉。

8月8日，是我们在马兰活动最紧张最丰富的一天。这一天，我们一早从营区出发，驱车到核试验场区的中心位置观看最后一次核试验的"814爆心"，途中顺便看望甘草泉哨所与辛格尔哨所的战士们；在试验区指挥部用完午餐后，还要赶到博斯腾湖畔参观水上试验站，当晚还在湖边的沙滩上参加篝火晚会，同马兰基地文工团以及水上试验站的战士们联欢。在这一天的紧张活动中，周涛显得颇为活跃，也显露出他的才气与霸气。

在进入核试验场区时，我们发现路旁有一棵历尽沧桑的老榆树被保护了起来。在树旁立有一简朴的石碑，碑文介绍了这棵"夫妻树"的故事，大意是：当年进行首次核试验时，一对从事国防科研的夫妇分别接到命令，到大西北参加核试验工作。按照纪律，这一行动属绝密，不可告诉配偶对方，于是，夫妇分别后互不通讯息不知道对方在何处。一年后，他们又奉命参加第一次核试验，于是在这棵老榆树下偶然相遇，这才得知夫妻俩在执行同一项崇高的任务。几十年过去了，人们为了纪念这对夫妇的相遇，弘扬他们无私奉献的精神，把这棵矗立于戈壁滩上大路旁的老榆树命名为"夫妻树"，使之成为进入核试验场区必看的第一个景点。我们一行纷纷下车参观留影。朱增泉将军与老伴姚老师在夫妻树前合影留念,《解放军文艺》的副主编殷实同他的新婚妻子也在夫妻树前合影留念……参观留影后回到中巴车上,人们仍然在热议着这棵夫妻树和几对夫妻在树前留影的事,纷纷作联以赞之。可是大家对自己的作品不满意。这时候,坐在一旁的周涛开腔了,他为这次活动作的一联是:"一棵夫妻树,两对心上人。"当他一报出,全车的文友均报以掌声,表示赞赏,而周涛作为西部诗坛之王的才气也得以偶露峥嵘。

下午到达博斯腾湖畔水上试验站时,看到博斯腾湖碧波荡漾,我们真是高兴极了。几天来看到的大都是戈壁与沙地,马兰营区虽然绿化得好,但也难得看到水域。而当高原明珠博斯腾湖的一望无际的碧波在我们眼前出现时,那种兴奋劲是难以描摹的。我们不仅乘汽艇在湖上巡游,在湖边的凉亭里喝茶聊天,王干还跳进湖里游泳。更有意思的是晚餐后湖边沙滩上的篝火晚会上,有马兰基地文工团的精彩演出,有水上试验站战士们热情的接待,还有熊熊燃烧的篝火,真叫人热血沸腾。这时,周涛就有不俗的表现了!等朱增泉将军与陪同我们参观了一整天的侯力军副政委等提前离席回营区之后,周涛就坐到我身旁主持起晚会来。当文工团的演员到席前邀我们共舞一曲之后,周涛叫来一位男演员,要他唱一首《塔里木河》。而当这位歌唱演员在台中引吭高歌《塔里木河》时,周涛忽然走上前夺下人家的麦克风,要他别再唱下去。当他回到我身旁坐下时,我问他为什么这样做,他说:"这个演唱者唱的是克里木唱过的《塔里木河》,真俗气!"原来如此。可能周涛同克里木有过什么过节,我不便深问,便走向那位演唱者去解释道歉。一场小小的风波过去了。篝火晚会依旧热烈进行着，直至深夜才尽欢而散。从周涛晚会上夺麦克风这一举动看，他实属霸气外露的性情中人！

才气与霸气，这是周涛身上并存的两种"气"，他之成为西部诗坛之王，这两气缺一不可。马兰三日识周涛，我识得的也就是周涛身上的这两种"气"。

8月9日，我同朱增泉等一行离开马兰继续西行，到伊犁河谷参观访问；周涛同参与笔会的大部分文友还留在马兰继续参观访问，10日回乌鲁木齐。在马兰的聚会，使我同周涛成为至交。

2013年2月17日补记

读《悲喜春秋》忆故人
——怀念魏世英

前些时候,福建人民出版社社长房向东来京公干,拨冗到舍下晤谈,提及前些年他任海峡文艺出版社社长时,曾编辑出版一套"海峡原创长篇精品"丛书,收入魏世英的长篇小说《悲喜春秋》。此书于2014年春面世,魏世英于当年初冬即溘然辞世于榕城。魏世英与我交往多年,是我的文友与兄长;且此书的初稿于2000年春曾打印寄我,给我先睹之快的机会并望我提出修改意见。由于当时我正准备出访加拿大和美国,来不及拜读,回国后又忙别的去了,以至此后很少同魏兄联系。因此,我恳请房向东同志给寄一套书来。房向东返榕后,遂用快递的方式寄来《悲喜春秋》及其他作品。

《悲喜春秋》共两册,80余万言,可谓长卷矣。夏日酷暑难耐,停止各种活动,闭门读此故人之长卷,时读时辍,不及旬日,竟已过半。此作写的是抗日战争后期与解放战争时期中共闽浙赣区(省)委城工部领导的地下斗争以及解放战争时期福州地区的学生民主运动,这一段革命历史的书写当然具有不可或缺的史诗价值和文献价值；而作为这一历史事件背景的福州民俗风情以及关于秦家这一颇有巴金的《家》的艺术韵味的破落大家庭的描写，作者的笔墨似更自如，它所蕴含的闽都文化也似有不可或缺的意义。《悲喜春秋》是魏世英的长篇小说处女作，也是他的遗作，同时也应看作福建新世纪以来长篇小说创作的重要收获，它是不会被湮没也不应该被湮没的！对这部故人的遗作，当另撰文评论之。这里要记述的是读这部作品时想到的同魏世英交往的一些往事。

魏世英，笔名魏拔。1930年出生于福州一个世家，17岁入党，参加中共闽浙赣区（省）委城工部领导的地下斗争。新中国成立后，长期从事文艺编辑工作，曾任《福建文学》副主编、《当代文艺探索》主编、福建省文联理论研究室主任、福建省作家协会副主席等职。编辑家、评论家、作家。我与他第一次文字上的交往是1980年。改革开放初期，他当时担任《福建文艺》副主编，编发了由诗人蔡其矫推荐的朦胧诗代表人物舒婷的组诗《心歌集》，并在刊物上开展"新诗创作问题"的讨论，通过一位朋友约我为舒婷的组诗撰写评论参加讨论，为其助阵。其时我犹醉心于诗歌与散文，记得读了舒婷的诗，颇有感触，一天里文不加点，一气呵成，遂写成一篇8000字的诗评，这就是经魏世英编发在《福建文艺》1980年第7期的《欢欣与期望——读舒婷的〈心歌集〉》一文。从此，我们有了文字上的交往。

时序进入1984年，在时任福建省委书记项南的支持下，福建省文联筹办大型文艺理论杂志《当代文艺探索》，拟由魏世英出任主编。于是，当年的暮春时节，魏世英风尘仆仆赶到北京，同在京从事文艺理论批评的老乡商议创刊事宜。记得他到位于北京东南角的劲松小区刘再复的家里，召集几位闽籍的评论家，由他掏钱买了点菜，大家一起动手做了饭，边吃边议，把办刊的事聊出一个大致的轮廓。参加这次聚会的有刘再复、谢冕、张炯、陈骏涛、曾镇南等，后来都被聘为《当代文艺探索》的编委。魏世英从北京返回福州之后不久，《当代文艺探索》即在榕城创刊面世，由项南题写刊名。不到一年时光，此刊名声大振，与甘肃前此创办的《当代文艺思潮》同为新时期文艺潮流的引领者。一时间，北有"思潮"，南有"探索"，遂成为当年文艺界热议的话题。30年后，有热心者重提"闽派批评"一事，追根溯源，未得要领。究其实，"闽派批评"之根在于魏世英，在于由他主编的《当代文艺探索》。由此可见，魏氏对福建当代文艺事业之贡献可谓大矣！

自从1984年春在京与魏世英首次见面之后，我们见面的机会就多了。是年秋日，我南下返闽探亲，老魏得知后，要我于归途中折到福州，为其新创办的省文学讲习班讲课；记得我讲的是关于长篇小说创作的一些问题，因为自1982年春参与首届茅盾文学奖的评奖工作以后，我的精力大都转向长篇小说的研究与评论了。讲习班有30多位学员，均为当时福建文坛的新秀。讲课的具体内容我都记不清了，可听课者多年后遇到我，说还记得当年我讲的内容。这次在福州，老魏热情接待我，并同我聊得较多。但他是一个说话不多抓紧办事的人，记得翌年春三月，他又把我们召集到厦门，假座厦门大学，举行当代文学研究会福建分会成立大会，随后又主办全国文学新方法论研讨会。我和张炯、陈骏涛、曾镇南等在厦门大学海滨一套待分配的教授宿舍里住了将近半个月，参加了老魏组织的两个活动，还给厦门大学的学生讲了几次课，闲暇时还写点文章，过得充实而愉快。看来，**魏世英**是要甩开膀子大干一场了，办刊物、搞活动、组织社团、培养人才，轮番上阵，全面开花。当然，办好刊物，乃是他主抓之事，1985年、1986年两年，《当代文艺探索》办得风生水起，我们也都尽全力支持它，把最满意的文章投给它。可以这么说，那几年，是**魏世英**最得意的几年，是他人生的高潮，也是福建文艺界最红火的几年。

但是，到了1987年，情况就不一样了。随着项南调离福建，《当代文艺探索》悄然停刊，魏世英变为福建省文联文艺理论研究室主任，忙碌的生活清闲起来，舒展的眉头紧锁起来，同前几年大不一样，我同他的联系也少了。过了几年，岁数一到，他就退了下来，回家隐居。直到十几年后再在福州见到他，才知道他十几年中一直在酝酿构思与写作自传性长篇小说《悲喜春秋》。事情是这样的，1999年春，我南下返闽为母亲扫墓，顺访福州，蒙老友季仲热情接待，借住于福建画院，于是在榕城有几日之停留。在榕期间，省公安厅主办的《警坛风云》请我吃饭，建议请人作陪，于是请了魏世英。多年不见的老友相见，自然十分高兴。饭局结束之后，老魏邀我到他府上小坐，只见他一家仍住在祖传的大厝里，厅堂是开放的，宽敞而简洁。我们主宾落座后，只见他眉头舒展，话多了起来。大致是关于退下来十来年的生活情况，重点是关于接近杀青的长篇小说的构思与写作的情况。聊了一会儿，我就告辞回到住处。没想到，这竟是我见他的最后一面！

日前在京见到房向东，同他交谈时才得知，**魏世英**把80余万字的长篇小说写好之后，一直找不到出版之处。省文联曾批下五万元资助出版的基金，他婉拒；一直到他的忘年交房向东就任海峡文艺出版社社长，把他的长篇小说纳入"海峡原创长篇精品"丛书的出版计划之后，这部饱含他一生心血的长篇佳作才有面世的机会。房向东还告诉我，《悲喜春秋》于2014年出版后，魏世英的身体已很虚弱，待书送到后，是年初冬便阒然长逝。我想起在听到魏世英辞世的噩耗后不久，在《福建文学》上读到的季仲悼念魏世英的文章中提及，魏病危时，拒绝送医院抢救，在家中安然辞世。其时，其亲属友人肃立其家门，目送一位少年时代即投身革命洪流、把毕生献给文学事业的文艺战士与世告别。想来那情那景是悲壮中又有几分凄怆的！

2017年8月4日

张一弓逸事

2016年1月9日,隆冬时节,得悉我的好友、著名作家张一弓在郑州病逝的噩耗,就想写一点东西悼念他;可当时我正忙于照看病重的儿子,没有时间也没有心情。现在重负已卸,又适逢一弓兄谢世两周年的日子,是该写点东西来怀念这位故友了!

20世纪80年代初,正是张一弓文学创作最红火的时代。他的中篇小说《犯人李铜钟的故事》《张铁匠的罗曼史》《春妮儿和她的小嘎斯》连获三届全国中篇小说奖,其中,《犯人李铜钟的故事》还是一等奖。1985年,他的短篇小说《黑娃照相》又获得全国短篇小说奖。关键不仅在于连连获奖,而在于他对新时期农村生活变革的关注与开掘,使得他笔下的新乡土小说有了新的特色。其时我正在中国作协创作研究室工作,虽分工关注长篇小说创作,但也关注一弓的短篇小说创作。只是心向往之,却无由会晤。

直到1998年秋天,我和一弓才在共赴湘西参加湘泉之友笔会的火车上见面。20世纪90年代,复转军人出身的企业家王锡炳在湘西吉首创办湘泉酒厂,出产湘泉酒与酒鬼酒,畅销海内外。他聘请时任湖南作协主席的著名作家孙健忠为企业文化顾问,编辑出版

《湘泉之友报》，举办"湘泉之友笔会"，营造企业文化，影响颇大。1998年秋天举办的这次湘泉之友笔会系第二届，邀请国内诸多文友参加，张一弓与我均在受邀之列。于是，当我搭乘的奔赴湘西的火车路过郑州站时，就与张一弓在软卧车厢相遇了。我们很快认出了对方，并畅叙文坛的一切。

到达吉首后，我们愉快地参加了笔会精心组织的各项活动：访苗寨，喝拒门酒，参加盛大而热烈的富于苗乡特色的晚会；走进酒厂，听酒鬼酒瓶设计成型的故事；参观酒厂文化陈列室，感受湘泉企业文化的魅力。笔会的组织者还为我们举办了一台富有湘西民族特色的文艺晚会，把笔会推向高潮。这次笔会办得有声有色、井井有序，既得力于厂领导王锡炳等的重视与亲临指导，又有笔会操办者的智慧与操劳。笔会的主要操办者姓龙，是位土家族姑娘，三十出头，泼辣、干练、大方，据说毕业于长沙某政法学校，原在湘西某县的法院工作，被王老板相中了，挖到湘泉酒厂办公室主持工作。这么一位能干的美女，尚待字闺中；而我们的老作家张一弓呢，其实也不老，才六十出头，前些年离了婚，儿女均已成年，是个标准的光棍汉。于是，笔会进行了几天后，一段浪漫故事悄然发生了。

我们的笔会在吉首活动了四天后移师猛洞河流域，先是到了沈从文先生在《边城》里写到的花垣县茶洞镇的古渡口游览翠翠摆渡的地方，然后顺着猛洞河来到千年古镇王村。20世纪80年代，谢晋曾以王村为背景，拍摄了电影《芙蓉镇》，随着电影的热播，王村也就易名芙蓉镇了。1998年秋天，我们投宿古镇边上新建的听涛山庄，故事就在这儿开始了。到达古镇翌日，我们畅游了猛洞河，参观了溪州铜柱等名胜,来到镇上的土家民俗馆,在参观了土家族的民俗陈列之后,将进行一场土家婚礼民俗表演。大家一致推选张一弓和我们的领队小龙姑娘分别扮演新郎与新娘,表演持续了近一个小时,大家都希望他们假戏真做,他们的脸上也都显出羞色。当晚回到下榻的听涛山庄,笔会的组织者居然为大家举办了一场舞会。1985年和1986年夏天,我曾两度到访王村,那时的古镇显得古老而荒凉,连个像样的住处都找不到,记得1985年5月第一次到王村那次,只能借宿于航管所的宿舍。真没想到,十几年后,王村变成了芙蓉镇,有了这么大的变化!不仅市容市貌大为改观,还有比较完善的旅游设施。古镇边的听涛山庄,是按三星级的标准建的,有标准的客房和餐厅,还有可开会可娱乐的多功能厅。舞会就是在山庄的多功能厅举行的。笔会已进行了五六天,大家都想放松一下,与会的作家和笔会的工作人员数十人拥进山庄的多功能厅,夜幕之下,猛洞河畔,听涛山庄里,一场生面别开、让我二十年来难于忘却的舞会开始了。人们在轻松欢快的乐曲中,尽情地跳啊唱啊;在人群中,张一弓显得特别引人注目。他不仅舞步娴熟优美,在舞场上显得训练有素,而且不时出来唱一曲俄罗斯的歌曲;后来,舞曲也换成俄罗斯的,在一曲曲浪漫又带点感伤的俄罗斯乐曲中,他一直跳着,舞伴也固定为小龙姑娘。为了让他们多跳一会儿,我们中的几位朋友留下来陪他们,直到深夜12时。这时,孙健忠说了一句俏皮话:"冷水泡茶慢慢浓,你们等着看吧!"

在王村(芙蓉镇)逗留两宿一天后,我们又移师张家界。自从听涛山庄的舞会之后,张一弓几乎变了个人,不仅神采飞扬,而且话也多了起来。有时也聊起他的家世和经历。他祖籍河南新野,就是三国时刘备当过几天县令的地方，却生长于当年作为河南省会的开封。其父张长弓系河南大学教授，其母为中学语文教师，从小受书香的熏陶，喜爱文学，尤其酷爱俄罗斯文学，并深受其影响。由于很早就在报刊上发表作品，故高中二年级就辍学参加工作，当过河南不少报刊的编辑记者。说来他的生活道路与创作道路也不是一帆风顺的。在张家界活动的几天里，我注意到一弓的情绪不错，并抓紧一切时间同小龙姑娘在一起，我们也都为他们、为第二届湘泉之友笔会成就了一段美好姻缘而高兴。笔会后的次年，即1999年末，河南省作家协会在新乡之南的小冀镇一家度假村召开长篇小说研讨会。我应邀赴会，在会上见到张一弓。别的我倒是不关心，只问他和小龙的关系发展得如何。他告诉我，小龙曾利用公司派她到河南搞销售的机会在郑州住了一段时间，他也曾到吉首住了半年，一边谈恋爱，一边搞创作，看来发展势头不错。可他又提醒说，小龙的父母至今不认可他们的婚事，只因年纪差距过大，因此，他们的恋爱仍处于地下状态。

过了几年，我路过郑州，找一弓到我下榻的宾馆聊天，问及他和小龙的事。他用一种凄凉的口气回答道：悲剧！原来，在小龙父母的坚决反对下，他和小龙在坚持了几年之后只好分手，他们的感情以悲剧告终。这一意外的结果让人嘘唏。

在结束了这段爱情悲剧之后，张一弓很快投入新的文学创作，并推出长篇小说《远去的驿站》。这部作品的初稿由长江文艺出版社交由我审读，出版后我细读过，并写了题为《诗情与历史文化相交融的家族叙事》的评论。我以为，"这部作品用一种浓郁的抒情笔调讲述他的家族充满传奇和浪漫色彩的故事，个人命运与时代大潮相照应，浓浓的诗情与深厚的历史文化底蕴相交融"。小说中浓郁的诗意和创新的结构给我留下深刻的印象，我以为此作系20世纪90年代兴起新家族小说的上品，也可以说是新世纪以来长篇小说的上品。从小说的语言与叙事态度中可以推断出，此作可能开笔于他与小龙热恋之时。殊感可惜的是，此作仅获得过长江文艺出版社同别的机构联合举办的"首届姚雪垠长篇小说奖"，并收入人民文学出版社2007年推出的《中国当代名家长篇小说代表作丛书》。

《远去的驿站》之后，张一弓又出版了一些作品，但对张一弓来说，它们都不重要了。

2018年1月中旬

追怀黎汝清

最近,家里清理旧物,发现博物柜角落里那尊普希金铜像格外引人注目。它同陈列于博物柜上的屈原、蒲松龄、林语堂等文学大家的瓷质或陶质坐像比较起来,是小巧一些,但由于它是青铜铸成,又是二十多年前我的好友黎汝清作为中国作家代表团成员访问俄罗斯带回来作为礼物送给我的,故显得特别珍贵,并常引起我对黎汝清的思念。在当代文学史上,黎汝清是一位不应被埋没的作家;他穷十数年创作出的军史上的"三大悲剧"——《皖南事变》《湘江之战》《碧血黄沙》,无疑是当代长篇小说创作的重要收获。早在20世纪50年代我在复旦大学求学时,就常在上海的报刊上读到他的短诗和散文,据说他当时在驻沪的一家部队医院当副政委,是一个醉心文学的业余作者。直到1962年他调到南京军区创作室从事专业文学创作,才成为一位专业作家。而不久之后写出的中篇小说《海岛女民兵》以及据之改编的电影《海霞》,也充分显示了他的创作实力。

我与黎汝清见面迟至1985年元旦前后。中国作家协会第四次会员代表大会于1984年12月27日至1985年1月7日在北京京西宾馆举行,就在那次会上,我同黎汝清相见相识。著有《柳堡故事》《秋雪湖之恋》等名作的部队著名作家胡石言既是黎汝清的领导（南京军区创作室主任），又是我的朋友。胡石言当时兼任《陈毅传》写作组组长，每年均有一笔可观的专用经费供其支配，经常往来于南京、北京之间，故早已同我相识相知。在作协四大上，胡石言找到我，把黎汝清拟就的一份关于长篇小说《皖南事变》的写作提纲交给我，准备找个时间一起切磋切磋；此提纲长达20余万字，我认真阅读过。于是，1985年元旦晚上，我与黎汝清、胡石言在京西宾馆的一间客房里，就《皖南事变》的创作展开了热烈而自由的漫谈。经此一谈，才得知黎汝清为创作此作做了相当充分的准备，不仅查阅了大量的相关资料甚至尚未解密的档案，还实地进行考察和多方面的采访，于是，他既有研究这一历史事件的自由，也具备由历史研究进入文学创作的自由。经此一聊，也才认识黎汝清的真面目：一个平时少言寡语的人，到了他倾注全部热情和智慧的话题时，却是滔滔不绝侃侃而谈，真是令人刮目相看！

　　大概过了大半年，也就是1985年秋日，黎汝清写出了《皖南事变》的初稿，交到了解放军文艺出版社。社领导让刚调到解放军文艺出版社的项小米当责编，于是审读初稿的任务很自然地落到我身上。项小米把《皖南事变》的初稿送到我家时，我一看吃了一惊：每页两百多字的小稿纸反面用钢笔小楷书写，共两千多页，摞起来岂止盈尺！估计初稿长达80余万言。我进行了比较认真地审读，会同项小米与解放军文艺社领导的意见，向黎汝清提出了具体可行的修改意见，并建议把篇幅压缩到60万字以下。黎汝清据此很快改出了一稿，是为小说的定稿，时当在1986年的春日。此后将近一年的时间一直没听到小说出版的消息。直到此年年底，我供职的中国作协创作研究室联合十家出版社并由福建省文联承办，在厦门举办颇具规模的全国长篇小说研讨会，在会上见到黎汝清，才得知作品不能如期顺利出版的原委。原来，《皖南事变》属重大题材，必须送审，经有关部门审批后方能出版。作品牵扯到方方面面的矛盾，又揭示了一些原来不为人知的历史真实，故迟迟批不下来。黎汝清对此有点沉不住气，在会上找到另一家出版社——上海文艺出版社，准备把《皖南事变》交由他们出版。上海文艺出版社对此书当然很有兴趣，遂加紧审批工作。解放军文艺出版社有了竞争对手，也抓紧了出版进程。于是，到了1987年上半年，两家出版社分别出版了《皖南事变》，因此，就有了版权纠纷和参评各种文学奖项的负面影响。以我对此做的深度了解（从参与提纲讨论到审读初稿再到关注出版过程和参与研讨），可以负责任地说，《皖南事变》在革命历史题材的文学创作中有重大突破，具有革命史诗的品格。1987年秋日，在此书面世不久时，我撰写长文《从历史的悲剧到壮美的史诗》，对其作为革命史诗和人生启示录的审美品格进行评析，至今我仍坚持文中的见解。

此前我同黎汝清的交往，只是作者与评论者的关系，对他了解不深不多，直到1986年6月，我到上海参加母校复旦大学校庆和学术研讨活动后返京途中经停南京，受到他和胡石言的热情接待，才对他有了进一步的了解。事情是这样的：胡石言得知我到上海参加活动，邀我归途中在南京小住，由南京军区创作室接待。于是到了南京我就住进军区招待所；黎汝清提出要正式宴请我，并到他家里做客。于是同他之间就有了创作之外的话题。从交谈中得知，他于1928年11月出生于山东博兴，1945年就参加革命了，一直在部队做宣传文化工作。到他家一看，相当宽敞，但又简洁。他是一位部队专业作家，可在家自由支配时间，进行写作；他说他在家写作也严格遵守作息时间，早上8时坐到书桌前，开始写作，中间休息一会儿，中午12时下班，吃午饭、午休，下午2时又坐到书桌前接着写，直到6时下班。看来有点刻板的作息却可看出他的慎独与自律。同时，他又是一位内敛、低调的人，他既无什么嗜好，又不好交游，更不善于推销自己，是一个只知低头拉车的人。当然，他的性格中也有倔强、坚韧的一面，这从他《皖南事变》一书的创作前后中便可看出。唯其如此，他才成为一位佳作迭出的多产作家，"三大悲剧"之前，他已有《万山红遍》等七部长篇小说问世，可谓多产矣！

1986年6月在南京黎家做客时，他就同我谈起"三大悲剧"其他两部《湘江之战》与《碧血黄沙》的创作计划，过了几年，两部大作先后面世。《湘江之战》写的是红军长征第一战的惨烈与悲壮，《碧血黄沙》写的是红军长征到达陕北后的西征战况与悲剧结局，也都是气壮山河催人泪下之大作，遗憾的是我后来忙别的去了，未能一直关注黎汝清的创作，对这两部作品未能做深入的研读。

但是他却一直未能忘却同我的友谊，大概20世纪90年代中期，他作为中国作家代表团的成员访俄归来，到我在亚运村的家中看望我，还送我一尊普希金的铜像，是他在俄罗斯普希金故居参观时为我选购的，因为他知道我年轻时也沉迷于普希金的诗。现在，普希金的铜像还放在我家客厅的博物柜中，可赠送铜像的黎汝清却于三年前的春天离我们而去了。

2018年3月29日

我的好邻居贺绍俊

我与贺绍俊都是20世纪80年代初先后进入中国作协工作的。我于1982年从北京一所中学调入中国作协创作研究室搞当代文学研究和评论,他则是1983年从北京大学中文系毕业后分配到中国作协主办的《文艺报》当记者、编辑的。由于都是搞文学评论的人(他那时多与潘凯雄双剑合璧地写评论,我则是单枪匹马地一个人干),因此很早就彼此熟悉。尤其是20世纪90年代初我们同时搬进亚运村安慧里的一栋楼房并成了近邻(他住1107号,我住1108号),于是成了好邻居和无话不说的好朋友。常言说"文人相轻""同行是冤家";我同贺绍俊都是文人,也都搞文学评论,不仅不"相轻",还"相亲",不仅成不了"冤家",还成了朋友。可以说成了文坛中的一个特例,这大概同我们是好邻居有关,更同贺绍俊为人厚道坦诚有关。

作为"隔着一堵墙是两家,拆了墙就成了一家"的近邻,我们同贺绍俊一家在生活上相互照顾,就成了好邻居的题中之意。刚做邻居时,贺绍俊的母亲及岳父岳母经常轮流从湖南到北京来住一段时间,后来他的岳父岳母就在北京住下来养老了。他们一家老小都很善良、亲切,我们两家之间不仅互相嘘寒问暖,还互送一点土特产或鲜果蔬品尝,有时还一起吃顿饭。贺绍俊擅长厨艺,20世纪90年代末他家装修好回迁之后,他还亲自下厨做了一桌子好菜宴请我们全家,以道叨扰。后来,我们家装修时搬到郊区小住,就把门户托付给他岳母(我们也随他儿子叫"姥姥"),"姥姥"的照顾尽心尽力,在装修好后半个月中,几乎天天为我们的房子通风。贺绍俊对我们的照顾更是无微不至,一次在我处聊天,发现我家厕所的灯坏了,二话没说,跑到超市买了个节能灯换上,理由是,他比我年轻,跑起来方便些。他那位已到美国读博士的儿子从小学起就拉得一手好二胡,课余时间他在家里拉二胡,我在书房里读书写作之余常可以免费欣赏美妙的二胡乐曲。说起他儿子,还有一段趣事呢。20世纪90年代末,我同贺绍俊及其儿子一起应邀到内蒙古参加笔会,一天晚上,七八个人挤在一个蒙古包里,无聊时轮着讲"段子",贺绍俊讲了一段后,他儿子也讲了一段,那时他儿子正在上中学,爷儿俩也"与民同乐"了一把。由此可见他家的民主气氛和我们两家亲密的关系。唯其如此,我同他儿子也成了忘年之交。有时在楼道里或楼下相遇时我们常一起聊聊天,这时,他就像个小大人似的。

在生活上相互关心照应,工作上则是相互合作切磋。记得从20世纪90年代以来,我同贺绍俊经常一起出差,且常同居一室。我虚长绍俊十几岁,他总是把我当作长者无微不至地照顾,帮我提行李,同住一室时处处让着我。记得2001年9月,我们同时作为中国作协理论家赴台访问团的成员,在台湾、香港逗留了十来天,绍俊总是同我共居一室,他不仅能够忍受我那如雷的鼾声,而且处处照顾我、提醒我；前不久，我们一起到四川射洪、遂宁参加陈子昂的学术会议和作为电视连续剧《大唐文宗》的文学创作导师，两次同行。由于我年初大病两场，身体较虚弱，他便抢着替我提行李，并监护着我不让我过劳，待我胜于亲人。

21世纪初，贺绍俊在担任《文艺报》及《小说选刊》的主编之后，应聘到沈阳师范大学工作。在甩了乌纱帽成了"贺教授"之后，从事学术工作的时间多了，也更自由了。他虽工作于沈阳，却大都待在北京，北京的文学活动照常参加，成了国内文学评论界一线最活跃的文学评论家之一，成果颇丰，著作迭出。而这些年来，我由于年老体虚，也逐渐退居二线，于是在评论工作上听取新的信息，相互切磋探讨就成了我同贺绍俊见面聊天的重要内容。绍俊总是热心帮助我，当然观点不同时也有过争论，有时为一部作品的不同评价他也会争得面红耳赤。因为他是个真诚而且有点倔强的人。

前几年，由于经济条件改善，贺绍俊搬到不远处一处新买的较宽敞的公寓楼了，再也不是我的近邻了。但由于他的不少信件、报刊仍然投递到原住址，由我代收保管，因此过一段时间他要到我家取邮件，我们还可以定期见面聊天、交流文坛的各种信息，尤其关于文学评论方面的信息，于是仍然还可以从他身上找到一种好邻居的感觉。

2011年7月21日

复旦忆旧

耽于回忆也许是进入老年的一个重要标志。近几年来,我陆续写了几篇关于复旦大学中文系几位教授的忆文,分别是关于朱东润、蒋天枢、鲍正鹄、蒋孔阳、王运熙、潘旭澜等六位先生的回忆,分别发于报刊,后来又都收入我的一本散文随笔集《来自天堂的药方》之中。本文忆及的几位先生,有的是中文系的教授,有的是外文系和历史系的教授,有的交往较深,有的只是听过他们的课,留下较深的印象。片断回忆,连缀成文,就算是对60年之前复旦岁月的一次回望吧!

周谷城

周谷城先生,湖南益阳人,在湖南第一师范学校(简称"湖南一师")上学时,与毛泽东是同学,但比毛泽东小几岁,从此一生与毛泽东为友。周先生从湖南一师毕业后,考上了北京大学哲学系。后来又改治历史,长期在复旦大学历史系任教。其《世界通史》颇具权威性。1956年我进入复旦大学中文系时,周先生作为复旦名教授,我当然有所耳闻,但无缘听他的课。且其时他的精力已不在于治史，而在于"形式逻辑"上提出一些新的学术主张，并提出了"时代精神汇合论"，引起了学术界的争论。当时他还担任中国农工民主党上海市主委，社会活动颇多，想在复旦校园里看到他的身影都很难。

1959年春，中央某大员视察复旦大学时指示让周谷城开设"形式逻辑讲座"一课，我才有机会听到周谷城先生的课。这个课程是为哲学系、历史系和中文系三个系的学生开设的，每周半天；上课时，一个阶梯大教室里挤得满满的，不少人还从上海市区赶来听课，其中还有一些是周先生学术论辩的对手。因此，每次上课，简直成了一个学术的节日。课堂内外，人山人海；上课铃声响过，教室里静了下来，大家都在期盼周先生的到来。一般说来，周先生都要迟到一刻钟左右；只见他衣着光鲜考究，从容走进教室，迈上讲台，充分显示出海派名教授的气派。

每次讲课，周先生都有一段开篇，或可看作中国传统小说的"楔子"。这个"楔子"，十几分钟到半个小时不等，大都讲述他同毛泽东交往中的故事，或陈年老账，即发生在湖南一师时的故事；或刚发生的新鲜故事，譬如某次进京开会，毛泽东在中南海设家宴请他，吃什么，聊什么，生动描述一番。最令人难忘的是他在一次课前的"楔子"中讲了这么一段故事：1958年春天，毛泽东游杭州西湖，邀周谷城同游。在游船上，毛泽东征询周谷城："我们想提出一个建设社会主义的总路线，你看怎么提法啊？"周先生看到西湖上百舸争流的场面，脱口说出这么八个字："鼓足干劲，力争上游。"毛泽东紧接着说出下面一句："多快好省建设社会主义。"当然，作为当年"三面红旗"之一的总路线是毛泽东在党中央的一次会议上提出并经过一定程序制定的,可是周谷城同他的老同学毛泽东在西湖游船上你来我往的一段言谈应算是总路线的草稿。周谷城先生在课上讲完这段故事后,还幽了一默说:"看来,这总路线还有我一半的版权呢!"诸如此类的"楔子"和闲篇,虽然并不关乎"形式逻辑"的内容,但听课者大都听得津津有味,讲述者也讲得兴致勃勃。而在调动起听课者的听课兴趣之后,周先生自然抓紧转入正题的讲述。这也许正是他的一种讲课艺术吧!

周谷城先生为我们开设的"形式逻辑"课,是一种讲座课,它既要求讲清楚形式逻辑的基本内容,又要介绍在这方面开展学术讨论的情况,具有论辩性质。半天的课上,常常是在讲述一些形式逻辑的基本常识之后,也就是周先生所说的让我们"锻炼锻炼脑筋"之后,就开始宣讲他的观点,有时还请课堂上持不同意见者进行论辩,因此,很能打开我们的视野和思想。这个时候,周先生居高临下、能言善辩、滔滔不绝,颇能显示出他的学术自信和雄辩的能力,给听课者留下极深的印象,这也是几十年后我还记得周先生讲课内容的原因。

20世纪60年代初我离开复旦大学到北京工作后,就很少有机会再见到周谷城先生了。直到"文革"之后,周谷城先生担任中国农工民主党主委,后来又担任全国人大常委会副委员长,成了国家领导人,住到北京来了,我才有机会在公共场合见他几次。记得最后一次见到他,是20世纪80年代末在北京政协举行的关于弘征杂文的研讨会上。那次会议,周先生全程参加,并留下就餐。吃饭时,我与他同桌,自我介绍是当年在复旦听过他的课的老学生,他非常高兴并闲聊起来。那年他已93岁高龄,从此,我就再也没见过周谷城先生了。据说,他的故乡湖南益阳为他和周扬、周立波成立了"三周研究会"。

伍蠡甫

伍蠡甫,广东新会人。青年时代就读于上海复旦大学、英国伦敦大学。新中国成立前曾任复旦大学教授、文学院院长、外文系主任,中国公学教授,暨南大学教授,黎明书局副总编辑并主编《世界文学》双月刊。新中国成立后一直任教于复旦大学,为外文系教授,还是上海画院兼职画师。伍先生精通英文,通晓希腊文,在画论及美学上均有较高的造诣,是一位技艺精湛的中国画画家和难得的文艺学家、翻译家。他著译颇丰,主要有《谈艺录》《中国画论研究》《伍蠡甫艺术美学文选》《名画家论》等论著,《威廉的修业时代》(〈德〉歌德)、《新哀绿绮思》(〈法〉卢梭)、《瑞典短篇小说选》《哈代短篇小说选》《诗辩》等译著,还主编了《西方文论选》《西方古今文论选》《中国名画欣赏辞典》等丛书和辞书。

伍蠡甫先生是一位学贯中西的大学者、名教授,但为人却十分低调。在20世纪50年代的复旦校园里,人们很难从行色匆匆的人群中把他认出来。直到1957年秋天他为我们讲授《西欧文学》一课时,我们才对这位学问渊博、不苟言笑,并带有某些神秘色彩的教授逐渐熟悉起来。那时候,反右风暴刚刚席卷过复旦校园,斗争还在持续。像伍蠡甫先生这样的名教授,正处于风口浪尖。我们听说伍先生新中国成立前当过复旦大学文学院院长兼外文系系主任,现在为什么不当了,无从查考;我们又听说他不仅通晓几种外文,熟悉西欧文学,还擅长中国画,对画论颇有研究,却难以露一手;

我们看到他上课时谨言慎行，从不多说一句；这一切，都在他身上蒙上一层神秘的色彩。尤其让我们感到惊讶的是，他每次上课，一开始总要引用一段马克思、恩格斯或列宁的语录，而不管这些语录和当日上课内容有无关系。这种硬贴标签的方式连他自己也感到好笑，可他却一脸严肃且用记录速度念着语录，要我们抄录下来，还要校对一遍，并郑重地表示："不要抄错了，免得以后作为批判我的材料！"这真让我们哭笑不得。当年知识分子在反右风暴中的心态于此可见一斑。

但是一讲起课来，伍先生就侃侃而谈了。在《西欧文学》这一课程里，他带领我们遨游在西欧文学的百花园里，使我们大饱眼福，大长见识。从古希腊的亚里士多德、柏拉图到文艺复兴时代的各位大家和名著；从北欧小国的安徒生童话到西班牙塞万提斯的《堂吉诃德》；从法国拉伯雷的《巨人传》到福楼拜、巴尔扎克、莫泊桑、雨果等大家的小说；从英国莎士比亚的戏剧到狄更斯、哈代的小说；当然，还有拜伦、彭斯等诗人的作品，他一一为我们介绍讲解。在讲到以《傲慢与偏见》的作者奥斯汀为代表的闺秀作家以及诞生于苏格兰湖区的大湖诗人时，他显得特别激动，把他早年留学伦敦大学的生活体验和经历融合到对英国文学作品的介绍之中，让我们听得格外入迷。在讲授古希腊文学时，没有适当的译文可供我们参阅，这时候，他就特地翻译了部分古希腊的文献印发给我们。蒋孔阳教授在讲授《西方美学介绍》一课时也曾经这样做过，这是需要花费许多时间和精力的。

自从 20 世纪 60 年代初离开复旦后，我就再也没有见过伍蠡甫先生。只是到了 90 年代初，他的一位博士生分到中国社科院外文所工作，与其交谈中听他谈了一些伍先生晚年的情况，自此以后关于伍先生的消息就再也没有了。

赵景深

赵景深先生是我在复旦大学中文系求学时交往较多、比较熟悉的一位师长。他原籍四川宜宾，出生于浙江丽水。1922年，他从天津棉业专门学校毕业后，任《新意志报》文学副刊编辑，同时组织绿波社，编辑《绿波》《微波》等刊物，出版"绿波丛书"。1923年参加文学研究会，1927年任开明书店编辑。1930年起任复旦大学中文系教授，同时兼任北新书局总编辑，编辑出版了鲁迅、冰心、郁达夫、老舍等著名作家的大量作品。上海沦陷后，曾到安徽学院任中文系主任。抗战胜利后回到上海，继续在复旦大学任教，直至去世。他一生写作勤奋，著作近百种，主要为民间文学和明清戏曲小说方面的论著。我在复旦大学中文系上学期间，他曾为我们开设《中国人民口头创作》《中国文学史》明清段等课程，课下也有较多的交流。

1956年秋天，我刚进入复旦校园时，选修了赵景深先生为我们开设的《中国人民口头创作》一课，发现他一点名教授的派头都没有，不仅在课下同我们聊天，还在课上因为评职称仅评了个四级教授而发点小牢骚。原来高校教师共设十二级，一至五级为教授，六级为副教授，七至九级为讲师，十至十二级为助教。复旦中文系人才济济，仅教授就有十九位。现代修辞学的创始人陈望道、中国文学批评史的开山鼻祖郭绍虞为一级教授声名显赫、《中国文学发展史》的作者刘大杰为二级教授，而朱东润、蒋天枢、张世禄等先生都才评了三级教授。赵景深先生虽名气大、著作多,可学历不够,只能评为四级。对此,赵先生颇感委屈,故在课堂上发点小牢骚,但他又自我解嘲说,《人民日报》副刊正在连载他的《鲁迅与民间文学》,稿费颇丰,也就可以"堤内损失堤外补"了。像赵景深先生这样在课堂上发点小牢骚的教授并非他一人而已。朱东润先生1958年"大跃进"时被送到上海金星钢笔厂的车间当了一名钢笔装配工,心里就很不以为然。回校后为我们开设《陆游研究》一课时,就借介绍陆游官职时发了一通牢骚,说当年陆游官职高、俸禄多,但不让他做事,现在的自己虽然身为教授,拿的工资不低,却下放劳动当了一名装配钢笔的工人,同样是浪费人才,云云。

对于像赵景深、朱东润这样敢于在课堂上发点小牢骚的教授,我们一来感到他们信任学生,二来感到他们比较平易近人。于是在课上课下我就同赵先生有些互动和来往。我那时正醉心于"五四"以来的新诗,准备以中国新诗史为题撰写论文或专著,于是就频频向赵先生借书。赵景深先生曾担任过北新书局总编辑,藏书颇丰,据说有十几万册之巨,其中以北新出版的新文学书籍和明清戏剧小说专著为其特色。我向赵先生借有关"五四"以来的新诗集,赵先生每次都热情支持。每次下课时他总是要在讲台上喊一声:"何镇邦同学请留下,你要的书我带来了!"我便到讲台前接下他为我准备好的用牛皮纸包装小线捆绑得结结实实的一包书,回到宿舍一打开,好多都是样书,有的毛边书阅读时还要拿着一把小刀边裁边读。就这样,在赵先生的支持下,我完成了《论"五四"新诗运动》的毕业论文。本来是想写本新诗史的,后来由于各种原因而搁浅了。不过赵先生热情借书之事,过了将近60年,我仍然感动不已,并把他的关心教诲铭记在心。

赵景深先生平易近人的作风还有另一种表现,那就是在中文系大大小小的联欢会上表演节目。赵先生研究明清戏剧,不仅深入研究,且能表演若干剧种,尤以昆曲为长;赵先生熟悉各种方言,会讲各地方言近十几种之多。因此在各种联欢会上出节目,或演唱戏曲,或说一段方言,都很受欢迎。在讲明清文学史的戏曲部分时,他也常常在课堂上即兴唱它一段。但最轰动的是,他与师母在复旦的登辉堂(现改为相辉堂)舞台上联袂演出过一段昆曲折子戏,在复旦校园里传为佳话。

王欣夫

王欣夫,字大隆,苏州人。原为苏州有名的书商,著名的版本学和目录学家。新中国成立前夕弃商到复旦大学中文系任教。他不仅在家中藏有一批善本古籍,且具有丰富的辨别古籍版本的经验,据说当年郭沫若先生碰到版本目录方面的问题时都要向他讨教。王欣夫先生可以说是一位奇人,也是复旦中文系的一个宝。可是对这么一个人怎么用,却费了一番周折。20世纪50年代初期,安排他讲一段文学史课,可他一来用"苏白"讲课,二来"现实主义"与"浪漫主义"总是倒腾不清楚,听课者不得要领,讲课者也很苦闷。后来,鲍正鹄先生给系里出了个主意,用其所长,让他开设《文献学及工具书使用法》一课。他先用了一段时间编写讲义,到了1957年秋季为我们1956级首次开设此课,我们算是尝了鲜。

王欣夫先生还是用"苏白"讲课,第一次课安排了两节,旁征博引,只讲了"文"与"献"两个字的含义。其实,"文"者,就是文字记录;"献"者,贤也,也是口头留传的资料。文献学讲的是文字记录和口头留传的文献资料,这是做古典文学研究的一个基础和入门,是很重要的基本训练。王欣夫先生的课,虽然讲得过于烦琐,口音也不太容易听清楚,但却很实用。通过一年的课程,我们掌握了文献学、目录学和版本学的基本知识,也学会了几种主要工具书的使用。例如在版本学方面,我们了解到"麻沙本"的一些基本情况,福建省建阳的麻沙镇,南宋以后直至明代,曾是一个图书出版中心,形成了古籍中一种叫"麻沙本"的版本。这种版本图书种类多,印量大、销售广,但由于明版大都校勘不严不细,错误较多。相对于"麻沙本",流传于五代时期的"蜀大字本",虽然流传少,但版本精良得多。

王欣夫先生的课,不仅讲授,还有相当多的技能训练。为了培养我们的版本分辨能力,他还把家里珍藏的许多善本图书,包括宋版的珍本,共上千册之多搬到中文系资料室展出,教我们辨别各种版本。版本的辨别,尤其是优劣的分别,须从纸质、油墨、版本等方面去辨识,他一一手把手教我们。记得那一天,他整整在资料室待了一天,一方面是担心善本图书的丢失,更重要的是为我们实地讲解、辨识。其时他已是年逾花甲的老人,却如此认真地对待教学工作,至今都让我感佩不已。

记得王欣夫先生编写的《文献学》讲义,我一直带在身边,几次搬迁都舍不得舍弃。直到20世纪70年代初,鲍正鹄先生就任北京图书馆常务副馆长,为了培训职工,把我珍藏的这本讲义征用翻印,我才同这本讲义分手。

王欣夫先生在为我们开设《文献学与工具书使用法》之后,就不再讲课而专心于著述了。他的遗著名为《蛾述轩箧存善本书录》，这部大书由鲍正鹄先生与王欣夫的助手徐鹏先生一起整理、标点、校勘，历时五六年时间，后由上海古籍出版社出版，以繁体字排印，装帧精美，共170万字，正文竟有1864页之多，三四斤重。提到这部大书，还得补一笔鲍正鹄先生为王欣夫先生整理遗著的事。鲍正鹄，原为复旦大学中文系教授，学贯中西，专治中国近代文学史与现代文学史，曾任复旦大学副教务长，后调任高教部文科教材编辑室主任，北京图书馆常务副馆长，中国社科院副秘书长兼科研组织局局长。退休之后，以病弱之身、舍弃自己的各种事体，历时五六年，在徐鹏先生协助下，完成王欣夫先生遗著的整理出版工作，成为复旦校园里、也是中国文化史上的一段佳话。

蔡 葵

1956年我考入复旦大学时，蔡葵是外文系的副教授。其时她约50出头，据说毕业于美国哥伦比亚大学，获硕士学位，是复旦大学校长陈望道的夫人。我们入学时，开始设英语课，中文系1956级共有16位学生选修英语，是个小班，外文系就派了蔡葵先生来教我们。于是，教我们16位学生的英语，就成了她的全部工作。记得从1956年秋到1957年夏的第一学年，由于蔡葵先生的专心致志，英语几乎成了我们的主课。

蔡葵先生的教学很有特色。一是课堂上反复练习，尤其是口语练习和听力训练。由于她英文表达能力比中文表达能力强（据说她初中毕业后即经越南赴美留学，成年后才回国），在课堂上常用英文解释英文，然后再让我们用相应的中文翻译出来。我常常被叫起来做这种工作，于是增强了学英文的兴趣。另一方面，她讲的英语是美国音，不标准，于是请来一位在伦敦生活过多年的外文系教授夫人也是她的好朋友到课堂上矫正我们的发音，希望我们也能讲一口地道伦敦口音的英语。除了课堂教学，她也很重视课外阅读。她认为，中文系学生学英文除了听力训练和口语外，更重要的是提高阅读能力和培养一定的翻译能力。于是，她因材施教，为我们打印了大量的课外阅读资料。我当年拿到的就有英国作家狄更斯的小说《双城记》的原版全文和莎士比亚的诗剧《如愿》的散文改写本两种厚厚的讲义。这是蔡葵先生用她从美国带回来的英文打字机一页页地打印出来的，倾注了她多少心血啊！她不仅为我们分别打印了课外阅读的讲义，还指导我们如何阅读。她说："泛读作品时，遇到不认识的生词，可以跳过去，不必停下来查字典，以免破坏阅读情绪。这样读着读着就可以猜到生词的意思了！这就像你们小时候读《三国演义》等古典小说一样。"我依照这种方法读《双城记》等英文作品，从这种课外阅读中受益良多，英文阅读能力快速提高，到大一结束时，我已能比较流畅地阅读《北京周报》和《中国文学》等中国编辑出版的英文杂志。也因为如此，我特别珍惜蔡先生为我打印的两本课外读物，把它们从上海带到了北京，一直保存在身边。

蔡葵先生不仅在课堂上认真教学，为我们打印各种课外读物，培养我们的英文阅读能力，而且关心我们的生活；由于她没有生育子女，也就把我们当成她的孩子看待。记得1957年的"六一"儿童节那天，她盛情邀请我们16位同学到她家中过节。当年，陈望道校长住在复旦大学第十宿舍（学生宿舍）对面的一幢洋楼别墅里，为了接待我们，蔡先生还把陈校长请出去，腾出大客厅，不仅准备了她在花园里种的花生等土产，还专程到上海市区采购了多种西式糕点。就这样，吃点心、唱歌、聊天，我们被当成少年儿童，在陈望道校长的别墅里、在蔡先生的家中过了一个愉快又别样的儿童节。过去将近60年了，这个愉快的儿童节一直难以忘却！而和蔼热情的蔡葵先生也一直难以忘却！

1957年夏天之后，尤其是1958年后，蔡葵先生的社会活动突然多了起来，她虽然仍担任我们英语课教授，但工作却没有那么专注了，有时竟因外出参加社会活动而缺了课。到了1959年夏天，三年英语课结束，我就再也没有见过她了！

贾植芳

在复旦大学中文系的教授中，贾植芳先生是一位经历曲折并蒙上些许神秘色彩的学者和社会活动家。贾先生系山西襄汾人，到他晚年时见面，他还是说着一口浓重山西口音的普通话。他在20世纪30年代成名，文学创作及文学研究均有不少成果，著译颇丰。1950年任上海震旦大学中文系教授、中文系主任。1952年院系调整后任上海复旦大学中文系教授。1955年因胡风案被捕。因此，我于1956年秋考入复旦大学中文系时，他可能还关在提篮桥监狱里；后来他出狱了，也只能在校办工厂劳动，于是我在复旦校园里并未见到他。见到贾植芳先生迟至1985年秋天在苏州召开的艾煊作品研讨会上。那时，他的爱徒也是我师兄范伯群担任苏州大学中文系主任，把他从上海请来。我们不仅参加研讨会，还一起到苏州大学做讲座，不仅一见如故，还聊得很多。贾先生是一位健谈的人，且那时复职不久，很是兴奋，谈兴颇浓。虽然他那山西口音颇重的话不大容易听得懂，但我还是愿意听他讲述过去的故事。

在我的记忆中，贾先生讲得最生动的还是1955年被捕的经过。1955年胡风案发，已被定为胡风集团骨干分子的贾植芳先生肯定在劫难逃。怎么抓他呢？时任复旦大学党委书记的杨西光出了一个主意：诱捕。因为在复旦校园里公开抓捕，动静太大、影响不好。于是，杨西光亲自出马，坐着小车接上贾植芳，以到上海市区开会为名把他送到提篮桥监狱。据说临别时，杨西光还掏出一包中华烟送他。贾先生每讲到此处时，还颇感动地说："西光同志还送我一包中华香烟呢！"明明是一种诱捕，贾先生还一直以为杨西光关照他，不仅坐着小车亲自送他进监狱，临别还送他中华香烟，对诱捕者还心存感激之情。

自从1985年在苏州同贾植芳先生见过一面之后，我同他也就有了一些往来，我每次到复旦办事、开会或讲课，也必然到他府上拜访。此时，贾先生专注于比较文学研究，被选为中国比较文学学会副会长，在校内又升任复旦大学图书馆馆长，社会兼职较多，加上他人缘好，每次到他府上拜访，新老学生总是济济一堂，其乐融融，这可能是对他从50年代到70年代期间多年受到的不公正待遇的一种补偿吧。在我的印象中，贾先生总是不大愿意讲过去受的委屈和痛苦，而是尽情享受苦后之甜的生活，抓紧做事，培养了一批又一批的研究生。复旦中文系的一些新秀，包括陈思和、张新颖等现在颇为活跃的学者，都是贾先生复出之后培养的研究生中之翘楚。

最后一次见到贾植芳先生是1999年末，其时，在华东师大举办一次关于 90 年代文学的研究会，我应邀南下沪上参加，在会上见到我的老师潘旭澜先生和时任复旦中文系系主任的陈思和。陈思和邀我会后回复旦给学生讲一课，我欣然从命。在复旦讲课后，陈思和设丰盛午宴款待，问我想请什么人作陪，我托他请贾先生与潘先生一起吃饭。记得这顿饭吃得很长，吃得很开心。虽然贾师母已病重住院，先生需经常到医院探视，但贾先生仍然精神矍铄，还打算做不少事。记得饭后我还同两位老师合影留念，这张照片一直珍藏着。

此后，就听到贾先生 90 寿诞风光的喜讯；过后不久又传来他平静离世的消息。

2016 年 8 月

2016 年 7 月—8 月为纪念复旦入学 60 周年草于北京亚运村寓所

几段深藏的记忆

回顾 80 年来的人生经历，尤其是 60 余年来从事文学学习和文学工作的经历，我忘不了老师们的教诲和朋友们的帮助。这些教诲与帮助，哪怕是一件小事，都珍藏在我记忆的深处。下面记述的就是几桩藏在记忆深处的小事。

潘旭澜开出的一份俄罗斯文学必读书目

1956 年 9 月，我跨进复旦大学的大门，成为中文系一年级学生；潘旭澜则刚从复旦大学中文系毕业，留校任教。我们两个陌生的闽南老乡，一个胸前佩戴白校徽，一个胸前佩戴红校徽，在复旦校园里相识，开始了一段长达半个世纪亦师亦友的情谊。潘旭澜在复旦大学以助教身份开始他的学术生涯，20 世纪 80 年代后以其在现当代文学研究与教学中取得的杰出成就，被评为全国高校首位当代文学教授、博士生导师，曾任复旦大学中文系台港文学研究所所长、中国当代文学研究会副会长。2006 年 6 月，因病辞世于上海。

当年我同潘旭澜的交往，主要是定期到他的单身宿舍里聊天,聊的大都是校里系里和关于读书的事。他主张多读经典著作,尤其是俄罗斯文学史上的经典著作,并系统地读。于是,在1956年冬天,他为我开出了一份俄罗斯文学经典著作必读书目,这个书目有近50部作品,从莱蒙托夫的《当代英雄》、普希金的《叶夫盖尼·奥涅金》、屠格涅夫的《猎人笔记》、列夫·托尔斯泰的《战争与和平》《安娜·卡列尼娜》《复活》、阿·托尔斯泰的《苦难的历程》、契诃夫的《樱桃园》到高尔基的《我的大学》、肖洛霍夫的《静静的顿河》,等等。我大概用两年的课余时间读完。可惜的是,潘旭澜先生60余年前用工整的钢笔字书写的这份书目几经搬迁,已经找不到了;否则,将是一件珍贵的纪念品。

像这样的必读书目,我还收到蒋天枢先生开出的"国学必读书目"、伍蠡甫先生开出的"西欧文学史参考书书目"等,不过,这些书目是两位先生为全班同学开出的。正是这些书目,引导我们在中外文学史的海洋里遨游。

蒋孔阳的一封指导我研究的短简

蒋孔阳先生是我在复旦求学时过从比较密切的一位老师。61年前我进复旦时,他也就30出头,纳言敏思,已是文艺理论教学与研究的翘首;甫一进学,他就为我们开设《文艺学引论》,三年后,又为我们开设《西方资产阶级美学介绍》。这两门课的讲义,后来写成专著《文学的基本知识》与《德国古典美学》而行于世。1958年前后,他受到以姚文言为首的文艺界极左派不公正的批判,以致一度被剥夺上讲台的权利,被派到我们班参加群众性的科研活动，于是同我们更熟稔起来，有时我们还到他府上拜访聊天。我毕业到京工作后，凡南归或出差途经沪上，也常去拜访蒋孔阳先生，尤其"文革"后，去得更勤。但此时的蒋先生已成为全国文艺理论界和美学界的领军人物，科研著述任务重，社会活动多，可他仍把大量的时间与精力用在关心指导学生与后进，我当然也是受到他恩泽的学生之一。据查阅蒋先生签送我的《文艺与人生》（首都师范大学出版社，1994年2月初版）一书，收入的序跋就有66篇之多，其中绝大部分是为学生和后学写的。"文革"后，蒋先生得知我归队搞文学评论，很是高兴；后来我每出一部文学评论集，都请他审阅，他都抽出时间审读并提出意见。1993年9月，我的一部新的评论集《文学的潮汐》由云南人民出版社出版，我当即寄一册给他，请他审阅，不久，即收到他的一封短简：

镇邦同志：

你好！

大函暨大著《文学的潮汐》都已收到。从信和大著来看，你是一个有"真情"的人。谢谢你，你的信和文章，给我带来了真挚的感情！

大著还来不及全部拜读，仅仅读了《人间真情一片》（应为《人间有真情》），这个题目就抓得很好，分析细致而真切，令人信服。最后提出的"如何处理好创作对象与创作主体之间的关系"问题，更是提出了一个大问题。我想，你可能早有准备，希望能够读到你在这方面的专题文章。

这几天过国庆，上海很热闹。看电视，北京也很热闹。但愿这一切都好起来！

　　祝

　　　　撰安

蒋孔阳
1993.10.2

《人间有真情》是我为童庆炳的长篇小说《淡紫色的霞光》写的一篇万余言的长篇评论，对作品做了比较深入的分析，最后就小说的第三部"蚯蚓之路"指出其最大的遗憾"就是作者违背人物思想行为的逻辑强给他们加上这个淡紫色的理想的霞光，以作者的情感代替了人物的情感，在人物心灵揭示上掺了假"。并据此提出了创作中创作主体与创作对象关系这一理论命题，引用法国著名作家、诺贝尔文学奖获得者弗朗索瓦·莫里亚克和胡风先生的有关论述初步论证。蒋孔阳先生敏锐地看到这一点，才给我提出撰写专题文章的要求。遗憾的是，二十多年来，我忙忙碌碌，为求生而奔波，至今未能完成先师给我留下的作业。

被鲍正鹄征用的一本《文献学》讲义

在复旦中文系读到二年级时，著名版本目录学专家王欣夫先生为我们开设了一门很特别的课：《文献学及工具书使用法》。王先生把他毕生的经验与知识熔炼成一册名为《文献学》的讲义，上课之前就发到我们手里。我后来虽不从事古典文学的研究工作，但在《文献学及工具书使用法》课上学到的知识受用终身。于是特别珍视那本印数不过百册的《文献学》讲义,把它从上海带到北京,多次搬家也都没有舍弃,直到被时任北京图书馆常务副馆长的鲍正鹄先生看上。

事情是这样的:鲍正鹄先生也是我的老师,不过,1956年之秋我入学时,他正应聘到埃及开罗大学讲学,后又到苏联列宁格勒大学讲学两年,直到1959年秋才回到复旦,接着两年,他为我们接连开了两门课:《鲁迅研究》与《近代文学研究》,期间又升任复旦大学副教务长。20世纪60年代初,我到北京工作不久,他也奉调进京,任高等教育部文科教材编辑室主任,据说是周扬点的将。当然,"文革"中他也受到冲击,先是回复旦参加运动,后又下干校劳动锻炼。然后,又回京任北京图书馆常务副馆长。鲍先生学贯中西,博古通今,长于近代文学史研究。在复旦时,听他的课是一种享受,然接触机会不多;他一家迁居北京后,尤其是他成为鲍馆长后,我同他以及他们一家来往就多了起来,不仅常到他家蹭饭,听免费的课,还可拿着他的特批条子,到柏林寺书库看善本书。在闲聊中,他得知我珍藏着王欣夫先生编写的《文献学》讲义,立即决定征用,翻印后作为培训馆里职工的教材。于是,这册珍藏多年的讲义离我而去。当然,我也从鲍先生处得知,正是他向系里提出建议,才让王欣夫先生开设《文献学及工具书使用法》,以发挥其长处。鲍先生早年曾就读于无锡国学专科学校,对国学、对王欣夫先生的版本目录学方面的特长是有所了解的。唯其如此,他才用晚年一段最宝贵的时光为王先生整理遗著《蛾术轩箧存善本书录》,谱写了一代学人的正气歌。

汪曾祺为我书写的一首打油诗

汪曾祺先生晚年与我过从甚密,称得上是忘年交。汪老写作之余,善书画;文学圈里都知道,向汪老求字求画颇易,碰到他高兴时,他还会"自投罗网",主动送字送画。可我常在他身边晃悠,向他求字求画却不易;有时鼓足勇气讨要,他却常说,着什么急啊!我现在收藏的他的几件书画作品,有的是用我家乡漳州的八宝印泥换来的,有的是从他送人剩下的作品中挑出来让他签名的,只有一件书法作品是他应我请求当场为我书写的。1996年春节,我到他位于虎坊桥的新居拜年,趁他喝了点小酒高兴之际求字,他取了书桌上一张剩下的宣纸写了一件横幅,写的是几年前他为《中国作家》杂志作的一首打油诗。诗曰:

> 我有一好处,
> 平生不整人。
> 写作颇勤快,
> 人间送小温。
> 或时有佳兴,
> 伸纸画芳春。
> 草花随目见,
> 鱼鸟略似真。
> 唯求俗可耐,
> 宁计故与新。
> 只可自愉悦,

不堪持赠君。

君若亦欢喜,

持归尽一樽。

老头子趁着酒兴,写的是行草,笔力苍劲,有异于平时的俊秀。更可贵的是此作提出了"人间送小温"的创作理念,是研究汪曾祺创作的一把钥匙。我视之若珍宝,故装裱后以镜框镶之挂于客厅,天天观摩,以纪念汪老。来客每观赏之,亦连连赞赏。

2017 年 11 月 1 日

第二辑

洛杉矶观画记

位于美国西海岸南隅的洛杉矶,不仅是一座阳光之城、宜居之城、教育之城,也是一座艺术之城。公立博物馆和私立博物馆、艺术中心遍布洛城的各个卫星城镇。2000年7月,我应美国中国作家联谊会之邀,在访问加拿大之后,顺访美国。在纽约活动数日之后,曾到过费城、华盛顿、波士顿等美国东部城市和尼亚加拉大瀑布等名胜。在美国首都华盛顿的两天访问中,除了参观白宫、林肯纪念堂外,主要的时间是用于参观大大小小的各类博物馆。其中国家美术馆和现代艺术馆中收藏的世界名画让我感到震撼。因此,在遍游美国东部之后,回到洛杉矶小住,有友人建议去看看洛城有特色的博物馆时,我曾一笑置之,言下之意是大巫都看过了,还在乎小巫吗?事实证明,这种判断是错误的。我偕夫人再度访美,在洛城逗留的时间较长,也更充裕,文友陈光建议我们去看看位于帕萨迪纳的诺顿·西蒙博物馆(Norton Simon Museum)。我们夫妇在她的引领下,浏览了那里收藏的名画,给我留下深刻的印象。可是那次没有思想准备,也没留下足够的记录。几年来,老是想重访洛杉矶时能再去参观诺顿·西蒙博物馆。另一个去处,就是汉庭顿图书馆（Huntington Library），这是一个铁路大王创建的包括非洲花园、日本花园、中国花园和图书馆在内的游览的好去处，据说图书馆中藏有不少西方名画，2007年时曾有文友带我们去参观游览，适逢图书馆里的藏画馆正在装修不开放，于是给我们留下遗憾和悬念。

2011年12月我应北美洛杉矶华文作家协会之邀，第三次访美。这次访美，除了探亲并为洛杉矶华文作协做些讲座并对一些华文作家进行创作辅导外，不想再像上两次那样外出旅游，倒是做好准备去一些博物馆观画，并坐下来写些东西。可是由于身体不配合，到达洛城之后，由于倒时差中休息不好，访客盈门，于是血压升高、心脏出了小问题，于是被迫提前回国。即使这样，也还参观了盖蒂博物馆（The Getty Center）、洛杉矶艺术博物馆（LACMA）和诺顿·西蒙博物馆，并拍下了两百多张名画的图片。

一　盖蒂博物馆

我是在到达洛杉矶一周后即2011年12月30日在文友黄宗之先生的陪同下参观久负盛名的盖蒂博物馆的。我们一行（包括黄宗之和他的两位女儿，安琪与珊妮）上午9时左右从阿凯迪亚出发，驱车沿着洛杉矶最早的一条高速公路西进，经市中心、好莱坞环球影城到达盖蒂博物馆。这座博物馆建在一座山的半山腰上，是好几座楼组成的建筑群。我们泊好车，先乘缆车抵达半山腰，步行一段路才跨进建筑群中的一座楼。建筑群中有一座精致、美丽的花园，也无暇顾及，留待休息时再逛吧。我们先进入一座楼参观：由一层至五层，一层楼一层楼地看，发现各个展室均以时间为顺序，先后展示欧洲中世纪之后以及文艺复兴时期的宗教画。这些画大都还没有透视的技巧，于是人体比例也都失衡，而且题材和主题也都有点模式化，我对此兴趣不大，匆匆而过。后来也看到一些楼层展示玻璃或琉璃材质的各种工艺品，虽很精美，却不是吸引我看下去的艺术品。及至这一座楼的顶层，看到两幅17世纪和19世纪的法国画家的作品，我的眼前才为之一亮，感受到一种美的震撼。其中一幅名为《海岸的景象》，作者为法国画家 goast view with（1604—1682），描绘海岸边人们在一起聚集的情景，风景画与人物画融合在一起，构图与画技都相当成熟。我不了解油画《海岸的景象》的作者在法国以至欧洲绘画史上的地位，但对这一画作是颇为欣赏的。另一作品是生活于1825年至1905年的一位法国画家的题为《年轻姑娘不想让爱神的箭射中她》，那位法国画家的名字没有记下来，估计也不是像莫奈、德加那样著名的画家。但这幅画的技艺和设色我相当喜欢，尽管画的主题直露些，但也不失为一件给人留下深刻印象的成功作品。

  我们一行在博物馆的快餐厅用过西餐快餐后，在花园里闲逛了个把小时，照了几张合照后，又继续参观。我们先参观了洛杉矶城市历史的专题摄影展，这个展览很有特色，也有文献价值，但我的兴趣不在摄影艺术方面。看过盖蒂博物馆的介绍，得知它的镇馆之宝乃是荷兰著名画家凡·高的名作《鸢尾花》的原作。我到盖蒂博物馆参观就是冲着它而来的。但黄宗之先生虽然定居洛杉矶十多年，也陪客人多次参观过盖蒂博物馆，却一直没有看到过凡·高这幅名作，且也找不到它。这可能由于他是一位在实验室做研究的科学家，业余时间不过写写小说，为女儿做做饭而已，对于玩却是个

"外行"。倒是他的大女儿安琪机灵得多，居然按导游的示意图找到了展示凡·高名画的展室，真是踏破铁鞋无觅处，得来全不费功夫，当我们发现凡·高的名作《鸢尾花》就在眼前时，真是兴奋莫名啊！我举起数码相机拍了几张照片，黄宗之又为我同名画一起照了几张。可以说，这是参观盖蒂博物馆的高潮和富于纪念性的时刻！环视展室，参观者挤得满满当当的，可见人们也都是冲凡·高的名作真品《鸢尾花》而来的。再看这件名作的左右，陈列和展示的是法国著名画家莫奈和德加的名画，也让我们大饱眼福。但是关于他们两位的作品，我想在下文适当的时候再做介绍，这儿就不赘述了。

参观完凡·高的珍品走出大楼，已是下午近四时了。一方面，黄宗之先生想带我重游圣塔莫尼卡海湾；一方面，看完凡·高、莫奈、德加等的名作之后，我不愿再看别的作品，以便留下好的印象，时常有良好的回味。于是，决定结束在盖蒂博物馆的参观，驱车赶往距盖蒂不远处的圣塔莫妮卡海滨。

二　洛杉矶艺术博物馆

陈光屡次对我说：洛杉矶艺术博物馆（LACMA）是一座公立博物馆，规模大、藏品多，且具有特色，值得去看一看。我听从陈光的建议，决定去洛杉矶艺术博物馆参观一下。在临近我回国的前夕，我在陈光的安排下参观 LACMA；没想到，这次参观的过程充满喜剧色彩。

陈光出身于郑州一个知识分子家庭，北京师范大学哲学系毕业，并继续深造获硕士文凭；旋即赴美读博，获博士学位后留美工作。她从小喜爱文学,兴趣广泛,在诗歌、戏剧、散文以及小说诸领域均有所涉猎,尤长于戏剧中的歌剧、音乐剧创作。除在国内外中文报刊散发过一些诗歌、散文与小说作品外,最近还出版了一部歌舞剧剧本《明月清风黎锦晖》。她曾任北美洛杉矶华文作家协会的秘书长,前年起又被选为副会长,分管外联工作,辅佐会长刘俊民女士展开工作。我这次应邀第三次访美,从发邀请函到接待、组织报告会以及陪同游览、参观、购物,几乎都是她在操办。于公于私,她认为都应该这样做。从协会的职责来说,她分工主管这次对我的接待工作;从私交来说,四年前访美,她同我及我的夫人认识、相与、交往颇为密切,如同家人。她热情、细心又宽厚,我是非常信任和依赖她的。

那天早晨,我们从住处出发,大概一个小时,于上午10时15分到达位于洛杉矶市中心的洛杉矶艺术博物馆。陈光还要去办事,于是把我送到博物馆门口放下,告诉我如何进馆,然后她驱车而去,准备过三个小时后再来接我。这是我在洛杉矶第一次单独行动(散步除外),有点忐忑不安。当我走到博物馆门口时,一位担任门卫的墨西哥人(俗称老墨)迎了出来,说一声"Close"就挡了驾,由于语言不通,就无法再交流下去了。我感到纳闷,不是上午10时开门吗,怎么又"Close"呢!急中生智,我拿起手机让陈光直接与看门的"老墨"通话,如此这般,搞清楚了,原来当天推迟到上午11时30分才开门,让我在门口找个地方休息等候。听听,美国人的公共文化场所开启与关门时间也是可以随意决定的,这有点"自由"过度了吧!牢骚尽管发,没人听懂你在叨咕些什么,只好在博物馆门口转悠,拍了些照片,又坐在流动的咖啡摊上看一会儿韩国和日本美女，就熬到11时30分了。这时去出售门票的窗口买票，又"NO、NO"被拒，最后他们用英文写了张便条出来——开门时间又推到中午12时整。无奈之中，只好再耐心等待。12时整，我第一个冲到售票窗口，花10美元购买了一张门票，终于可以大摇大摆走进洛杉矶艺术博物馆了！

洛杉矶艺术博物馆有好几个展区，我走进的是其中的第五与第六展区，其余还有七个展区，大得很。但我探明名画主要在五、六两个展区。这里展出的大都是具有现代色彩的名画原作。一进展厅的大走廊上，就看见一群小学生围坐在一幅巨大的油画前面，听一位老师讲解画中的含意。画面上画的是山川和田园，还有各种庄稼和树木，在下方和远处还各有一座输电的铁塔，表明这是现代化的时代，画面极具装饰性和现代感。那位女教师讲解画意的话我当然听不明白，因为我虽然从初一至大学连续学了九年英语，当时阅读与听写能力似还可以，但半个世纪不用，也就都还给老师了。我揣摩这是一幅表现生态文明的画，画的主题鲜明，色彩也颇靓丽，并富于工艺性，说不上是一幅多么有艺术价值的画，但作为对学生进行生态文明教育的画作，却独具意义。可见在美国，艺术创作也是讲究贴近生活和社会意义的。拍了几张女教师为小学生讲解画作的相片之后，就走进串联的画室参观。我发现，洛杉矶艺术博物馆五号展区展出的画大都具有现代派的艺术色彩，我虽不十分欣赏，但觉得它们别具一格，可以做一点记录。但当我举起数码相机准备拍照时，在画室中巡视的管理人员立刻过来劝阻。我借着语言交流不通强拍了几张，终于留下一些独具艺术风格的画作的记录，只可惜没有记录下这些画作的标题和画家的名字及生平。

当我在五号展区参观了近一小时准备走进六号展区继续参观时，手机响了，陈光来电话说，她已办完了事，车也开到洛杉矶艺术博物馆附近，马路边不能长时间停靠，要我抓紧时间结束参观赶到约定的路边乘车返回。我刚到六号展区看了几幅画，只好结束这次等候了近两个小时却只匆匆参观了一个小时的博大的洛杉矶艺术博物馆的参观。

三 诺顿·西蒙博物馆

离开洛杉矶回国前的那天中午，我和陈光在一家北京餐馆吃了一顿价值不菲的手工水饺，并到一家大型的会员制超市购物之后，即再次到心仪已久的诺顿·西蒙博物馆参观。说是再次，是因为四年前，即2007年12月底圣诞节前夕，我和夫人已在陈光的陪同下到此参观过，记得和在此博物馆做义工的一位拉美籍的先生交谈过，并合影留念。那位拉美先生访问过中国，对中国和中国人葆有美好的感情。可惜那次参观由于没有思想准备而无法留下记录，尤其是文字上的记录。于是，这次重访美国到达洛城之际，就计划着再度参观诺顿·西蒙博物馆，可是由于身体不适，杂事缠身，延宕下来，一拖再拖。加上打算提前回国，时间更紧了，于是重访这座藏品丰富且精美异常的博物馆就安排在最后时刻，离开洛杉矶前一天的下午。

陈光开车载着我沿着帕萨迪纳（Pasadena）的花街（即每年元旦花车巡游的大街）缓慢前行，随后折入科罗拉多大街，很快就到达诺顿·西蒙博物馆。在博物馆前照了几张相片，穿过立着罗丹雕塑作品（当然是复制品）的小院，即购票进入博物馆的展厅。进入左侧的展厅，第一眼看到的是法国画家德加（Edgar Degas, French，1834—1917）的一组雕塑，非常生动，且具立体感。众所周知，德加早期画过一些肖像画，随后也曾对"海滨浴场"情有独钟，但最为世人津津乐道的却是他本人也非常喜爱的主题——"芭蕾舞女"。诺顿·西蒙博物馆收藏了德加大量的雕塑而非画作，这些雕塑远非人们所熟悉的米开朗基罗的"大卫"或"断臂维纳斯"之类，而是一种类似于中国民间泥塑的模样——小巧、精致而活灵活现。同一展厅内还陈列着另一位印象派大师——荷兰画家凡·高的名画《农民》，此画前伫立观摩者不少，我也挤进去一睹这幅名画的风采。凡·高真是把他祖国荷兰的农民画活了，一幅肖像，把荷兰农民的自信与沧桑都写尽了。转角的一个展厅展示的画作更加精彩。其中既有法国画家莫奈还有德加的风景画，如果说德加的风景画具有俊朗潇洒的法兰西现实主义色彩的话，那么，莫奈的风景画色彩则更加绚丽，构图更加奇特，充满一种梦幻般的浪漫情调。我从华盛顿的美国国家艺术馆到洛杉矶的诺顿·西蒙博物馆，一直追随着莫奈的风景画走，简直成了莫奈迷。我和陈光在莫奈的风景画前多停留了几分钟，然后走过去，便发现西班牙著名画家毕加索（Pablo Picasso，1881—1973）的画作，顿时眼前一亮。人们提起毕加索，便想起20世纪50年代初他画的和平鸽，其实，他中早期的作品更值得品赏。其中一幅画的裸女，一幅几乎用几何图形画出的美女，均是诺顿·西蒙博物馆的镇馆之宝，价值连城。陈光开玩笑说，如能把这两幅画中的一幅取走，这一辈子就用不完了！邻近毕加索名画的是墨西哥近代画家蒂亚戈·索瓦拉（Dicgo Rivera, Mexican，1886—1957）于1941年创作的名作《Girl With Lilios》，此画也是一幅名声远播的传世之作——画面中有一个女孩背身对着观众伸出双臂拥抱着一大束马蹄莲。按说绿颈白花的马蹄莲给人的感觉应是沉静而优雅的，但观此画时你不由自主地就被一种充满乐观向上的生机而感染，这一点就像我们观看他们的帽子舞"哈拉韦"时所感受到的热情与豪放一样！记得四年前也是在这幅画前，幸遇一位在这个博物馆做义工的来自墨西哥的先生，他友好地同我们寒暄，并合影留念。遗憾的是我们均没有给对方留下姓名和通讯地址，因此也仅是一面之交而已。

参观过第一个展厅后，我们便到博物馆的花园里稍作休息。其实，诺顿·西蒙博物馆的后花园也是一幅绝美的风景画。我和陈光坐在一个咖啡馆的小桌旁，一边欣赏园中的景色，一边喝着咖啡、吃着点心，补充着体力，以便继续参观。花园里的气氛清新而安静，如果时间充裕真想在这个花园里多待一会儿。可惜天色已暗淡下来，时间不多，我们还要抓紧时间参观。

诺顿·西蒙博物馆规模相当大，展品也非常丰富，它不仅有地面的几个展厅，还有地下室展厅；藏品不仅有来自欧美的名画，还有来自东方如印度等地的艺术品。如果要看完所有展品，大约要用上一整天甚至两个整天的时间。进馆后，我们用了一个多小时才看完一个展厅；在后花园休息了半个小时后已是下午五时了，陈光建议我们只看一些珍贵的画作就作罢吧。

于是我们来到地面另一个展厅，直奔那件镇馆之宝——拉斐尔的《圣母与圣子》。这是一件中世纪后期文艺复兴前的宗教画代表作，画的尺寸不大，且放在并不引人注目之处（颇有好酒不怕巷子深之意），很容易被粗心的参观者漏过。但拉斐尔的这一作品，画的圣母与圣子的形象均很饱满祥和,是他的代表作,又是原作,可见其珍贵至极!看到这幅名作真品,可谓这次参观的高潮了。当然,刚才在另一展厅参观时,看到凡·高、德加、莫奈、毕加索等名家的作品,我心中也是高潮迭起的!

即将走出博物馆时,陈光要了一份关于诺顿·西蒙博物馆的简介,译成中文大意是:

> 诺顿·西蒙(1907—1993)是个商人,经营包括食品公司、出版社等商业机构,还在加拿大经营一家公司。他酷爱收藏,三十年间,收藏了大量艺术品,包括印象派和现代派的艺术品,也包括来自印度和东南亚的艺术品。这些珍贵的艺术品均被诺顿·西蒙收藏在这个博物馆里。

匆匆一览,似未尽兴。但第二天就要启程回国了,还有不少事要办,只能再次告别诺顿·西蒙博物馆了!

至于汉庭顿图书馆,第二次游览时,也未能进入其藏画的馆里参观,只能再次留下遗憾了。但愿有第四次访美的机会,到时我会把汉庭顿图书馆里的名画赏尽,当然也会再次到诺顿·西蒙博物馆把馆藏的艺术品一件也不放过地好好看看。

2012年3月1日至4日补记

唐山六章

一 一个人和一座城市

位于冀东渤海湾畔的唐山市,有着古老的历史和大量美丽的传说。尤其1976年夏天经历了那次毁灭性的大地震后,浴火重生,这座凤凰之城变得越来越美丽了!这座美丽的城市,从古代到现代,出现了难以尽数的名人。但我这里要提到的却是一位不满五旬的作家,20世纪90年代被称为河北"三驾马车"之一的关仁山。

关仁山1963年出生于唐山丰南县(即现在之丰南区),大地震那年,他不满14岁,是在地震中被埋三个小时后才挖出来的,也是在他母亲用身体护卫下活下来的。他是唐山大地震的幸存者之一——这可以说是他的特殊身份。当然,他更重要的身份是著名作家、河北省作协主席。他从20世纪80年代步上文坛,至今已发表作品逾千万字。他早期的作品多为中短篇小说,分为"雪莲湾系列"和"平原系列"。前者描写的是渤海之滨的渔民生活,后者则叙述滦河边农村姑娘的命运和农村的变革与希望。这两个系列的作品作为关仁山的代表作,曾在国内引起相当强烈的反响。21世纪以来,关仁山的主要精力转向长篇小说创作,从《天高地厚》《白纸门》到《麦河》,从《信任——西柏坡纪事》到《重生》,五部长篇小说近两百万言,从农村变革写到汶川大地震后的重建,从当年西柏坡的传统写到当今共产党人如何践行科学发展观以取信于民,这些作品标志着关仁山的成熟,也表明关仁山在文学创作道路上的前行是任何力量也阻挡不住的!

读者诸君也许会窃笑,看这个老头子说是要写唐山,怎么又评论起关仁山的文学创作来了!真是三句话不离本行。好吧,书归正传,还是来说说唐山吧!

正是关仁山向我推介唐山并一次又一次地把我带到唐山的,也可以这么说,我正是通过关仁山认识唐山的。

关仁山有燕赵慷慨之士的豪气,也有唐山人的厚道。他热爱他的故乡,说起唐山的一草一木,尤其是凤凰之城的浴火重生,常常是滔滔不绝。当然,他对丰南近年来的变化更是赞美有加,说起去年建成的唐津运河畔唐人街的一期工程以及前年人工开掘的惠丰湖来,更是眉飞色舞。他用他的作品,用他的诚意,用他有声有色的介绍,吸引了一批又一批文友到唐山采风写作,宣传唐山;他又用他的人格魅力吸引各界朋友到唐山来。他会唱点唐山流行的评剧,我同他一起参加一些文学界的采风活动,例如今年(2011年)6月间应邀到四川乐山参加"名人看四川、魅力乐山行"的大型采风活动时,在市委书记、市长宴请我们一行的宴会上,他又一次为我们演唱了评剧《列宁在1918》的选段,那种淳朴和风趣,赢得了满堂的掌声,他正是用这种办法宣传推介唐山的。当然,他更是用他的作品讴歌他的故乡，传达人间的大爱真爱的。获鲁迅文学奖的长篇报告文学《感天动地——从唐山到汶川》便是这样的作品。我同其他文友一样，正是在关仁山的感召下，近年来两次到唐山来。2010年6月参加国际写作营，2011年10月参加河北作协小说艺委会的年会，连续两次到唐山，均住进紫天鹅庄的别墅里，这同关仁山都有关系。从某种意义上来说，在当下，我们可以把关仁山看作新唐山的形象大使。一座城市离不开生于斯长于斯的名人的推介，当然，一个有出息的人也离不开故乡的养育。这是我从关仁山与唐山的关系上感悟到的一点道理。

二　小南湖，大南湖

我于去年（2010年）6月和今年（2011年）10月两度到唐山，均下榻位于南湖生态园区域里的紫天鹅庄，因此，首先映入眼帘的便是南湖生态园的美景。据说，南湖有小南湖与大南湖之分，小南湖先开发，濒临市区，绿树成荫，是唐山市老百姓休闲的好去处；大南湖是在小南湖的基础上进一步开发的，面积也大大地扩展了，据说两倍于杭州西湖，但刚开发一两年，草木新植，还有一种空旷之感。唐山市文联组织编写的《南湖故事》一书的《后记》中这样写道：

> 唐山市区南郊，百年煤矿的地下开采，史无前例的大地震无情摧残，造成了地表大面积坍塌、沉陷。唐山建设者们以开放性思维的胸怀和眼界，在这一地区建设面积达九十一平方公里的南湖生态城，打造世界一流的城市中央生态公园。核心区定位于面积为二十八平方公里的景观功能区和湿地生态功能

区，将打造成"好玩南湖、神奇南湖、生态南湖、文化南湖"这一独具特色的城市品牌。

这一段简括明晰的文字，使我们了解了唐山南湖生态城的位置和规模、建设的目标与特色。当然，唐山的建设者们首先在水上大做文章，南湖的水来自滦河与陡河两个水系，是活水，因此水的质量与流量均得到保证。而在28平方公里的景观功能区与湿地生态功能区之中，湖水的面积达11平方公里之大。"有水的地方就有梦"，在众多的湖泊与水渠中，建造了各种各样的桥梁，使南湖生态园成了一座桥的博物馆；再有大小湖泊中形成了大大小小的湖心岛，也给建设者们留下了极大的创作空间，他们已经或正在把大大小小的湖心岛打扮成极具童话意境和魔幻色彩的艺术殿堂，这也给南湖增添了迷人的色彩；当然，更有魅力的是这11平方公里的活水水面可以供游人们泛舟、戏水以及进行各种游乐活动，它所形成的游乐效应也是别处无法比拟的。南湖生态园另一特色是绿，我几度登上生态园的制高点、由昔日垃圾山改造而成的五十多米高的"凤凰台"上极目远眺，满目苍翠，奇树异木、四季花卉布满南湖生态园，使之成为一座大花园。最令人感到惬意的是驱车从园中那条两边种了树木的路径中穿行，清新的空气和沁人心脾的花香让人感到精神为之一振，体会到唐山人民生活的美满和优良品质。

唐山市文联的朋友告诉我，南湖生态园建成之后，南湖夏天的温度比闹市区低2至3摄氏度，从生态上看，已经有了相当明显的优势；而且由于生态的改善，引来各种鸟儿，它们在园中嬉戏鸣叫，更是令人心旷神怡。

记述南湖生态园，不能不介绍一下建于生态园核心区的紫天鹅庄。紫天鹅庄占地面积73万平方米，由23栋各具特色的别墅组成。这23栋别墅中，有四合院式，也有欧式、美式，外表均呈原木状，很是简朴，但内部装饰极具现代化和舒适感。各座别墅间距均在几十米以上，而且庭院绿化水平极高；别墅会所也相当高档。有几座别墅濒临南湖的湖面，在阳台上即可眺望南湖秀丽的风光，真是难得的惬意。应该说，紫天鹅庄是南湖生态园不可或缺的一个部分，它集餐饮、住宿、休闲与会议、度假各种功能于一体，其硬件与软件均同国际接轨。我两度访问唐山，均下榻于紫天鹅庄，一次住23号别墅，一次住8号别墅，均留下了美好的记忆。

我想，唐山南湖如能在人文景点的建设和绿化上再做点文章，在原有基础上再做进一步的努力，那超过杭州西湖绝不仅仅是一句空话和梦想！

三 市民广场畅想曲

唐山市民广场位于小南湖区域里，离市区较近；据说从市中心骑自行车到达市民广场只需十几分钟时间，这就大大方便市民们到这里休闲和参加各种文体活动。这个市民广场相当大，其面积达106000平方米，可容纳10万人同时在广场参加活动。这个广场的建设和启用，切实体现了唐山市委和市政府以人为本、执政为民的理念。

到达广场，最引人注目的是矗立于广场中心即将竣工的名为丹凤朝阳的纪念柱。这个用青铜铸成的纪念柱高68米，柱的顶部雕塑的是一只丹凤展翅迎着朝阳飞翔，象征着浴火重生的凤凰城唐山正奔向更加美好的明天。这个丹凤朝阳的立柱系著名画家、工艺美术家韩美林所设计，并在他的监理下由他的工作室所建造。据说这是他近年来所从事的大型城雕作品中最高、最大也是最精美的作品。10月14日下午3时左右，我由北京驱车到达唐山南湖生态园，入住紫天鹅庄8号别墅稍事休息后，即随同行的文友蒋子龙、陈冲、李建军一行在关仁山和市文联袁宁主席的带领下，先是重登凤凰台领略南湖风光，然后进入市民广场饱览秀色。在灿烂的秋阳下，只见脚手架尚未拆除的68米高的丹凤朝阳柱在秋阳下闪闪发光，做腾飞状的凤凰令人感到振奋。可以这么说，丹凤朝阳是唐山精神的总体象征，也是唐山人民在党的指引下奔向美好未来的形象体现。它既是市民广场的灵魂，又是唐山人民的精气神，它的存在使市民广场显得更加诱人。

我和同行的文友徜徉于宽阔平整的市民广场上，秋风习习，秋阳明媚，有一种幸福感从心田里油然而生。抬头望着蔚蓝的晴空，见到十几只风筝在空中翻腾飞舞，再看广场上，十几位放风筝的人正扯着风筝线在奔跑。其中既有年事已高的老人，又有活泼可爱的少年，当然也有刚刚下班后到市民广场休闲的工人和机关干部。从他们放风筝的奔跑动作以及脸上的表情看来，他们都正在品味幸福、放飞希望。可以这么说，他们放着风筝，也正在放飞生活的希望，编写着美好生活的畅想曲。

四　丰南运河唐人街

2011年10月14日下午3时左右，当我们一行到达唐山小南湖生态园内的紫天鹅庄8号别墅时，关仁山热情地迎了上来，兴奋地告诉我们,他家乡丰南的运河唐人街建成开街了!让我们稍事休息即去参观。后来,由于市文联有了新的安排,让我们先参观南湖生态区和地震博物馆,于是参观游览丰南运河唐人街的活动延宕至翌日下午进行。

  10月15日下午3时许,我与何申在关仁山的陪同下,驱车到丰南参观运河唐人街。在赶往丰南的途中,关仁山向我们略做介绍。运河唐人街位于丰南西城区惠丰湖南侧,长约一公里,乃全长25公里的唐津运河第一期开发的成果,两岸建有明清仿古建筑70套商铺,建筑面积为31000平方米,投资5亿元。一期工程2010年5月1日开工,今年(2011年)初已基本建成,并于今年5月投入使用。二期工程2.6公里,也将很快开工建设。规划中的25公里生态旅游度假景区也将逐步建成,拟投入100亿元,真是大手笔。关仁山这一番介绍真让我和何申心动,从紫天鹅庄出发到达运河唐人街,虽然只有20分钟车程,我们还是巴不得快点到达,好一睹其胜景。

  到达运河唐人街宽敞的停车场后,我们立即下车奔向西岸建有明清仿古建筑的唐人街,只见习习秋风中彩旗飘扬,气球升空,游人络绎。最吸引人的是横跨于运河上的好几座拱形石桥和八座金碧辉煌的仿古牌坊,这八座牌坊分别命名为:尚善、集贤、崇德、承福、盛乐、永泰、慈惠、仁和,每座牌坊的命名均有出处和寄托。我们流连于各座牌坊之间、拱桥之上和西岸仿明清的商铺之中,感受到一种盛世的"清明上河图"式的氛围。这个唐人街还真是名不虚传。尤其值得一提的是,从今年5月开始,景区管理者从杂技之都吴桥请来吴桥杂技团到此举办杂技艺术节,并专设四个地方作为他们的演出场所；同时，丰南的一些表演团体还开辟四个演出场地进行歌舞民俗表演。在我们穿行流连运河两岸商铺以及牌坊、拱桥之时，不时也会闯进表演区观看各种表演。这些表演着实使节日和盛世的气氛显得更浓。据说，到了晚间，游人更多，加上灯光的效果，这个运河唐人街的景色更是诱人，也更呈现盛世气象。我们在运河唐人街盘桓了近两个小时，然后又到人工开掘的惠丰湖畔一座新开张的五星级酒店喝铁观音茶稍事休息，然后告别丰南这块福地直奔城北的唐山师范学院，准备陪"三驾马车"走进校园。运河唐人街的景象，使我感受到丰南的发展速度和幸福感，看来，丰南是要率先进入小康社会了！

五 "三驾马车"进校园

20世纪90年代，文坛颇为热闹，各种文学思潮和文学流派先后登场，并打出各种旗号抢占文坛中的阵地。什么写实主义啦、新历史主义啦，还有现实主义冲击波等。90年代中期，大概是1996年吧，河北出现一个叫作"三驾马车"的文学组合，由承德的何申、保定的谈歌以及唐山的关仁山组成。记得当年在北京举行过"三驾马车"作品研讨会，规模之大、规格之高、影响之广，均为当时文坛之最。那次研讨会上，何申推出的是中篇小说《年前年后》，谈歌推出的是短篇小说《大厂》，关仁山推出的是中篇小说《九月还乡》《大雪无乡》等。照我看来，"三驾马车"之组合很成功，并有较强的艺术生命力，其影响自90年代持续至今，将近20年之久，乃是因为他们三位作家均有共同的文学追求和相近的文学理念，即把坚持现实主义作为他们文学创作的理想，又都具有比较强烈的社会责任感。当然,他们能够相互尊重、同舟共济,也是这个文学组合存在近 20 年的一个重要原因。

2011 年 10 月,正是秋高气爽的好时节,因唐山市文联续办国际写作营和河北省作家协会小说艺委会在唐山举办年会,"三驾马车"齐聚于唐山。唐山师范学院抓住这个机会,盛情邀请组成的何申、谈歌、关仁山三位著名作家走进校园,为该校中文系的近 300 名师生做报告,我也应邀随"三驾马车"出席报告会。我戏称说:"作为一个老赶车人,我赶着'三驾马车'走进唐山师范学院的校园里来了!"此言引来满堂掌声。

唐山师院是冀东最高学府(当然,20 世纪 60 年代唐山铁道学院西迁之前,唐山铁道学院应为冀东最高学府,也是全国之名校),在校学生两万多人,为迎接"三驾马车"进校园,在主楼前挂起醒目的欢迎横标。学校党委的李书记、客副院长和文学院院长等领导在报告会前会见了三位作家,并到报告厅听报告,表示了极大的热情。"三驾马车"走进唐师的报告会由唐山师院中文系教授、《滦河作家论》作者杨立元主持。从晚上 7 点开始,至 9 点半结束,持续两个半小时。会场始终弥漫着一种热情而肃静的气氛。何申、谈歌、关仁山分别生动地讲述了各自的创作历程与对文学的见解;数十名学生当场提问,三位作家分别回答,进行互动,会场气氛十分活跃。最后的 20 分钟,由我这个"赶车人"做小结。我的即兴小结讲了这么两层意思:一是这一天,即 2011 年 10 月 15 日,"三驾马车"走进唐山师院的校园,是唐山师院一个盛大的节日,也是中国当代文坛一桩值得记录下的有意义的事件;二是"三驾马车"这个创作群体之所以能够形成,而且持续近 20 年,并在中国当代文坛发生如此强烈持久的影响，是由于三位作家具有共同的文学追求和文学理念，而且均有比较强烈自觉的社会责任感；三是三位作家既有共同的文学追求与坚守，又各具独特的文学风格，何申的平实朴素，谈歌的泼辣苍劲，关仁山的温润流畅，均具有鲜明的艺术个性，形成各自的文学风格，这是一个作家走向成熟的表现。我的小结赢得全场热烈的掌声，得到与会者的认可。这使我感到莫大的欣慰。

10月15日晚上10时左右，我们一行离开唐山师院的校园，驱车回位于唐山南郊的紫天鹅庄，穿城而过，秋风习习，神清气爽。

六　夜宿青山关

青山关位于唐山市区之北100余公里处，是蜿蜒于燕山山脉的古长城的一个关口，近年来开辟为旅游景点，颇为知名。这次笔会的组织者唐山市文联把最后一个高潮安排在青山关，并打算让我们一行夜宿青山关，体验一下当年守关将士的生活风情。10月16日上午，我们驱车向青山关进发，当日中午在迁西县县城享用了迁西县委宣传部"有头有脸"的名菜盛宴之后，直奔距县城40余公里的青山关。到达青山关时，还只是下午3时许。于是我们被分别送到早已安排好的住处，稍事休息，再出发参观。我和河北省作协副主席王立平被安排在古堡的甜水井小院，他住右院，我住左院。院中草木萧疏，甚至有点荒凉之感，但房里装修尚可，不仅有现代化的洗手间，还安装了电热水器，可以洗上热水澡。休息个把小时走出院子，在古堡的入口处发现一块介绍古堡的石碑，上书：

青山关古堡建于明朝万历十二年，城高一丈五尺，周长一百六十六丈九尺，设南北二门，东开登城侧门。城堡里建有衙门兵营、驿站庙宇、茶楼酒肆、钱庄当铺及其他附属设施，建制约千人。从长城上俯视此城南北略扁，东西突起，呈椭圆状，宛若元宝，故又称元宝城。

在古堡中走走，果如简介所言。堡中心是"都统府"，亦即驻守在古堡里一千名拱守长城的士兵们的最高领导都统住宿办公之处。据说，都统相当于现今军队中的团长，可见级别不低。这个四合院型的"都统府"，当下出租的价格是每天租金 8800 元，比我们所住的甜水井每天 500 元高出许多。其他诸如驿站、庙宇、茶楼、酒肆分布于堡里，而钱庄就设在古堡的入口处，现在变成一家出售山货的小卖部。走出古堡后，沿着山路先找到青山关的会所，向服务人员了解青山关的大概情况后，再登上古长城的烽火台。沿着新铺就的石阶拾级而上，先是一座专供观景用的新建的观景台，然后才是古烽火台，看其破旧的样子，乃是原貌，未经整理过。比起别处，诸如八达岭、慕田峪等经过几次整修的城堞和烽火台来，原汁原味，更能体现出历史的沧桑。我经观景台到达两处烽火台，再走百米左右的城墙，依城堞远眺关山，在夕阳的余晖中显得肃穆，秋色甚浓。因为大部分游客已下山归宿，我同行的文友们也早于我集合登上长城回房休息了。我是因为听错集合时间迟到而独自攀登古长城的，于是望着夕阳中静处的关山沉思起来。古堡简介表明，其作为兵营建于明万历十二年，当是明代中晚期。万历十年之间，张居正任首辅，主持朝中军政大事。查明史载，当年张居正派戚继光率兵卫戍长城的幽燕山两段,可见此古堡乃戚继光率兵守卫长城时所建。此前曾在闽浙沿海一带抗倭的英雄戚继光,此时正值盛年,为了谋取守卫长城之职以建功立业,还曾买来波斯美女和壮阳用的海马等物向位高权重的首辅张居正行贿;而作为大改革家的张居正,也因为纵欲过度未及六旬而身亡于首辅之位上。这一段鲜为人知的历史,至今细细想来,颇为发人深思。

走下烽火台和观景台之后,夜色四合,我沿着山间小路漫游,发现在山间树林之中还隐匿着不少供游人住宿的房舍,包括一座建于观景台近处的比较高档的贵宾楼,说是迁西县委县政府专用来接待贵宾用的。参观完贵宾楼,折回古堡之中的甜水井小院,稍事休息即到会所吃晚餐——那是一顿颇为别致香甜的农家饭。又回到住处时,已是晚间8时多,发现山间气温骤降,房里感到有点冷;古堡之中一片漆黑,大家也就不相互走动了。所幸空气极为新鲜,富含氧离子。清新的空气、清冷的夜幕,此时除了及早入寝做个好梦外似也无事可做了。第二天清晨,我们便告别久已向往却只住了一宿的青山关,经遵化的清东陵,返回北京。

2011 年 11 月 15 日

漳州二章

清明节前夕,应邀到开封参加"清明文化论坛"。会后,顺路回乡扫墓,在云霄、漳州逗留近旬日,期间,参观了云霄漳江口的红树林和华安仙都的二宜楼,遂有以下两段文字。

漳江口的红树林

3月19日,我接到云霄县广电局高局长的一则短信息说,当天下午五点一刻,中央电视台四频道即将播出《远方的家》系列节目第75集,是关于云霄风情的报道,要我及时收看。我离开故乡外出求学、工作已经56个春秋,期间多次返回,尤其是近年来,随着进入老境,思乡之情日隆,回去更勤,对故乡当然葆有一份深厚的感情。于是,到了当天下午5时许,我即打开电视收看央视四频道的节目,果然是《远方的家》第75集,开始介绍将军山及陈政墓,扫描云霄城关崭新整齐的街道风貌,看来颇为亲切。可是由于当天晚上有个重要的饭局难于推掉,只好关了电视赴宴去。好在早就得知晚上11点26分央视四频道重播,吃完晚饭回来就守着电视准备看重播。好不容易等播放的时间到了,打开电视机一看,除了傍晚看到的镜头外,还有陈岱八尺门的海水温泉(俗称"金汤")、后埔温泉、竹塔海滩挖泥蚶、漳江口看红树林等镜头,我看得十分入神,尤其是漳江口的大片红树林,郁郁葱葱,队队鸟儿从水面掠过,美得让人感到震撼!我后悔过去历次回家怎么都没想到去看看红树林呢!于是把这个想法告诉同住在北京的女儿,要她在我清明节回家时一定要安排看看漳江口的红树林。

4月2日下午,当我正在郑州新郑机场候机准备搭乘国航航班飞往厦门时,女儿从北京打来电话说,4月3日上午安排参观漳江口的红树林,并已通知她的叔叔、姑姑以及堂弟、堂妹们陪同我参观。这个消息当然让我喜出望外。

4月2日晚上到达云霄预定的宾馆时,已是深夜,故没打扰任何人而悄然入住,并睡了个好觉。4月3日一早醒来,用过早餐后就同弟妹、侄儿、侄女一行乘车赶到北江码头,登上漳江口红树林管理局准备好的一艘汽轮出发去江口看红树林。当汽轮犁开水面向江中驶去时,就可以看到一片片长在江边或江中的红树林;红树林并不红,而是一片翠绿。它们大都长在江边的滩涂上,偶尔也有一些长在江中的小洲上;它们根与根相连,任凭风浪的冲刷,照样成长,且焕发出勃勃生机,连成一片,成为漳江出海口的奇观。尤其值得称道的是,漳江出海口,是海上涌入的咸水与江上流下的淡水交汇之处,红树林在此照样长得蓬蓬勃勃!当我全神贯注观赏一片片红树林时,汽轮的突突声响惊动了停歇在红树林中的鸟儿们,它们阵阵飞起,盘旋在红树林之上,构成一幅绝妙的风景画。弟妹和侄儿侄女们呼我赶紧看各种好看的鸟儿,抬头一看,有鹭鸶、白鹤等稀缺、珍贵的鸟类。汽轮的司舵兼导游告诉我们,漳江口红树林保护区海岸线长达30公里，涉及5个单位、8个建制村，周边人口5.5万人，总面积达2360公顷，同青岛、湛江两地的海边红树林同为国家级自然保护区，并被列入《国际重要湿地名录》。听到这一介绍，看到眼前的美景，我和同游者均感到不虚此行。而有意思的是，我的弟妹们，有的已年过七旬，最小的也年届花甲，一辈子生活在云霄，观赏漳江口的红树林也都是第一次！

我们乘坐的汽轮在江面上行走了半个小时左右，到达江的南岸竹塔村附近，于是舍舟登岸，去参观一片更大片的红树林，据说这里才是漳江口红树林的主体，既有供游人参观的林区，又有专供科学研究用的特区。管理人员为我们打开特区的铁栅栏门，领着我们沿着栈道在特区里参观，只见这里的红树林长得更加苍翠，更加茂密。走到栈道的尽头，靠近海滩处，还建了一座亭子，供参观者小憩。我们一行遂走进亭子，看鸟儿在海滩上逡巡，啄食鱼虾；又坐下来，听带领我们参观的管理员介绍情况。他就是竹塔村人，因此了解红树林的过去和现在。他说，过去他们并不知道这种树是个宝，只是挖了它的根当草药，砍了树当柴火，毁林造池搞养殖。后来通过宣传知道了红树林的生态作用，从实践中也尝到了红树林可挡风浪、保护生态、提高海产品质量的甜头，才把它当宝，尽心保护。竹塔村里不少养殖户都主动当了保护红树林的志愿者。保护区管理局成立以来，红树林的保护走上了更加科学、严密的阶段；在保护的基础上，保护区管理局一直在探索扩大红树林种植面积的途径。2007年，他们投入大量的资金和人力，建立了一个近百亩的红树林育苗基地，已成功培育桐花树和白骨壤树苗160万多株；同时，联合厦门大学的专家开展大米草除治试验，在原先长满大米草的滩涂上高密度地种植红树。2003年至2010年，漳江口共计扩种红树林近2000亩。听了这么一番介绍，我们对红树林加深了了解，更加热爱这一片长在故乡土地上的"海上森林"了！我们走出亭子，沿着栈道徜徉在被誉为"海上森林公园"的红树林中，又登上观鸟屋，观赏百鸟在江口上飞翔的美景，尽兴而归。

仙都的二宜楼

许多年以来，一直有到华安看看的念头。这次在漳州市区足足住了三天，除了同文友、亲友畅叙外，当市文联的领导问我打算到市区外什么地方走走时，我毫不犹豫地选定华安，准备到华安的仙都看看，看汤晓丹的故居，看二宜楼。

4月8日清晨，我们一行出发去华安的仙都。大概在山间公路上走了一个多钟头，到达仙都镇政府，然后由华安县文联及仙都镇政府有关领导陪同先参观汤晓丹故居。车子又走了一段路，穿过几个村庄，才在一个山坡下停下，然后爬了一段山坡，到达晓丹那座刚翻修过的故居前。这儿地处戴云山南麓，站在故居前的场院放眼望去，山坡上是层层叠叠的茶园。时当采摘春茶时节，茶园显得格外翠绿，勤快的采茶姑娘正在茶园里劳作。常言说，英雄出于草莱之间，这话儿看来是有道理的。当年，被誉为"战争影片之父"的汤晓丹就是从这个位于深山的小山村走出去，先到厦门求学然后转赴上海发展的。汤晓丹享年102岁，去年才在上海辞世，我们在他的故居里走了一圈，在故居前照了几张相片就告辞了。

在镇政府的食堂吃了一顿很有特色的午餐后，我们启程去距镇政府六公里处的大地村参观二宜楼。这是华安之旅的重头戏。据有关资料介绍，二宜楼是大地土楼群的老大，也是闽南、闽西土楼的老大，有"土楼之王""神州第一楼"之美誉。它始建于清乾隆五年（1740），历时 30 载，由蒋士熊及其儿辈两代人于清乾隆三十四年（1769）建成。土楼建筑面积 9300 平方米，坐东南朝西北，外环高四层，通高 16 米，外墙厚达 2.53 米，外径 73.4 米，为双环圆形土楼，分成 16 个单元，共有 213 间房间。楼内院中挖有两口井，名为"阳泉"与"阴泉"，从而使院子构成太极之形。此楼建成使用 240 多年来，完好无损，至今楼里仍住有 36 户 220 口人。楼内共存壁画 593 平方米，226 幅；彩绘 99 平方米，228 幅；木雕 349件，楹联 163 副，凡此种种，均表明它具有较深厚的文化意蕴。而楼名"二宜"又含有宜山宜水、宜家宜室、宜家宜国、宜天宜人、宜山宜农、宜乐宜德、宜内宜外、宜兄宜弟、宜子宜孙、宜文宜武等多层意涵，更彰显其文化价值。此楼 1996 年 11 月被国务院公布为第四批全国重点文物保护单位，21 世纪初，又同南靖土楼、永定土楼捆绑申遗成功，被列入世界文化遗产名录。从此，二宜楼及大地土楼群声名大振。

我们一行在导游的引领下走进二宜楼。参观过两口井内温度差一度的阴阳井后，走到院内的一个茶摊前坐下喝茶，同行的歌词作家魏德泮先生弹响了随身携带的曼陀铃，喜爱歌唱的男男女女唱起了动听的中外名歌，在莆田政府网工作的仙都姑娘小汤跳起了舞姿优美的舞蹈，一场即兴的演出持续了半个多小时，吸引了大批游客围观。我们喝了茶，参加了演出，又买了一斤价廉物美的铁观音茶后走进楼里参观。在我参观过的闽西、闽南的土楼以及赣南的围屋中，二宜楼是人气最旺的，可以说是仍然活着的土楼。它兼有单元式与通廊式的特点,我们在重点参观了祖厅的木雕和彩绘后,大部分时间是沿着四楼的通廊漫游参观。这个游廊绕土楼四层后墙一周,可与各单元相通,我们沿着游廊行走,发现不少住户开起了以卖茶叶为主兼营各种土特产和旅游纪念品的商店,我们走进几家参观,其中一家是高山族人开的,既卖茶叶,也现场制作一些像麻糍之类的小食品出售,我们在那儿停留的时间最长。据她们说,高山族是从宝岛台湾移居大陆的,在华安共有40多户,100多人,主要经营茶叶生产,在二宜楼设点经营的这一家已开发生态茶园300亩,具有相当的实力。我们又走到3、6、10等单元,发现它们的天花板上贴有1931年的《纽约时报》和1932年的《纽约晚报》,墙上绘有西洋钟表和西洋美女,说明住在二宜楼里的人出过国、留过洋,进行过东西方文化交流。我们在四楼游廊里溜达,还发现墙上相距不远处就挖一个小洞,既可观望、采光,又可做枪眼,想得相当周到。

参观过二宜楼出来,导游告诉我们,二宜楼周围,还在不同年代由蒋士熊的子孙们建了南阳楼、东阳楼、宜安楼等土楼,形成大地土楼群。如果在空中俯视,这个土楼群就像是一只母鸡带着若干小鸡在大地上漫步。由于时间匆忙,我们只选择了已辟为土楼博物馆的南阳楼参观了一下,并应主人之请,留下"宜居宜防集天下之正气,可住可观传中华之文明"这么一副对联就辞别好客的主人驱车赶回漳州城里了。

同游华安仙都者,尚有原《闽南日报》副总编辑杨西北和《闽南风》主编何也。

2012年5月1日至5日

平和三章

柚花飘香

福建省平和县之所以被称为柚都,是有其历史渊源和现实依据的。

平和早在几百年前就盛产蜜柚。清代咸丰、同治年间的福建巡抚(兼摄台湾)王凯泰在其《台湾杂吟》中有一首诗这么吟道:"西风已过洞庭波,麻豆庄上柚子多。当年文宗若东渡,内园应不数平和。"诗中所说的麻豆庄系台南县的麻豆镇,此地盛产一种小蜜柚叫文旦,的确味美。2001年初秋,我参加中国作协代表团访台,曾在麻豆镇品尝过这种名果。据说,麻豆文旦就是福建平和的蜜柚移植过去的,不过,"青出于蓝而胜于蓝",到王凯泰写《台湾杂吟》时,其声名已远胜于平和蜜柚,故有"当年文宗若东渡,内园应不数平和"之句。意即当年文宗(咸丰帝)如果东渡台湾,那么他从麻豆带回的文旦放在帝苑里,就没有平和蜜柚的什么事了。此诗表面看来贬抑平和蜜柚,却可以反证平和蜜柚早就作为贡品进入皇室大内之史实。

我的故乡云霄紧邻平和，童年时代是品尝过平和的琯溪蜜柚的，并留有深刻的印象。可以说，平和蜜柚与长泰芦柑，是我童年最爱。20世纪80年代改革开放之后，平和县党政领导采取各种优惠政策，发展蜜柚种植，让濒临荒废的柚园焕发生机，把蜜柚种植变成平和的支柱产业和脱贫致富的法宝。据说，现在全县已种植蜜柚达65万亩，每年蜜柚产量达120万吨。品种也由单一的白瓤发展到五个品种。我在20世纪末以来的20年中，几乎年年都可以从各种渠道收到数十箱平和蜜柚，除分送亲友品尝外，每日半颗，可以享用三四个月之久。值得一提的是，平和蜜柚汁多味甜，润肺止咳，更是糖尿病患者最为适合食用的水果，因此，我特别感念平和蜜柚多年来的恩泽。

我们一行应平和县委宣传部等单位之邀到平和采风深入生活，之所以选择在3月底柚花飘香时走进平和，正是钟情于蜜柚之故。因此，采风的第二天3月29日一早，我们一行便在霏霏春雨中驱车来到盛产蜜柚的霞寨镇高寨村，一览满目青翠、暗香浮动的万亩柚园。高寨村的万亩柚园，在平和以至闽南都很有名气，被称为平和的"布达拉宫"，为什么有这么一个名称呢，走近一看，原来高寨村的民房都建在蜜柚山的半山腰上，依山而建的房子几乎掩映在蜜柚树丛中，翠绿的柚园，点缀着白色的房子，层层叠叠，远处望去很有拉萨布达拉宫的气势。我们乘车盘旋而上到达半山腰的观景台，凭栏远眺，只见万亩柚园原来是沿着山坡而建，柚园中建有凉亭和栈道，以供游人穿行和歇息。这绿色的柚园，比起拉萨的"布达拉宫"来，实在别具一种情调！我们沿着栈道向下走，穿行于万亩柚园中，偶尔走近柚树，亲近带着雨水的柚花一闻，其香味沁人心脾，让人留连忘返。其实，这种柚花之香，不仅飘在高寨、飘在霞寨；可以说，整个平和大地都弥漫着柚花的香气。一位同行的青年作家告诉我，下榻坂仔"林语花溪"温泉宾馆之夜，他把窗户打开，都能闻着柚香入睡，尽管这样会遭到蚊子的攻击，那也愿意。到达山下一休息处同霞寨镇的卢书记一聊，才得知霞寨镇与北京的新发地批发市场已签订合同，每年有数万吨的平和蜜柚直销北京果市。北京市民可以尽情享用这种佳果，霞寨的果农也大都过上富裕的生活，手里有数十万直至百万元的存款都不是什么稀罕的事！

坂仔夜话

坂仔镇位于平和县城小溪镇东南十余公里处。此处地势比较平旷，似是一个山地中的小盆地；花山溪从镇边缓缓流过，眺望远山，静默拱卫。进入小镇，就有一种闲适平和之感。文学大师林语堂120余年前诞生于此，并在小镇度过童年和一段少年时光。于是，小镇成了文学爱好者和旅游者光顾之地，尤其是林语堂曾经生活过的清净小院，现在建成了林语堂文学馆，参观者络绎不绝，小镇也就热闹了起来。九年前的2008年4月初的一个下午，我在漳州市委宣传部的安排下，匆匆参观了林语堂的故居和文学馆。过后不久，就听到当地主政者有一个花巨资把坂仔打造成文学小镇的宏伟计划。九年后再看到坂仔，林语堂的故居和纪念馆依然平静闲适，可是小镇不仅扩容了几倍，不少建筑物拔地而起，人群也熙熙攘攘，热闹了许多。据说，近几年来，平和县有关部门在文化建设上做了不少事情。例如成立林语堂研究会，举办林语堂小说奖、散文奖，还打算设立一个涵盖海峡两岸的"林语堂文学奖"以及在林语堂故居创办写作中心,等等。但这一切,不管已付诸实施或正在计划之中,均未收到建成文学小镇的预期效果。

这次走进平和采风,我们一行有两晚选择住在坂仔小镇新建的"林语花溪"温泉宾馆,此处建在小镇边上,颇能体现"闲适平和"的生活基调。第一个晚上,在紧张的参观采访之后,我与县委常委、武装部政委林志宏以及坂仔镇委书记林江山聚于我下榻的宾馆客厅,一边品着醇香的白芽奇兰,一边聊起建设文学小镇的事。我以为,要建成文学小镇,要打林语堂大师这张牌,就必须先把林语堂的文化性格研究透,准确把握,然后多搞一些与林语堂有关的文化设施和文化活动,培育一批林语堂迷,让他们有兴趣到小镇参观、游览、学习。当然,也要利用这个基地,培养作家和林语堂研究者。这样,小镇不仅扩了容,有了较好的基础设施和硬件建设,也有了较浓厚的文学气氛,出了文学人才,文学小镇也就真正建成了。当然,文学小镇真正建成了,就可以吸引大批参观者和旅游者,譬如说,许多到厦门旅游或出差者,就会顺便到坂仔来了。在室内浓郁的奇兰茶香以及窗外透进的阵阵柚花香中,我们不觉聊到深夜,我们都对文学小镇的未来充满美好的憧憬与期待。

云端筑梦

平和的西部,在大溪镇辖区内,有一座闻名遐迩的神山叫灵通山,灵通山的对面则耸立着一座海拔 1544.8 米的大芹山,为闽南第一高峰,终日萦绕在云雾之中。

在云霄与平和,我都听到过关于台商吴先生的故事。吴先生的祖家在壶嗣村,原属平和,后来划归云霄,故吴先生既是平和人、又是云霄人。他的先辈早就移居台湾宜兰。20世纪80年代末90年代初,随着两岸关系解冻,他便到大陆投资,办了不少企业,包括在云霄建了五星级的云顶温泉大酒店。一到平和,就听说他在大芹山顶云雾缭绕处"云端筑梦"的故事,也听到他准备在大芹山上接待我们的计划。

云端筑梦,听起来很浪漫,其实也很实际。吴先生竟日在平和、云霄两处奔走,望着云雾缭绕的大芹山打起了主意来。他做了周密的考察,发现大芹山上的气候(包括气温、湿度与海拔等)与苏格兰相近,于是萌发在此建厂酿造"威士忌"的想法来。在得到当地政府的支持后,用几年的时间修路、建房,成立了名为"陆宜"的公司,在大芹山上酿起原产于苏格兰的"威士忌"酒来。

几年前在云霄的云顶大酒店我同吴先生有过一面之缘,此次听到他在大芹山上云端筑梦的故事,探访他的兴趣就更浓了。于是,在平和县领导同志的陪同下,我们一行登上大芹山高峰,探访台商吴先生"云端筑梦"的故事。我们一行访九峰、穿大溪、登上大芹山峰时,已近黄昏。吴先生推迟回台湾为夫人庆祝生日的计划,偕夫人及职工留下来迎接我们于大门口,然后带领我们参观厂房和新建成尚未投入使用的精致的度假宾馆。晚餐时,除了美味佳肴,我们一起品尝了刚刚酿造出来的"威士忌"酒。吴先生告诉我们,此酒有别于苏格兰的"威士忌",不用加冰,适宜国人饮用,并准备更名为"威世纪"。入夜,大芹山上灯火阑珊,觥筹交错,我们一起举杯祝贺吴先生"云端筑梦"和海峡两岸同胞合作的成功。

2017年4月23日

闽都四章

福州,又称榕城,因是福建省省会所在地,又称闽都。自从56年前即1956年8月底第一次到过福州之后,我曾无数次到过这块有福之地,留下一些难以抹去的记忆。于是作"闽都四章"于下。

难忘的老榕树

1956年8月底,我在云霄县一个小山村里等待着当年高考发榜。大概是8月22日吧,终于等来上海复旦大学中文系的录取通知。父母尽力为我做了到上海报到的准备。那时,从闽南到上海的交通非常不便,得先从云霄县城坐长途汽车到漳州,然后由漳州乘长途汽车到省会福州,再从福州乘小汽轮到南平,由南平乘试运行的火车到江西的鹰潭,再在鹰潭乘正规的火车到上海,大概需要九天时间。这对于一个从未出过远门年仅17岁的青年来说,当然是一个蛮大的难题。但为了求学,我带着简单的行囊上路了。先到县城乘车到漳州,在漳州的龙溪专署有关部门办理了旅费补助手续后,翌日清晨6时即从漳州出发,准备用一整天的时间赶到福州集中出省。不巧的是,我们搭乘的长途汽车在同安的马巷就抛锚了,且修且走，下午3时许才到达泉州。车在泉州大修，车上的乘客在泉州吃了午餐，继续赶路。车破路差，直至当天午夜过后才到达福州的南门兜长途汽车站。傍晚路过莆田的涵江时吃过一碗海蛎小炒粉干的兴化粉，肚子尚不感到太饿，饿也没办法。这时，公交车已收车，想去仓前山的福建师院附中报到也不可能了。

于是找到车站附近的一棵老榕树。这棵榕树枝丫茂密，"胡须"垂地，不知它的树龄，看起来没有千年也有七八百年的树龄了。可喜的是还有四把长椅环老榕树而摆供游客休憩。我赶紧占了一把长椅，将小件行李放在椅子头上当枕头，而把装了几件替换衣服及文具证件的小提箱放在头旁的椅子下，倒头便睡。因为天气炎热，虽然是半夜时分，身上也不必盖什么东西；50年代中期福州的治安情况还好，在街头的老榕树下睡一宿也无妨。就这样，我从到达福州汽车站的下半夜1时左右在榕树下睡着，直到第二天清晨5时多第一班开往仓前山的公共汽车开出，才起身赶上汽车到仓前山的福建师院附中报到。在那榕树下的长椅上整整睡了四个多小时，度过初到榕城的第一夜。

后来，由于各种原因，时常到福州，留意一下，福州城中，到处都看得到这种葱郁葱茏的大榕树，它们枝干繁茂，且长着长长的"胡须"，给人们提供夏日清凉的绿荫和宝贵的氧气。唯其如此，人们才把福州称为"榕城"。其实，在福建各地，尤其是闽南的乡村，只要有村庄的地方就有榕树。榕树下，村民们在这里聊天赶集，合作化时还在这儿集合出工，有什么重大新闻也在这里发布；而夏天时，生产队也会利用榕树的树荫，把这儿当成会场。我孩提时，随小哥哥去放牛，也是同放牛娃们在村头的老榕树下集合出发的。因此,我深深爱着故乡的老榕树。尤其是 56 年前那个夏天,初到福州时在老榕树下的长椅上睡了一夜,对老榕树的感情就更深了!

从林则徐到项南

2012 年 5 月 27 日至 30 日,由中国作家协会港澳台办公室与福建省文联联合主办的"海峡两岸作家论坛"在福州西湖大酒店举行。我应邀参加论坛,与海峡对岸的台湾文友进行交流,又一次回到福州。这一次,距当年到福州报到集中出省上大学,正好是 56 年之久。期间虽然曾多次回过福州,但这次住在西湖大酒店将近一周,心情又比较放松。每天晚上在湖滨散步,闻到玉兰花与茉莉花的暗香流动,同来访的友人在湖滨的"诺曼底吧"茶座品茗畅叙,并在会务组安排下,参观马尾的船政文化与市区的三坊七巷,感到特别亲切和开心。尤其是在参观三坊七巷时,我同也来参加论坛的原福建省委书记项南的小女儿、女作家项小米一起参观林则徐祠堂,她对我深有感触地说:"何叔叔,这位林则徐的遭遇同我爸爸有点相近。你感觉到了吗?"小米的这句话让我想起了与闽都福州关系密切的两位乡贤——清末的林则徐和刚刚逝去的项南。

林则徐生于福州,长于福州。他出身贫寒,经过不屈不挠的努力,科举入仕。清道光年间,曾任湖广总督,作为钦差到广州禁烟。他在虎门销烟以及率众抗英的英雄事迹,惊天地泣鬼神,使他成为名垂千古的民族英雄,成为闽人可以引为骄傲的乡贤。但他仕途多舛,他在广州任上被罢官,贬到新疆伊犁效力,后又调回河南疏浚黄河的工地上监工；晚年又调到广西任事，在他赴广西就任路上，因偶感风寒而病逝于广东普宁乡间一个馆驿中，享年66岁。和他生命有关的几个地方：福州的三坊七巷、广东虎门的销烟池及抗英的威远炮台和沙角炮台、新疆的伊犁、广东普宁的乡间馆驿等地，我均循迹参观访问过。而他留下的"壁立千仞，无欲则刚；海纳百川，有容乃大"以及"苟利国家生死以，岂因祸福避趋之"的名言也时常萦绕于我的耳际。

项南生于闽西连城，其父项颐年20世纪20年代即在伍豪（周恩来）领导的"特科"从事秘密战线工作，因此他少年时代即生活在上海。抗战爆发后，项南几经周折参加了新四军；新中国成立后，曾任团中央书记处书记，八机部及机械工业部副部长等职。改革开放后，被党中央委以重任，从1979年至1987年年初，任中共福建省委书记。他回福建工作8年间，拨乱反正，为历史上的冤案错案平反；坚持改革开放，办厦门特区，大念"山海经"、打"侨牌"，为福建的经济发展打下良好的基础。我由于特殊的原因，同项南同志有些往来。他在福建工作期间有时回到北京，我曾到他在北京的住处（位于全总附近的汽车局宿舍）见过他，他兴致勃勃地讲述了福建的新变化，也讲到过"晋江假药案"（1985年前后，项南在福建，同任仲夷在广东一样，他俩成了改革开放的两位先锋，于是就有了福建的"晋江假药案"和广东的"海南汽车案"）。1987年初他奉命调回北京后，任全国扶贫协会会长，享受副总理级待遇，家也搬到万寿路甲15号了。此后也有一些电话联系，1996年4月中旬，我曾到他府上求字，他留我在他家客厅里聊了三个小时，从午后聊到傍晚；从他父亲的传奇经历聊到他在福建8年的经历，涉及不少重大的历史事件和重要人物，让我眼界大开，也让我更加敬重项南的为人。聊天中，他的夫人汪志馨多次劝阻他停止谈话，怕他心脏病发作，均被拒绝。他浓浓的谈兴和慷慨的陈述，着实使人感动。可惜的是，一年半之后，即1997年11月，他终因心脏病突发而辞世。

从林则徐到项南，让我们看到闽人中乡贤走过的足迹，看到闽都文化焕发出的熠熠光彩。

闽都美食举隅

福建的美食也是闻名于世的。各种各样的美味佳肴和地方小吃成了闽都文化不可或缺的部分。对于我这样酷爱美食且品尝过中国及一些国外美食的游子来说，到福州的一个重要活动就是品尝闽都各种各样美食佳肴。

"佛跳墙"在福州美食中享誉最高，可以称为闽都名馔。据说，它由两百多种山珍海味装在特备的瓮中，用文火熬制而成。这些山珍海味中，举其要者，有香菇、竹荪、海参、鱼翅、目鱼干、鱿鱼干、鸡、鸭、鲍鱼，等等，因其鸡鸭鱼肉与鱼鲜相混合，山珍与海味相交融，于是味道特别鲜美。据说，因为餐馆设在寺庙之旁，餐馆的厨房里熬制这种山珍海味混合的美味时，香味诱人，寺庙里吃斋的和尚都难以抵挡，跳过寺庙的围墙到熬制美食的餐馆厨房里偷吃美味，于是命名为"佛跳墙"。这个传说可能有点夸张，但道出这种美食的美味无穷来。由于用两百多种食品熬制的"佛跳墙"实在太贵族化了，于是近些年来在闽都的风味餐馆或在外地的闽菜馆里出现了一道新闽菜，叫"坛八珍"，即挑出传统"佛跳墙"中八味主要的食材装进陶罐中炖制而成,我称之为"简装佛跳墙"。这样一来,品尝闽菜佳品"佛跳墙"就容易得多了。

还有一味福州名吃"锅边糊",也不能不提。这种小吃用料很简单,先用闽江沙滩上淘来的小蛤蜊熬汤,然后把大米磨成的米浆注入蛤蜊汤中,杂以若干菜蔬、佐料即可进食。关于这种小吃,还有一段动人的故事。传说闽江边居住着一户贫困人家,母亲身体不好,不思茶饭,日渐消瘦。她的儿子是个孝子,见母亲此状,心急如焚。于是到闽江边淘来一把蛤蜊熬汤,并注入米浆,做成"锅边糊"让其母吃下。没想到,由于"锅边糊"味鲜可口,其母胃口大开,连吃近一个月,脸色转红润,身体好了起来。于是,这一偶然的创造,便成了闽都名吃。

福州著名的小吃还有扁肉燕以及带馅的鱼丸等,也都负有盛名,就不一一介绍了。

2012年5月底,到福州参加"海峡两岸作家论坛",住在西湖大酒店,酒店里的自助餐可谓山珍海味俱全,闽都名吃齐备,真是大享口福。会议期间,南帆、北北夫妇盛情邀请,设宴招待,请我到三坊七巷一家私家菜馆享用闽都佳肴。我们吃饭的私家菜馆叫"古香斋",开席前,服务员送我一把精美的小折扇,打开发现折扇上书菜谱如下:苏酱拌鱼唇、千层脆身、封糟鳗鱼、腌萝卜、九号小米焗辽参、特价深港蚌、淡糟香螺片、包心荔枝肉、芦笋水晶虾仁、豆锅乾坤豆腐、老虎斑、苦菊、鱼丸肉燕汤、芋泥。这一席富于闽菜特色精致的闽都私家菜,南帆、北北夫妇及其女儿,《文艺报》主编闫晶明及海峡出版集团副总经理、海峡书局总经理林彬女士和我六个人吃得唇齿留香,尽兴而散。古色古香的环境,精致美味的佳肴，大概能表现出闽都文化的精髓了。

永泰啊永泰

永泰位于福州市区之西南郊，县城距市区约 60 公里，号称福州之后花园。可是惭愧得很，在此之前，我竟不知道永泰在哪里。福州市作协主席、传记作家钟兆云打听到我 5 月底到福州出席"海峡两岸作家论坛"，于是来电话邀我提前一天到福州，参加他们在永泰青云山下的御温泉举办的关于农村题材的作品研讨会。他们给这个研讨会起了个名字，叫"农村离我们有多远"，提供福州四位作者的三部作品参加研讨，即：何英的纪实作品《抚摸岁月》、钟兆云及其胞姐钟巧云合著的长篇小说《乡亲们》和陈家恬的"农事散文"集《日落日出》。于是才知道福州郊区有个永泰县，在地图上一查，就在福州的西南郊。它北邻闽清、闽侯，南与莆田接壤，西接永春、德化，东边即是福州市区。

5 月 25 日，我提前一天到达福州，在榕城住一宿，翻阅第二天提交讨论的三部作品。翌日清晨即驱车赶往永泰青云山下的御温泉。御温泉在永泰县城西十几公里处，距福州近 70 公里，到达时，将近 10 点半钟了。但见青云山下，茂林修竹，空气清新，一座现代化建筑矗立于山下，这就是远近闻名的御温泉，是一个集会议、旅游和休闲多功能于一身的温泉会所。我来不及多看多打听，赶紧进入已经开幕的研讨会会场参加会议。参加会议者近百人，有福州文学界的人士，诸如孙绍振、陈章武、陈章汉兄弟、杨少衡等，也有来自北京的张胜友和来自闽西的文学界人士，看来是一次福建文学界的盛会。由于三部作品是我到达福州市时才送来的，未及细读,但发现由于均出自业余作者之手,有比较丰厚的生活积累,散发着生活和泥土的芬芳。对于这样的作品,我自然是赞赏的,因此在发言中便多加美言。尤其是标明"农事散文"的《日落日出》的作者陈家恬,就是永泰本地人,当年高考落榜,回乡参与农事,边劳动边从事文学创作,更值得褒扬。收在《日落日出》中的篇什,或记农事,或写农具,篇篇写得扎实、有特色。谢冕在置于卷首的序言《遥远的风景》一文中这样写道:"《日落日出》让我欣喜,不仅是因为作者写了农事——它几乎就是一部无所不包的文学乡村手册,……重要的还不是家恬神奇地再现了那令人魂牵梦绕的旧物旧事,而是在他的叙述中深情地融入了他独特的个人阅历和感悟,尽管他标明这是一部'农事散文'——在日益城市化的今天,这已非常难得——我发现他写的却不囿于'事',而更着意于'人'。这是很可贵的。这些文字凝聚了作者对世代从事农业劳动的人们的尊重和敬重,也展示了作为农家子弟的家恬风雨人生的经验……"我抽空读了集中的部分篇章,诸如《烧炭日记》《菜脯味》等篇什,认同谢冕于序言中阐述的这一观点,确认这是一部写得扎实且颇有特色的散文佳作。

由于喜欢陈家恬的书,喜欢永泰的山水和美食,也就喜欢上永泰了。下午会议间歇时,编辑地方刊物《大樟溪》的一位编辑带我和孙绍振出去走走,感受一下永泰的空气和大自然的美色,我就更加喜欢永泰了,真有一点相见恨晚之感。会议的参加者是要在此住上一宿泡泡温泉的,可是我与孙绍振、张胜友三人要连夜赶回福州西湖大酒店报到参加"海峡两岸作家论坛",因此,尽管永泰的李县长在晚宴上一再挽留,希望我在永泰住上几天,我还是同孙、张二位一起冒雨赶回福州了！

　　永泰啊永泰，我还会再来亲近你的！

2012 年 6 月 12 日至 13 日

文化诏安

地处福建东南角的诏安县,素有"书画艺术之乡"的美誉。到诏安一看,果然名不虚传。它不仅有若干大师级的画家、书法家,有四十几位中国美协、中国书协的会员,在民间,习字作画也已蔚然成风,为我们这次采风做导游的一位中学教师拿出的一件书法作品就很有点水平。当然,诏安的文化是多元的,既有名闻遐迩的书画文化、以乌山革命根据地为依托的红色文化和以诏安特产青梅为依托的青梅文化、以八仙茶为依托的茶文化,还有深受潮汕影响的饮食文化以及形成于古牌坊街的牌坊文化,等等。在这里,我只描述此次采风中印象较深的三种文化。

一

梅岭镇位于诏安县城东南约 20 公里处的海滨,既是盛产海鲜的渔村,又是远近闻名的旅游胜地,其所辖的南门村,亦称悬钟古城,景点古迹众多,值得一游。而其中的果老山摩崖石刻一处,由于其文化含量颇高,似更令人瞩目。果老山上下及周边共有摩崖石刻 37 方,有"漳州第二碑林"之美誉。在东南沿海的偏僻渔村,发现这么可观的摩崖石刻群落，着实让我们这些采风者兴奋了一阵子。我们山上山下跑了起来，发现这些石刻大都作于明代中后期，多为当时驻悬钟古城官员的记事和景物的题咏，还有他们相互之间的吟咏唱和。亦可把它们作为当年抗倭斗争的史料来看，从一个侧面看到抗倭斗争的踪迹与状况，殊感珍贵。从书体看，则楷、草、行、隶、篆诸体俱全。在众多石刻中，有这么两方特别引人瞩目。一是于谦之子于嵩的五律诗刻，字幅高 90 厘米，宽 74 厘米，题字 7.5 厘米，系颇有魏碑功底的楷书。诗曰："地险壮嵬峨，行穿翠霭过。潮平千岸阔，云出万山多。剑舞吞牛斗，旌飞剪薜萝。年来经几讯，瀚海息鲸波。"于嵩于万历九年（1581）任闽粤副总兵，此诗系他巡守梅岭之悬钟古城时所作。另一方乃呼良朋诗刻，字幅高 87 厘米，宽 95 厘米，书体为相当潇洒的行书。诗曰："曲磴缘崖转，天空四座遥。何当随大雅，一笑薄云霄。雨入荒郊润，风回酷暑销。斜阳幸无事，拉坐落江潮。"呼良朋，黑龙江人，福建镇卫千户，隆庆六年（1572）任南路参将，也是到过作为抗倭前线的梅岭的。当然，明嘉靖五年（1526）作为福建布政司右参政临海的蔡潮镌刻在悬钟城海边巨石上的"望洋台"三个楷书大字在书法史上具有更重要的意义。而照我看来，梅岭果老山摩崖石刻群可以看作诏安书画艺术之乡的滥觞之一。

在诏安县城，有两座艺术的宫殿，一是沈锡纯、沈冰山纪念馆，一是沈耀初美术馆，到诏安的游客不可不去。前者为两位艺术家的故居，2015 年沈家后辈遵从两位艺术家的遗愿无偿捐给厦门大学，经改造而成，一楼陈列沈氏兄弟的部分书画作品，它们虽然风格各异，却均为诏安画派一代的代表作，堪称"艺术双璧"。后者则是旅台国画大师沈耀初先生生前兴建的艺术殿堂，馆藏沈先生书画代表作品120幅以及生平史料和有关文物。沈耀初是诏安以至我国近现代一位重要的国画大师，他年轻时在家乡画坛即负盛名，1948年移居台湾，寄情画事，求新求变，善于在中国画艺术的基础上吸取西洋画的养料，遂成大器。1990年先生携带多年积攒的书画作品和资金回到家乡筹建"沈耀初美术馆"，同年年底溘然长逝于故里。观其作品，写实与写意相结合，既有现实主义的精神，又有浪漫主义的情怀，是有大胸怀大气象的大师之作。我到诏安本来是不敢写字的，故连写字的"作案工具"之一的印章都没带上。在大师精神的感召下，遂即兴写下了"大师精神永存"的横幅，带回盖章后寄赠沈耀初美术馆。

二

青梅是诏安重要而出名的特产，也是诏安的经济支柱。青梅的青果由于太酸，不可食用，但青梅制品浑身是宝，果肉可供药用，具有润肺止咳、止泻、生津、解渴、固崩止血、和胃安神之功效；青梅酒可调节人体酸碱平衡，提高机体免疫力，并有开胃整肠、消除疲劳、增强活力的作用。诏安青梅的制品远销国内外，尤其是日本等地。作为重要的出口创汇产品，青梅给诏安带来相当可观的经济效益，与此同时，又创造了青梅文化这种重要的精神产品。

12月2日，我们一行在访问了老革命根据地乌山归途中，参观了作为诏安青梅主要产区的红星乡梅园，对青梅文化的创造与审美效应感受颇深。位于乌山之麓的红星乡是诏安的青梅主产区，全乡现有青梅种植面积4.1万亩，年产青梅1.8万吨。梅园位于红星乡西埔作业区，是金溪环绕而成的三角洲，占地约130亩，广植引自全国各地的不同梅花品种，建设各种旅游设施，遂形成以当地梅花为主题的青梅种植、观赏和加工三位一体的中心。据说每年大寒前后可引来大批游客观赏盛开的青梅，高峰期每日可达万余人。我们来得早，没能赶上梅花盛开时万人观梅的盛况，但当我们走进设计陈列精巧美观的青梅展览馆时，在几位年轻人的带领下，参观各种青梅产品，观赏馆中的陈设，尤其是那颇有创意的倒挂于天花板的小油伞和用纸板制作的桌子椅子，一种审美的诗意油然而生，也就领略到青梅文化的美了！

三

八仙茶也是诏安的一种特产，它所形成的茶文化也是文化诏安的重要元素之一。

据说，八仙茶原是诏安北部秀篆顶安村一带的野生茶，为山民自采自制饮用。20世纪60年代，开始由当地的茶叶专家郑兆钦在白洋乡八仙山麓培育母株成功，遂广植于白洋、建设等乡，并制成乌龙茶、绿茶、红茶等茶类，因母株培育成功于八仙山麓，故以山名命名，称为八仙茶。除本地饮用外，还销往潮汕及广东全境，年产值五亿多元，与海产、青梅同为诏安的重要农产品。八仙茶属单枞茶系，其乌龙茶制品，冲泡后汤色橙黄，香气浓郁；饮用八仙茶时，以青梅果脯佐之，滋味更佳，也可以说更有诗意。设想一下，当你一边喝着八仙茶，一边嚼着青梅果脯，那是一种什么感受，那也是一种文化啊！

应我们的请求，作为接待方的曾部长在原采访日程中加上探访八仙茶母株一项,于12月2日一早带我们到白洋乡八仙山麓参观,并请原农艺师现县人大副主任现场讲解培育八仙茶母株过程,过后又驱车到白洋乡乡政府小憩品茶。白洋乡乡长郭洪在给我的短信中热情写道:"欢迎您有机会再次到白洋饮八仙水,品八仙茶,继八仙缘。"这话儿让人感到心暖!

2017年12月15日

宁德扫描

宁德俗称闽东。它处于我国大陆黄金海岸线中段和长江三角洲、珠江三角洲及台湾省三大经济区的中间位置，北接温州，南连福州，西傍南平，东望台湾，独具"北承南联、西进东出"的区位优势。尤其是在海西经济区的开发中，它更处于龙头位置，在海西与长三角的对接中，具有重要的作用。半个世纪以来，我的足迹遍及八闽大地，唯独闽东北还是一块空白。

2009年5月，在国务院做出了支持海西经济开发的重要决定之后，我和在京的八位闽籍文友一起应宁德市委、市政府的邀请访问宁德。在短短的四天中，访蕉城、游三都澳、登太姥山、品白茶于福鼎，观核电站于秦屿之东，探造船厂于福安之白马江，最后濯足于人间仙境屏南之白水洋，结束这次走马观花看闽东之行。此行让我初识闽东大地，看到那蜿蜒千里的海岸线风景与三都澳、赛岐、三沙、沙埕等在建设中的良港，为在建设中的核电站、火力发电站、高速公路与即将通车的温福铁路等基础设施建设感到振奋，为遍地茶园与苍翠森林覆盖的闽东大地感到愉悦，为福鼎白茶和坦洋功夫等名茶唇齿留香而赞叹不已……我要对宁德说一声：我虽然迟到了几十年，但你的锦绣大地使我得到难以言表的愉悦，而你作为海西经济建设的排头兵蓄势待发的建设场面，更是让我感到无比振奋！

一 令人神往的"环三都澳区域发展规划"

5月13日下午，当我们一行到达宁德市时，主人就先热情地带领我们到"城市规划展示馆"参观，重点是看那里展出的"环三都澳区域发展规划（2008—2020）"，了解宁德未来12年的发展前景。

5月14日上午，主人又组织我们登上三都岛并在三都澳里作环岛之游。

这两次活动，都给我留下极为深刻的印象，也让我深受鼓舞。

主人告诉我们，环三都澳区域，主要指以三都澳为中心，以宁德1046公里海岸线为主轴，立足沿海，融入海西，面向台湾，背靠大陆，北承温州，南接福州，具有独特优势和巨大潜力的经济发展区域。

主人还告诉我们，实施环三都澳区域发展战略，主要战略意图是：依托三都澳这个核心战略资源，着力构建环三都澳产业群、港口群、城市群和交通网、风景带、生态链，通过环三都澳区域的综合开发和率先突破，带动宁德山海、城乡联动发展，促进宁德迅速跨越崛起。

这个宏伟的发展规划于2007年由宁德市委、市政府制定，2008年由福建省委、省政府批准实施。可以预见，在12年之后，当这个规划完全得到实施之后，孙中山先生在将近一百年前于《建国方略》中提出的建设开发三都澳的宏愿将得以实现，宁德将成为海西东北角现代化的中心城市，环三都澳区域也即将成为海西经济区的龙头，成为全国可以同长三角、珠三角相提并论的经济发达地区。这是多么令人神往、多么令人振奋的计划啊！

在宁德市城市规划展示馆里，最引人注目的是宁德中心城市第一期建设规划模型。站在这个模型前，可以看到宁德市美丽的明天：环海滨建起的建筑群，跨越海峡的长虹般的大桥，规划建设中的滨海大道，等等。这使我联想起 2000 年 7 月访美到达旧金山海湾时的感受。那时，我惊叹海湾地区和三藩市为人间仙境，现在看来，未来的宁德市和环三都澳地区更略胜三藩市和海湾地区一筹。这怎能不让我兴奋莫名呢！

登上三都岛之后，参观福建海关旧楼和教堂，然后乘快艇作环岛游，发现三都澳果然是一个难得的天然良港。它口小腹大，不冻不淤，出海口仅 3 公里，澳内海域 714 平方公里，10 米以上的深水水域 173 平方公里，可建万吨级以上泊位 150 多个，其中 20—50 万吨级泊位 60 多个。由此可见，其发展前景多么可观。然而，从海关、教堂旧楼到街道、码头等看来，由于种种原因，三都岛与三都澳的开发耽误了整整百年，这又不能不让人感到惋惜与遗憾！

二　令人振奋的能源、交通等基础设施建设

匆匆四天的走马观花，让人振奋的是宁德市大抓大上基础设施建设的举措与初步成果。这是实施"环三都澳区域发展规划"的大手笔。

印象最深的是大抓能源建设。5 月 15 日，我们从太姥山下来，驱车到山下秦屿镇以东一个半岛上参观宁德核电站一期工程的建设

工地。总装机600万千瓦、投资近900亿元的宁德核电项目一期工程四台百万千瓦机组于2008年底全面开工建设,现正在紧张施工之中。我们驱车到达工地上的观景台,只见一个小半岛和两个小岛被推平成核电工地,有两台发电组正在安装。工地负责人告诉我们,选址于远离乡镇的半岛,一是为了安全,二是为了方便施工。工程进展顺利,不久的将来,第一期工程完成后可发电600万千瓦,将是海西重要的能源基地。由于一期工程建设顺利,二期工程也正在规划之中。看到核电站壮观的建设场面,再听到以上一席话,我们感到无比的振奋。

作为能源建设的另一翼则是火力发电厂的建设。15日下午,我们驱车来到白马河畔,参观总装机452万千瓦的大唐宁德火力发电厂的煤装卸专用码头。火电厂的张总经理告诉我们,这个发电厂每天要使用一万吨的煤,这些煤都是远从秦皇岛海运来的,故需要建成这么一个煤专用码头;而厂区面积达一千多亩地,恰也说明了这个发电厂规模之大。这个正在建设中的火电厂从生产到生活服务,从用地到各种审批手续,都得到宁德市党政领导的大力支持,因此建设顺利,速度很快。

宁德市有关领导告诉我们,除了核电项目与大唐火力发电厂外,还有其他一些能源项目,全市投产和在建的电力能源项目总装机已达1300万千瓦。这充分显示出宁德市党政领导抓建设的气魄和大手笔。

除能源外,宁德大抓现代化的交通建设,构建"大港口、大交通、大腹地"的发展格局。沈海高速公路宁德段已建成全面通车,我由闽南驱车到宁德报到,就是沿着这条高速公路来的。在宁德的四天中，也是靠这条高速公路走南闯北的，我们已充分感受到宁德交通的便利。在这条平坦宽敞的高速公路上驱车奔驰，一边是多姿多彩的海岸线，一边是翠绿锦绣的大地，真让人感到心旷神怡。另一交通大动脉温福铁路已经建成，2009年下半年即可投入运营。此外，宁德经武夷山通往江西上饶的高速公路，宁德通往浙江衢州的铁路，福安通往泰顺的高速公路以及沈海高速公路复线、京福高速公路以及一批连接沿海港口码头的高速公路，有的正在加紧施工，有的即将陆续开工建设。可以预见，不久的将来，一个现代化的交通网络将在宁德13400平方公里的大地上形成，以服务于宁德的现代化建设。

除了基础建设大规模上马之外，宁德的船舶修造业异军突起，领先全省。我们在白马造船厂参观5500吨散装货轮的制造留下了深刻的印象；宁德的电机电器产业有着良好的基础，入选全国百佳产业集群，可惜时间紧张没有机会参观；中海油落户溪南半岛开发海西宁德石化工业园，也是一道亮丽的风景线，也由于时间匆忙未能前去参观。留下的遗憾，只能留待来日有机会填补了。

三 引人注目的各种名优特产与生态旅游

宁德海岸线绵长，山川秀美，大地锦绣，特产众多，生态良好，这也是它可持续发展的得天独厚的条件。

就土特产方面来说，宁德已荣获"中国食用菌之都""中国茶叶之乡""中国白茶之乡""中国太子参之乡""中国大黄鱼之乡""中国晚熟龙眼之乡""中国南方葡萄之乡"等荣誉称号，可见其名闻海内外的名优特产之众多。由于时间和季节的关系，这么多名优特产我们难以一一品尝到，可是，在太姥山上品尝特优白茶的经历，在福安品尝坦洋功夫茶的经历，还有在福鼎市郊品品香茶叶公司品尝白琳功夫茶的经历，都让人难以忘怀，至今唇齿留香。宁德的绿茶年产量占全国的 8%，仅福鼎一市白茶的年产量就达 4000 吨，产值 4.8 亿元，故称之为"中国茶叶之乡"和"中国白茶之乡"一点也不为过也。

宁德的风景名胜不胜枚举。四天中，我们在参观众多基础建设和工业项目的同时，登太姥山，领略海上仙都之美景；濯足于白水洋，体验人间仙境之神韵，已感到颇为满足矣！我的游踪遍及海内外的五洲四海，到过不少风景名胜之地，可以负责任地说："海上仙都"太姥山、"人间仙境"白水洋，可以同世界任何一处名胜风景相媲美。这是宁德的骄傲，也是八闽大地的骄傲！

关于宁德的特产与名胜，似可撰写专文介绍之，这里就暂且打住吧。

祝福宁德！期待她的明天更美丽！

2009 年 8 月 4 日

茶乡生态美
——安溪感德小记

地处闽东南戴云山区的安溪县是出产铁观音的著名茶乡。虽说我已有 70 多年的茶龄，遍饮了国中包括铁观音在内的各种名茶，且故里距安溪只有咫尺之遥，可是一直无缘于茶乡安溪。今年初夏时节，机会终于来了！福建省一些文化单位会同安溪文联准备在被称为"中国茶叶第一镇"的安溪县感德镇举办"茶乡美·感德情"采风活动，福州、泉州和厦门的文友将参与盛会，我也在被邀之列。我提前几天由北京飞到厦门，等待到安溪参与盛会。从某种意义上说，这是一个老茶客的圆梦之旅，心情当然特别激动。

5月6日清晨，安溪感德镇的陈钦洲书记亲自带车到厦门迎接我。我们走了一个多小时车程，到达安溪县城凤城镇，参观过茶叶博物馆，用过午餐，继续赶路，用一个多小时走过六十多公里蜿蜒的山间公路，到达位于安溪西北部的感德镇。只见潇潇夏雨中的"茶叶第一镇"坐落于环山拥抱的小盆地中。陈书记告诉我，全镇面积 221.78 平方公里，全镇人口 5.7 万人，拥有茶园面积近 5.8 万亩、产量 4700 吨，茶叶产值超过 12 亿元，茶叶收入占农民人均纯收入80％以上,并已有"龙馨""琦泰""庆芸""溯源"等品牌的铁观音名茶享誉海内外。再从入夜之后小镇上热闹的茶市来看,这安溪西北部的小镇的确是名副其实的"中国茶叶第一镇"。

翌日清晨,陈书记陪我们到茶园采风,同行者有福建省文联副主席杨少衡和安溪县文联主席林筱聆等。我们先来到距镇政府约十几公里的岭西村茶园。但见薄雾轻笼山头,飞瀑倒挂前山,树木翁郁茂密,沿着山坡开发的茶园层层叠叠,成一种不规则几何图形的梯田。一场阵雨刚过,采茶女正抓紧时间在茶园里采摘春茶。我们把车开到茶园旁,下车走进茶园同正忙着的采茶女交谈,她们手中忙着采茶,口中又要回答我们的提问。她们说,天晴时的茶采下来加工起来质优,可这些天来天天下雨,让茶农们很是着急,现在天放晴了,要抓紧采摘新茶。像她们这样忙着,一天下来也只能采摘十几斤鲜嫩的茶叶。我们不敢多打扰她们,走出茶园,准备找一家茶农尝尝新茶。站在山坡上的山间公路边,一眼望去,雨过初晴的茶园分外翠绿。近年来,感德镇把生态茶园作为茶乡可持续发展工程来抓,注重打好茶园建设的"生态牌",正在探索一种"带状退茶还林"的新建设模式,即在一片茶园中,顺着坡面间隔一段距离,等高地退出部分茶园种植树林,建设茶园的护林带。因此远望过去,一片片茶园被分割包围在树林之中。这种"带状退茶还林",表面上看来要毁掉部分茶园,缩小茶园面积,但实际上有利于茶园的生态保护,提高茶叶的质量。经过一段实验性探索,这种模式已在感德镇的茶园建设上全面铺开。我们在片片茶园中还看到,为了改善茶园的生态,在成梯形状的茶园的梯埂上大都套种着黄花菜,这些黄花菜把片片茶园镶上了边,不仅美观,更重要的是涵养了生态,提高了茶的生态质量。

我们走进山间公路旁的一户茶农家讨茶喝。岭西村的村舍稀稀落落地散落在茶园之间,我们走进的这一家农舍,一边是茶叶加工和出售的处所,一边是他们的住家,两处紧紧相连。与这户茶农攀谈时,得知他们姓上官,且岭西村的茶农都姓上官。据说是唐朝初年被满门抄斩的上官仪家族的幸存者,在逃亡时途经闽南茶乡便隐居了下来。一家三口,夫妻都以种茶和加工、出售茶叶为生,一个女儿在城里读书。我们边喝茶边聊天,还参观了他们朴素而整洁的家居,他们对当下的生活还颇为满意。杨少衡的司机还买了他家几斤新加工的春茶,颇便宜。后来到另一家茶叶公司试喝了一下,口感还不错,他认为此行他的收获最大。

告别了岭西村的茶农,我们驱车来到感德镇最大的一家茶叶公司庆芸公司品茶。这个公司不仅有座相当气派的大楼,还有名扬海内外的名茶"庆芸茗茶"。我们到达公司时,茶农们正挑着新出的春茶排着长队等待收购。公司经理从收购茶叶的繁忙中分出身来接待我们,安排我们品茶。在茶乡安溪,品茶的方式也很特殊,通常是一溜儿摆开三四个德化出的细瓷盖碗,冲泡三四种茶,倒在小白瓷杯里,让茶客品尝。庆芸公司的经理熟练地冲泡着刚刚收购到的春茶,让我一一品评,并评出等次来。看来这是对我这个具有70余年"茶龄"的老茶客的考验了。好在我的味感还正常,经验也发挥得正常,几道茶下来,评得还准确,没有贻笑大方。

也就在这时,听到另一个抓生态建设提高茶叶质量的动人故事。据说近些年来感德镇党政领导和茶叶专家为了提高茶叶的质量绞尽了脑汁,在茶树施肥上做了大胆的革命性的尝试。那就是不再简单地施用化肥,改用从内蒙古大草原收集调运羊粪蛋作为有机肥。在内蒙古大草原上,羊粪蛋到处都是,不是什么稀罕物,但一旦收集调运闽南茶乡,就成了宝贝蛋。而且经长途运输价值也不菲。这种羊粪蛋,对于茶叶来说却是一种难得的有机肥。但开始用时也不怎么顺利,茶农不认账,镇政府只好垫付肥钱,供茶农免费使用。尝到甜头后,茶农们舍得花钱了,之后或由镇政府联系调运,或由茶农们组织的茶叶合作社调运。就这样,内蒙古大草原遍地皆是的羊粪蛋一个专列一个专列地源源不断从万里之外运到闽南茶乡,改变了茶乡的土质,提高了铁观音茗茶的质量。

在告别茶乡返京的前夜,感德镇领导和文友要我留点字给他们,于是我就挥毫写了十几件书法作品,有给友人的条幅、斗方,也有商号的题匾,有一件是送给感德镇镇党委和政府的,四个字:"生态感德"。我以为这是我近年来最满意的书法作品,它凝聚了我在茶乡三日的深刻感受,也是我对茶乡的深情祝福。

2011 年 7 月 19 日追记

哈尔滨夏日剪影

20世纪80年代以来的近30年间,我多次到过哈尔滨。回想起来,到哈尔滨去,无论是开会出差,还是旅游访友,总是选择冬天或是夏日,春秋两季却从未去过。因为哈尔滨被称为冰城,冬天,那儿有南方难得见到的雪花和冰灯,很是诱人;而夏天呢,清凉的松花江的江风,太阳岛上的美景,更是诱人。年纪大了,扛不住零下30度的严寒,于是更多选择夏日去,脑中留下的便是哈尔滨夏日的美丽剪影。

浪漫太阳岛

太阳岛原来是松花江南岸的一个荒岛,同对岸繁华的市区相望映衬。早年,大概只有哈尔滨本地的一些青年男女夏日期间扛着猎枪、带着帐篷到岛上打猎、宿营;当然,当年在那儿也曾发生许多浪漫的故事。1983年的春节联欢晚会上,歌星郑绪岚演唱了那首优美动听的《太阳岛上》(王立平作曲、改词),一时红遍了全国,也让松花江畔的太阳岛一夜之间成了名胜。

我是1990年夏天第一次踏上太阳岛的。乘船渡过流水汤汤的松花江，便可登上太阳岛。那时，由于《太阳岛上》已经唱开了，太阳岛也变样了。岛上修了路，建起了一些颇有欧陆风情的小房子，或卖点简餐，或出售各种旅游纪念品；游人们三三两两，或拉着手风琴唱歌跳舞，或在地上铺块油布进行野餐。在灿烂的夏日阳光下，清凉的江风吹来，优美的歌声飘来，空气中都荡漾着啤酒、香肠和野花混合的香味。从录放机里或手风琴伴奏的歌唱里传来《太阳岛上》的歌声：

  明媚的夏日里天空多么晴朗
  美丽的太阳岛多么令人神往
  带着垂钓的鱼竿
  带着露营的篷帐
  我们来到了太阳岛上
  ……

美丽、浪漫，还带点野趣，这就是当年的太阳岛给我留下的美好印象。

20世纪末21世纪初，太阳岛进行大规模的扩建改造，既大大扩大了面积，又增添了不少娱乐设施，变成了哈尔滨最大的休闲娱乐公园，也成了哈尔滨的名片。2003年夏天，我和参加阿城纪念大金建都888周年笔会的文友们再次走进太阳岛时，发现它更美丽、也更雍容华贵了，但却找不到当年那种野趣了。

漫步中央大街

中央大街是哈尔滨的主要商业区之一，是一条步行街。街的两旁店铺林立，哈尔滨各种名店几乎都集中在中央大街附近。像秋林公司、马迭尔饭店等近百年的老店名店均带着历史的沧桑，诉说着近百年来中外文化交融的历史。大街的中间，则整齐地摆着一些出售土特产和旅游纪念品的商摊，商品琳琅满目，颇为诱人。哈尔滨市区只有100余年的历史，是一座融合中西方文化的移民城市；来自北方的俄罗斯人，来自世界各地的犹太人，还有来自关内到这儿闯关东的山东人，聚集在这里，把它建成了"东方的莫斯科"。我每次到哈尔滨来，尤其是夏天，一定要到中央大街来走走；一般是在参观完索菲亚大教堂和浏览过松花江畔的迷人风光之后。漫步中央大街，就是浏览哈尔滨百年的历史，就是领略哈尔滨带有异国情调的风情与文化。其后，走进红梅餐厅品尝俄式大餐，或在街旁的商店里买点大列巴和哈尔滨香肠作为回家的礼物，都是在品尝和采购一种文化。

2003年8月，我携外孙女到阿城参加纪念大金建都888周年笔会，曾同我的学生迟子建一起逛过中央大街，并到红梅餐厅就餐；2009年夏天，又携孙子到阿城参加金源文化节，在中央大街上接受电视台的即兴采访，均留下不可磨灭的记忆。

漂流阿什河

阿什河是一条横贯哈尔滨东南郊阿城区全境的河流，水沛草丰。两千多年前，肃慎人就在阿什河上打鱼，在河边狩猎。900年前，完颜阿骨打（金太祖）在这儿建立大金帝国，以阿什河畔的阿城为都城。当年称为金上都，又称会宁府，鼎盛时会宁府拥有三十万人口，相当繁华。我应聘为哈尔滨市阿城区文化发展顾问，因此曾多次访问阿城。

2003年8月，为纪念大金在此建都888周年，我和来自全国各地的十几位作家到阿城参加笔会。除了同当地作家及文学爱好者座谈并就金源文化进行研讨外，还参加了丰富多彩的活动：参观金上京历史博物馆，欣赏馆藏的历代铜镜；到亚沟参观摩崖壁画，品尝亚沟粘豆包；登松峰山，探道教文化；凭吊五重殿遗址，发历史之幽思……而其中最令人难忘的是漂流阿什河。

一天下午，丽日当空，清风徐来。我们一行在主人的陪同下，20余人之众，来到阿什河进行漂流。我们在一个码头上穿好救生衣，然后登上橡皮筏，荡向河中，随流漂逐，很是惬意。漂流中，既可以聊天，也可以比赛，还可以欣赏两岸风光。大概漂了一个多钟头，几里路，才舍筏登岸，并在一处供漂流者吃饭休息的所在休息一会儿才回到宾馆。

夏日到哈尔滨旅游，到阿城区的阿什河漂流，不失为一个好的选项。

2012年6月13日

福鼎白茶与"茶书记"

我于年幼时即开始喝茶,至今已有 70 余年的"茶龄",遍饮各种名茶,被戏称为"京城第一茶客"。品尝各种名茶,均给我留下难以忘却的回忆,但都比不上今年 5 月中旬参加"福建籍在京著名作家海西宁德采风团"时在太姥山上畅饮福鼎白茶留下的美好记忆。

这是一次酝酿了大半年的特别的采风活动。我和八位乡亲文友一起于 2009 年 5 月 13 日下午如约抵达宁德市区,当天旋即在桥头新区开展采风活动,翌日上午参观三都澳,领略"环三都澳区域发展规划"所展示的建设蓝图,下午即驱车直抵被称为"海上仙都"的太姥山,登顶之后即投宿于半山上的玉湖宾馆。用过丰盛的晚餐后,福鼎市负责接待我们的陈兴华副书记招呼我们一起品尝福鼎白茶,这正是我求之不得的事。

"中国白茶在福鼎!"这是这次到福鼎采风后才得知的。福鼎的白茶,如果从传说中尧时的"太姥娘娘"(蓝母)以白茶为患麻疹的小孩治病算起,它的种植采制的历史当在四五千年之上,而福鼎白茶作为一种著名的饮品和商品,当"兴于唐、盛于清",历史也相当悠久了。唐代茶圣陆羽所著的《茶经》中说,"永嘉县东三百里有白茶山",此处"东"系"南"之误,"白茶山"即是遍植白茶的太姥山。从传说和历史文献记载看,从产量、质量和影响看,福鼎的确是白茶的原产地,是白茶之乡,中国白茶的确在福鼎!

陈兴华是中共福鼎市委副书记、市委教育工委书记、福鼎市茶叶发展领导小组组长。福鼎是白茶之乡,2008年,全市有无公害茶园面积20万亩,茶叶加工企业381家,茶叶总产量达1.62万吨,实现毛茶产值5.2亿元,其中白茶产量4008吨,产值4.8亿元,先后被国家有关部委授予"全国无公害茶叶生产示范县(市)""中国白茶之乡"等称号。由此可见,茶叶生产,尤其是白茶生产,乃是福鼎的支柱产业。陈兴华书记作为全市茶叶发展小组的组长,负有重任,故此,我们戏称他为"茶书记"。这位"茶书记",身量不高,但干练随和,一见面就熟稔起来,尤其是说起福鼎的白茶来,更是滔滔不绝,简直就是一位见多识广的茶叶专家。

我们喝茶的地方在宾馆餐厅的楼上,原来可能是会议室或娱乐场所,临时改变其功能作为茶室。室内陈设朴素,也可以说有点简陋;但由于满室茶香和笑声盈盈,却让人感到温馨舒坦。"茶书记"显然是有备而来,不仅带来多种白茶中的珍品供我们品尝,而且还带来几位靓妹为我们表演茶艺。茶艺表演由冲泡贡眉、寿眉开始,然后是白牡丹、白毫银针和新工艺白茶,一种茶泡一两遍,让我们各喝上一两杯,进行品尝比较。各种白茶均有其特色,但以今春新制的白茶极品白毫银针之味最为甘美清香。观白茶上品之白毫银针,因为以采摘春茶头一二轮的茶芽为原料制作而成,故茶叶挺直如针,满披白毫、色泽如银;冲泡成茶汤后,呈淡黄色,入口清香爽口，微酸，回味无穷。茶艺表演小姐一道道地表演冲泡，"茶书记"一遍遍地讲解介绍，我们众茶客则开怀畅饮，进行品评。一个晚上，遍饮白茶中的各种珍品，连我这个老茶客也是数十年一遇，真是其乐融融也。

"茶书记"强调指出，福鼎白茶不仅有止渴生津、清热消炎的功能，还有以下一些保健养生的功效："三抗"——抗辐射、抗氧化、抗肿瘤；"三降"——降血压、降血脂、降血糖；"养生"——养心、养肝、养目、养神、养气；"养颜"——美白、美容。这样说来，福鼎白茶不仅是一种好饮品，还是一味保健良药呢！

"茶书记"还向我们介绍了福鼎白茶作为一种产业迅猛发展的状况。福鼎已落成365家茶叶加工企业，其中25家规模企业，11家龙头企业，营销点遍及华北、华东、华南、西北各大中城市，营销队伍逾万人。

我们一边品茶，一边聊茶，不觉至深夜，这才散去。翌日清晨当我们驱车下山时，看到太姥山山坡上片片翠绿的茶园，晨光照耀下，茶叶上的露珠晶莹闪光，显得分外漂亮！

2009 年 5 月

海鲜的滋味
——故乡杂忆之一

人到暮年,容易回忆故乡,回忆童年。这也许是人在生命的黄昏时期对生命的一种留恋。

我的故乡在福建的东南角,叫云霄县。它东南与东山、诏安相连,面向东海;西北与平和、漳浦为邻,崇山峻岭连绵。孩提时代,我生活在漳江上游一个靠近江边的山村,在村初小读完四年级后,转到县城的清华小学上五年级,那一年,我才9岁。从那时起一直到高中毕业,我一直寄宿于学校,生活在县城。云霄县城叫云陵镇,是一座紧靠漳江的美丽古镇。这里距漳江出海口仅10余公里,江面开阔,江水与海水交汇,淡水与咸水相融,海产丰富而鲜美。故此,在家乡的10多年和60余年来屡次回到故乡,均可品尝到美味的海鲜,而对故乡的回忆,首先就是海鲜的滋味。

从漳江出海口到东山湾,丰富的海鲜大致可分为鱼、虾、贝、蟹等四大类。咸淡水交融的江上与海湾所产的鱼虾极其丰富,给我留下深刻记忆的有跳跳鱼、小赤翅以及红树林里所产的虾米。跳跳鱼生活于江边和海边的滩涂里,大部分时间钻在它自己挖掘的小洞里，偶尔出来滩涂上晒晒太阳而被渔人捕获，成为人们餐桌上的美味佳肴；它有点像泥鳅，可红烧，可酥炸，亦可干烧后煮成鱼粥，味美而有营养。小赤翅每条只有二三两重，通常杀后只用清水酱油烧，极其鲜美可口。跳跳鱼和小赤翅，只在故乡品尝过，最能代表故乡海鲜的滋味。至于说到产于漳江口红树林里的虾米，鲜美可口，更是海味中的珍品了！

当然，漳江出海口红树林里出产的海鲜，滋味更独特更令人难忘的要数各种贝类了。船场的文蛤、竹塔的泥蚶（亦称血蚶），不仅海内驰名，还远销日本等地；有一种贝类海鲜叫"西施舌"，以其肉像美女西施之舌状故名，其味极为鲜美，可炒菜，亦可作汤羹，乃我家乡所特有之海鲜，更是可贵。1989年12月，我陪汪曾祺、林斤澜二老到漳州为鲁迅文学院函授学员设点面授，之后漫游福建，第一站到我故里云霄，县委戴书记以当地出产的海鲜宴之，二老甚欢。汪老后来在《初访福建》一文中这样记述在云霄吃海鲜的情景："在云霄吃海鲜，难忘。除了闽南到处都有的'蚝煎'——海蛎子裹鸡蛋油煎之外，有西施舌、泥蚶。西施舌细嫩无比。我吃海鲜，总觉得味道过于浓重，西施舌则味极鲜而汤极清，极爽口。泥蚶亦名血蚶，肉玉红色，极嫩。张岱谓不施油盐而五味俱足者唯蟹与蚶，他所吃的不知是不是泥蚶。我吃泥蚶，正是不加任何佐料，剥开壳就进嘴的。我吃菜不多，每样只是夹几块尝尝味道，吃泥蚶则胃口大开，一大盘泥蚶叫我一个人吃了一小半，面前蚶壳堆成一座小丘，意犹未尽。吃泥蚶，饮热黄酒，人生难得。举杯敬谢主人，曰：'这才叫海鲜！'"多次读汪老这段描述在我家乡吃海鲜状况的文字，才真正懂得家乡海鲜的滋味！

行文至此，不能不写写海鲜之王——蟹。海蟹不同于河湖或稻田养殖之河蟹，海蟹为热性，而河蟹则为凉性，且其螯长满毛，故亦称毛蟹。海蟹亦称鲟，其中一种叫锯沿鲟（有人谐音称之为"聚缘鲟"），是鲟中极品，其膏极具营养价值。这种蟹产于漳江出海口的咸淡水融汇处，是我家乡的特产，因其煮熟后呈红色，亦称"红鲟"。我的一位小表弟方宋，曾习西洋画于福建师大艺术学院，后闯荡京城成为北漂画家，其油画作品颇多，有人物、风景、器物，等等，尤工于画海蟹。近日观摩其若干描摹"聚缘鲟"的画作，栩栩如生，构图设色亦多有可称道之处。当然也勾起我思念故乡海鲜滋味的乡思。

提起故乡的海鲜，不能不想起漳江口的红树林。这片分布在漳江出海口两岸的红树林，正是涵养漳江两岸生态、养育丰富多样海鲜的福地。近些年来，随着人们环保意识的增强，尤其是在以习近平同志为核心的党中央把生态文明建设作为一项重要任务提出来之后，漳江口红树林的生态保护得到了应有的重视，不仅成立了红树林管理局，还采取了保护生态的种种措施，使红树林的生态面貌焕然一新。前些年的一个春天，我回乡探亲，应红树林管理局之邀，乘船游览了红树林，看到了蓝天、白云、飞鸟和植根于海水中的红树林形成的美景，看到红树林不仅是海鲜的宝库，而且成了旅游的胜景，真是喜不自胜！

2017 年 7 月 27 日

"洗汤"的感受
——故乡杂忆之二

在我的故乡闽南，把温泉称之为"汤"，把泡温泉称之为"洗汤"。我童年时代生活的村庄后埔村，位于福建省云霄县火田镇，是一个拥有几百户人家上千人口的大村子；更引人注目的是村子外的田野上靠溪边的地方有一处温泉。这处温泉由两个"汤头"（即泉眼）和两个大汤池组成；汤头的温度最高可达百摄氏度，小时候大人要动员我和弟弟们去洗汤，总要带上两个鸡蛋，到达汤池边把鸡蛋放进汤头里煮，洗好汤捞起来熟了就可剥开吃。两个汤池温度不同，一个温度高一个温度略低，任洗汤者选择。每天傍晚，晚饭前后，村中的男性村民，老老少少，共赴汤池，不仅泡汤沐浴，而且交流信息，不亦乐乎！尤其是有月亮的晚上，一轮明月高悬晴空，田野上虫声鸣响，更是人们洗汤的好时机。这种每日劳作后的洗汤，既是身体的洗涤，可以洗去身上的汗渍与污浊，也可以荡涤心灵的污垢。因此，村民们把每日傍晚的洗汤，看作一种盛会，也看作后埔村独有的一种福利。而每天的洗汤时刻，更是村童们的盛会。我和小朋友们往往借洗汤之机，在汤池中尽情戏耍，至今留下难忘的记忆。

后埔村的露天温泉远近闻名，它吸引了邻近许多村的人们来此洗汤，当然也引起有关方面的重视。20世纪50年代，村中的管事者就有人出面对其环境进行整治，先是筑上仅半人高的围墙，把两个泉眼和两个汤池保护起来，还在汤池周围建造了一些设施，供洗汤者放置衣物之用。后来又规定了使用时间：每天上午归女性使用，或洗衣或洗浴；下午至晚上则归男性使用。后来又听说村外的温泉盖上了房子，由露天变为室内的了，当然也就变成营业性的了。50年代中期我离开家乡外出求学、工作后，有时回家也曾去洗过汤，可到了这个露天温泉成为经营性的室内温泉之后，我就一次也没有光顾过它了，这大概是由于回去时来去匆匆没有洗汤的时间，此外也找不到童年时代洗汤的感觉了。

我童年时代生活的后埔村，素有"烧汤软番薯"之美誉。所谓"烧汤"，指的就是村外的温泉，而"软番薯"指的是后埔产的一种番薯（北京称之为"白薯"，山东称之为"地瓜"，四川称之为"红苕"，均指同一物），后埔产的番薯，糯软、糖多，尤其是秋天挖出的番薯存放了一冬，糖分增多，更是糯软好吃，故有点名气。至于"烧汤"之所以有点名气，大概是由于每天的洗汤，既可以促进血液循环，消除人们一日劳作的疲劳，医治皮肤疾患，还可以借洗汤之机交流信息，洽谈事宜；至于孩子们呢，正可借洗汤之机大玩特玩。因此，我们小时候大都由怕洗汤到迷恋上洗汤。老来回忆童年往事，洗汤便是首选。

60余年来，我离开故里外出求学、工作，游历过海内外不少地方，也泡过不少有名的温泉，感受到泡温泉的各种乐趣，但始终找不到儿时在故乡洗汤的感受。譬如在厦门海沧、在广东从化、在北京昌平小汤山的九华山、在云南弥勒、在四川绵竹等地泡温泉，都给人留下难忘的记忆，尤其是有一年冬天应广州市文联之邀到从化温泉讲课后的贵宾池泡温泉，有一年秋日从云南红河州首府蒙自驱车到昆明途中夜宿弥勒在山上泡温泉，还有在北京北郊九华山庄小院里泡温泉，在四川绵竹剑南春酒厂经营的兑了酒的池里泡温泉，都有一种豪华的感受，但都找不到童年在村边野温泉里洗汤的欢乐！

　　找到童年洗汤的感受，就回到快乐的童年了！

2018年5月14日于北京亚运村之望云斋

放牛娃们的欢乐
——故乡杂忆之三

回忆童年生活,最快乐的事莫过于跟着我奶妈家的小哥哥去放牛。我一岁半的时候,有了一个小妹妹,妈妈照顾不过来,就把我托给邻居一位寡居的农妇照看;我在这位义务奶妈家长到七八岁,她视我如己出,我对她的感情胜于生母。奶妈家的小哥哥比我大10岁,在家里除了下地干活外,还管放牛。我童年时淘气得很,上树上房掏鸟窝,到溪滩捉蛐蛐,家里管不了,故5岁时即被送进学堂"学乖",去杀杀野气。好在星期天可以跟随小哥哥去放牛,撒撒野,解放一下天性。

村头有一棵大榕树,是村里的放牛娃们集合出发的地方,也是大人们乘凉、聊天、交流信息的地方,可以说是一个露天的乡村俱乐部。我们一般选择下午去放牛,吃过午饭后,放牛娃们牵着黄牛从村庄的各个角落来到村头的大榕树下集合,准备出发赶往牧场。我们村的左右分别有一条溪流流到村前三四里地的双龙庙汇合,过了右边小溪的不远处有一座高山叫葛布山,过了左边小溪的不远处又有一座高山叫拜岳山,双峰对峙,颇有气势。两座高山的山坡都是很好的牧场。我们一般选择左边的拜岳山山坡放牧。放牛娃的头儿一声令下，放牛娃们牵着自家的牛向拜岳山出发，涉过小溪时，小哥哥还让我骑在牛背上，真是好快活啊！当我们赶着牛到达山坡牧场后，放牛娃们纷纷牵着自家的牛找到肥美的草地放牧，然后集中在一起，开始做游戏，度过一个下午的快乐时光。

我们最重要的一项活动是"扣窑儿"。这是牧童们做野餐的一项活动，既有游戏的元素，又可在野外聚餐，岂不快哉！当我们把牛放到草场上专心致志地吃草后，就听我小哥哥的指挥分头干活，准备"扣窑儿"。有的到避风的山坳处挖坑筑窑，有的四处捡柴火、割茅草烧窑，有的到附近的番薯地里偷挖些番薯，然后把处理干净的番薯放入烧热的土窑里，再把土埋好踩结实。就这样焖它一个多钟头，到快收工的时候才扒开烧热的土，取出被烤熟烤焦的番薯，大快朵颐，然后高高兴兴地牵着牛回村。有时候，有的放牛娃还带点盐巴和其他调料，到邻近的小村庄里偷来一两只鸡，煺了毛，开了膛，撒上盐和佐料，放进烧热的土窑里焖烤，一个多小时后取出分着吃。这种后来成为云霄名吃的"窑鸡"，就是放牛娃们创造出来的。

当放牛娃们把从地里挖出的番薯或从小村庄里偷来的鸡放进烧红的窑里烧烤的时候，各种游乐活动也就在山坡的草地上开始了。这些活动，通常有摔跤、拔河等体育活动，还有讲古、说快板、唱歌谣等，当然，有时也免不了相骂以至动手打起架来。我就是在跟随小哥哥放牛时学会用粗话骂人和打架的。到了秋天，满山遍野长满了野果，我跟随小哥哥放牛时，可以采摘各种野果吃，常常是吃得小肚子溜圆。有一种野果特别好吃，至今难忘。它俗名叫"哆尼"，学名叫桃金娘，果皮显紫色，有点像时下很是流行的蓝莓。只不过蓝莓长在大小兴安岭的山坡上，而哆尼长在我故乡闽南的山岭上，都是一种野果。因此，每当吃到蓝莓的时候，就想起童年在故乡放牛时吃的野果"哆尼"来了。

可惜的是，当年带我去放牛的小哥哥前年因病不治谢世于故里，享年88岁。我也虚度八秩，虽无法回到童年，但很想回到故乡放过牛的山坡上看看。

2018年5月29日于北京亚运村之望云斋

望安山，我文学梦开始的地方
——故乡杂忆之四

我的故乡云霄县县城云陵镇北门附近有一座山，叫望安山。此山虽不高，却是小县城的文脉所在。古早时，山之南麓有一座吴侍郎墓，墓前不远处还建有其享堂，此处曾被视为小镇的一处文物古迹。我国古代的许多朝代，中央政府机构大多设六部，侍郎为六部之副职，即今之副部级也。吴侍郎在明清时代云霄籍的官僚中，可以说是高官之一，故有那么气派的坟墓和享堂。可惜，此墓毁于"文革"之中。二十世纪的三四十年代，云霄高级中学成立，选址于望安山；1953年，云霄高中与云霄初中合并成立福建省云霄中学，亦选址于望安山。我就是于1953年夏天毕业于云霄初中而考进云霄中学高中部的。云霄有了完中，又调县教育科长李晓山出任校长，算是有了新的气象。李晓山其人，值得记上一笔。他是一位马来西亚归侨，30年代曾就读于陶行知创办的南京晓庄师范，毕业后回到马来西亚，加入马共，在马来西亚丛林里打游击，大陆解放前夕被马来西亚当局驱逐出境，回到祖国适逢解放，曾任漳州新华书店经理，后调任云霄教育科科长，云霄中学成立时又调任该校校长。1956年夏我从云霄中学毕业考进复旦大学后听说他调国务院侨办,两年后又听说他回到漳州,曾长期担任龙溪师范学校校长,退休前曾任地区体委主任,20世纪80年代病故于漳州。

李晓山任校长的三年间,云霄中学的确发生了很大变化。别的且不说,他遵循因材施教的教育理念,注重课内外结合,培养了一批好苗子,输送到各高校名校,为国家造就了一批各种各样的中高级人才。在抓好课堂教学的同时,他用很大的力量抓课外活动。我当时担任校学生会宣传部长,在李校长的支持下,创办了校级的黑板报和墙报,一为周报,一为月刊,我均出任主编。这一报一刊坚持办了几年,对学校的宣传工作有所帮助,也让我的写作编辑能力有了显著的提高。在李校长的支持下,我们还成立了校话剧团,利用假期排练了多幕剧《激战前夜》,由我执导,不仅在校内演出,还到县里公演。此剧系军旅作家王军所作;王军原是解放军驻某海岛连队的指导员,业余创作,多幕剧《激战前夜》发表后,调八一电影制片厂任编剧,还把此剧改编为电影,易名《海滨激战》,因为是反特悬疑片,一时相当红火。我20世纪60年代初到北京工作后,还曾与他邂逅于京城,并来往了相当长的一段时间,此后未见其新作面世。此后我有相当一段时间热衷于话剧创作,在复旦就读时,曾参与复旦话剧团的多幕剧《三代毕业生》的创作,并为执笔者;毕业后到北京工作后,还写过一个独幕剧《钟声》,曾排练公演过。在云霄高中就读的三年间,我们不仅定期编辑出版黑板报、墙报,排演话剧,还组织或举办演讲比赛、朗诵活动等文艺活动,更难忘的是有一年暑假,李校长还带领我们到乌山老革命根据地采风。几天时间,我们走遍乌山的角角落落,不仅参观了有纪念意义的遗址和景点，还搜集了不少当年闹革命时流传下来的革命歌谣。后来考上复旦后，我还把当年在乌山搜集的革命歌谣20余首交给民间文学研究专家赵景深教授。这些活动，都让我得到很好的锻炼，并坚定了我走文学道路的决心。

当然，更重要的锻炼还是在读书和写作方面。在读高中的三年间，我除了完成课业和参加课外活动之外，尽量多读书，以扩大视野，积累知识。校图书室管理员郭老师常把新书、好书留下通知我去借阅，我也把家里给的生活费用节约一部分用于购书。几年下来，几部古典文学名著除《红楼梦》外，都通读了；当时流行的新译的苏联文学作品如《钢铁是怎样炼成的》《青年近卫军》《卓娅与舒拉的故事》与当代长篇小说新作如《保卫延安》《暴风骤雨》《风云初记》等都找来读了。写作方面，由于初三时有一篇作文被老师评了高分，并被作为范文在班上宣读，受到很大的鼓励，激发了写作热情，不仅在课堂上写好作文，还给省内的报纸投稿。开始时只发点豆腐块大的消息，到了1955年上半年，也就是我高二下学期，《厦门日报》副刊发了我的第一篇可以称为作品的文字，题为《进城》，1500多字，占了小报三分之一的版面。这着实让我兴奋了一阵子。记得校内的阅报栏和城里闹市阅报栏张贴发表我作品的报纸时，我有事没事都要到阅报栏前看一眼。

正因为文学像磁铁一样吸引着我，又如此满足一个文学少年的虚荣心，故高三填写志愿时，我毅然拒绝父亲让我学医的建议，而选择文学之路。在我高中语文老师陈嘉音先生的建议下，报考大学的所有志愿都填上复旦大学中文系，因为当年他在福建学院听过章靳以先生的课，而章靳以先生此时正在复旦教书。可是，当我1956

年秋考进复旦时，靳以先生正好离开复旦调到上海作协工作。因此，我虽在复旦没有遇到章靳以先生，却走上了朝思暮想的文学道路。

回首60余年来走过的文学道路，总是忘不了我文学梦开始的地方。故乡的望安山啊！我忘不了你，但只能在梦中常常亲近你！

2018年6月1日于北京亚运村之望云斋

"做客"那些事儿
——故乡杂忆之五

到亲戚朋友家探访走动,北京人称之为"串门儿",而在我老家闽南则称之为"做客"。回忆童年时代,除了过年,最让人高兴的事就是"做客"了。

在我的童年时代,"做客"的方式大致有三种:

一是利用寒暑假回到祖籍地伯父家度假。我的出生地员峰村,是何姓的祖居地,也在云霄县火田镇辖区里;据说我出生仅三个月时,父亲为了行医的方便,便举家迁到离员峰村十华里的后埔村居住,这一住就是整整80年!父亲兄弟七个,我只见到其中的四个。大伯父比父亲大20多岁,是个老实巴交的农民,他60岁那年,也就是1949年那年的夏天,下地归家途中突遇山洪而丧生;三伯父农忙时种地,农闲时杀猪卖肉,我小时候私下叫他"杀猪的",他为人耿直,也最疼爱我;五伯父开着一家祖传的药铺,农忙时也下地干农活,我小时候私下叫他"开药店的",他比较聪明能干,活到近九旬。我在乡下上初小时,也就是20世纪中期抗战胜利前后,每年寒暑假,都要独自翻过几座山、涉过几重溪、走十华里山路到员峰村伯父家住上一段时间,放松愉快地度过假期生活。员峰是地处大山褶皱里的一座古老的山村,群山环抱,作为漳江上游支流之一的小溪穿村而过,把村庄分为两半。据父亲闲聊时介绍说,员峰在明代末年还出过一位进士,明、清两代中出过若干举人和秀才,在祖祠前的广场上还立了几座旗杆,文脉悠悠,兴盛时也有百多户人家。只是到了20世纪初,可能是一场瘟疫让这座曾经兴盛美丽的乡村颓败,到我童年时看到的员峰,是一个只有几十户人家的小山村,几座土楼倒塌得只剩一半,到处是断垣残瓦。当然,还有清澈的溪水、悠悠的白云、翠绿的山冈田野和浓浓的乡情。我童年利用假期到员峰"做客",一般选择住在三伯父家,偶尔也到五伯父的药铺里陪他,饭则是两家轮着吃。那时村里没有电,也舍不得点油灯,一到天黑,只在墙上插上特制的可燃的小干竹竿照明,过着日出而作日落而息的原始生活。但我还是乐意住在那儿,因为那儿不仅有两位伯父的宠爱,还可以撒野、玩耍,尤其是三伯父,总是变着法儿带我玩,弄好吃的给我吃。夏天,他带着我到稻田里、河沟里抓"土虱"(一种长着小胡子的无鳞鱼,也叫塘虱)。他还创造了一种抓土虱的方法:用一种竹编的笼子安放在稻田的出水口处,让鱼儿随着流水流入竹笼里,往往是晚上到稻田的出水口处安放竹笼,扒开水口,让田水慢慢流,第二天一早去收笼子,就会收获满满一笼的土虱鱼。这种鱼儿用酱油焖熟,是一味佳肴,回忆当年品尝这款美味的情景,仍然唇齿留香。到了冬天,他又有高招,那就是用他种的青蒜的蒜梗(据说他曾种出三棵一斤的青蒜)和咸肉焖出的咸米饭来招待我,让我乐不思家。这样的"做客"生活,这样的童年,这样的好伯父,这样的祖家员峰村,怎能不叫我长相忆!

二是跟随奶妈去"做客"。我的奶妈原是我家隔壁邻居一位寡居的农妇,三十多岁,已有三男二女,还要管一家内内外外的事,已经够忙的了。可当她得知我母亲在我一岁半时又生了我的小妹妹时,毫不犹豫地把我接到她家,成为我的义务奶妈。跟随她几年时间,好事难以尽述,其中最难忘的乃是跟随她到亲戚家"做客"。她一年中大概要回几趟娘家"做客",每次都带着我。她的娘家在后埔村对面葛布山的山脚下,是一个只有几十户人家的吴姓小山村,距离后埔只有几里路,涉过村前的小溪,穿过两个村子就到了。我奶妈回到她娘家,当上了姑奶奶,当然十分惬意;我跟着沾光,受到热情招待,更是快活,尤其是在一帮小朋友的簇拥下到葛布山上采野果,诸如芭乐、哆尼之类,吃得小肚子溜圆,更是一桩美事!我奶妈有时也带我到她姐姐家也就是我大姨的家里"做客"。大姨家住在盘陀岭下,风光秀丽,到大姨家"做客"也是一桩乐事。但是更令人难忘的还是跟随她到大姐家"做客"那一回。她的大女儿嫁到海边一个叫船场的方姓大村子里。有一年秋天,大概是我8岁那年,也就是抗战胜利后的1946年秋天,她应女儿女婿和亲家母之邀,下了很大的决心,带着我去二十多里外的大女儿家"做客"。我们走了半天,翻过了一座山,在被送去当童养媳的小姐姐家吃了一顿午饭,打了一会儿尖儿,又继续走了一个下午,再翻过一座山,才抵达目的地。我奶妈裹着小脚,带着我这么一个蹦蹦跳跳的淘气孩子,走了二十多里山路,翻过两座山,可谓不易。记得那次在大姐家一住将近半个月,受到极其热情的款待,看戏、出海、接受宴请、游漳江出海口的名胜石矾塔,丰富多彩,给我留下了难于忘却的记忆。

三是跟随母亲到外祖父家"做客"。母亲的娘家在距离员峰村十多华里的地方，叫重地村，也是一个立在大山褶皱里的山村。这里离我们居住的后埔村二十几华里，小时候跟随母亲到外祖父家"做客"，常常是先到员峰伯父家歇歇脚，吃上一顿午饭或住上一宿，然后再继续后一半的行程。重地村的村头有几棵杨梅，是外祖父家的，对我很有吸引力，童年时代，几乎每年暮春时节杨梅熟了都要去外祖父家吃杨梅。当然，最令人难忘的是外祖父60寿辰举家到重地村为外祖父祝寿的情景，既十分热闹，又让我充分表现，真是令人难以忘却啊！

2018 年 7 月 17 日暴雨中写于北京亚运村慧苑华侨公寓

忆母亲
——故乡杂忆之六

我的《故乡杂忆》系列见诸报端后,亲友们读到都颇感亲切,反响强烈,唯女儿抗议说,为什么不写写她奶奶!是的,该写写她奶奶——我那已辞世三十九周年的老母亲了!

我母亲出身于一个殷实的中医家庭,其父即我的外祖父是一位名医,他长于儿科,兼及时疫杂病。母亲是长女,故十分受溺爱。据说母亲三岁时,眼角上长了个疖子,由于治疗不当或不及时,导致一眼失明,于是,外祖父由于内疚而更加宠爱她了。她不仅陪着外祖父喝酒,还在她得了鼻炎后允许她抽烟;就这样,外祖父把他的长女留在身边快20岁了还没有出阁,这可真有点着了急。我祖父也是一位中医,且是祖传的,我家祖传的是妇科,到祖父这一代是第七代。祖父与外祖父是同行,且住在相距十来里地的两个村里,肯定是相熟的,于是,外祖父通过祖父发现了父亲。父亲是祖父的小儿子,三岁丧母,上过三年私塾,即跟着祖父学医。外祖父把父亲请到他们家里住了半年,一方面把精湛的医术,尤其是儿科的医术传授给他,一方面,在外祖父看来更重要的是让父亲同母亲培养感情。于是,在母亲20岁、父亲19岁时,外祖父终于把长女嫁出去了——我的父母结婚了!据说外祖父给我母亲的嫁妆是相当丰厚的,到了我到县城上学时,母亲还翻出她当年作为嫁妆的土织布给我做衣服呢。

我母亲虽然受到外祖父的宠爱,但毕竟是个大家闺秀,与我父亲结婚之后,既孝敬公公与几位大伯,又处理好了几位妯娌的关系,备受称赞,颇显贤惠的风范。更重要的是,她成了父亲工作中的重要助手。我的童年时代,每天早上都会看到这样的场景:在那兼作客厅、餐厅、灶间和书房的"多功能厅"里,两队人用小板凳排着队,一队是等着看病的患者,一队是来请我父亲出诊的患者家属,父亲专心致志地给病人看病,母亲就做服务工作了,一边招呼大家,一边还要询问病情或解释什么。她俨然成了一个护士!有时候,父亲调侃她说:"曲馆旁边的猪母也会唱曲了!"她明知在挖苦她,也只是一笑置之,照做不误。母亲还学会了缝制衣服,除了孩子们的衣服外,还给亲友们做。后来她还学会了剪裁,会做各种时新的式样。在我们几个兄弟稍长到外面上学之后,家务减轻的她居然还靠给人缝制剪裁衣服赚工分。我九岁那年到县城上高小,母亲特地为我缝制了一套新衣服,是对襟的中装,只是有一对袢扣缝得不太对称,我拒绝穿这套新装去县城上学,她的制衣技艺不被爱子认可,很是伤她的心!至今回忆起来,还是感到很对不起母亲。母亲的烹调技艺也有一手。她的炒腰花、熘肝尖、余腰肝两样汤,火候掌握得好,既脆且香,是我家饭桌上的保留节目;她做的各种米粿,尤其是萝卜糕,至今回忆起来都唇齿留香;而她最拿手的还是制作肉松，她做的肉松从选材到火候都很讲究，既蓬松又保持肉汁的香味，是她娘家的祖传，她又传给我的三位妹妹。近些年来，时不时能品尝到妹妹们从家乡通过各种渠道送来的肉松，此时就更怀念在天堂里的母亲了！

　　母亲更大的贡献还是在于操持家务养育子女，并培养我们热心助人的品格。她生养了10个孩子，我前面的三个哥哥姐姐都没有长大，最小的弟弟长到三四岁时在我父亲难得出诊住在病家那天晚上患急症而夭亡，余下的六个兄弟姐妹三男三女也是一个不小的群体，仅凭我父亲的力量要把六个孩子都培养出来是有困难的，于是按照父亲带有封建意识的谋划，实行"间苗"，把两个妹妹送给人家当童养媳，集中精力培养三个男孩。这对于父亲而言实属无奈之举，而对母亲却是很大的伤害。据说大妹妹养到半岁时才让人抱走，二妹生下不久就送人了。手心手背都是肉，两个妹妹的送出，对于母亲无疑留下剜心之痛。母亲把爱大都洒在三个儿子和四十几岁才生的小女儿身上，而对我用心尤多；我虽有一位义务奶妈照顾，但母亲还是大事小事都要管的。我九岁那年到县城上高小，她出面找到她那嫁到县城的小姑并送了厚礼让我寄宿其家，无奈我的这位姑婆一家比较势利，看不起乡下人，把我视同店中伙计，母亲一怒之下与其绝交。我寄宿学校，每周六回家，母亲总要想法让我饱餐一顿，而当周日下午必须回城返校我装肚子痛时，又为我打掩护求父亲同意我再住一宿，而她就要在周一凌晨4时起来为我做早饭，好让我吃饱了赶二十多华里的路到学校上早读。后来我到上海上大学，每当假期一到，她就盼着我回家，准备各种我喜欢的吃食；而假期一过，她又要牵着年幼的小妹妹含泪送我二三里地，看着我步行到县城搭车回上海。这些平凡小事,件件桩桩,至今回忆起来,都叫人心动!

然而更为让人心动的是母亲还为我带大了三个孩子,尤其是带大了我的小女儿。我的小女儿1964年11月初在北京出生,不到56天就送到她奶奶身边。时值隆冬,我父母也都五十大几了,要抚育如此幼小的婴儿,其困难程度是可想而知的。到女儿稍长后,母亲回述当年养育我那幼小的女儿的情景,实在让人动容:白天要抱着她吃百家奶,到了晚上就更热闹了,小姑娘饿了,哭个不停,老两口披上棉袄,烧水冲奶,用凉水降温至可让其吸吮;可过了一阵,她又尿了,此时,老两口又要合作为其更换尿布及洗尿布,等等,如此反复,一个晚上难以睡个囫囵觉。有段时间,三个孩子都在爷爷奶奶身边,孙儿孙女绕膝,要管吃喝穿戴,又喂养一头猪和一群鸡,真够年逾六旬的老母亲忙活的。

我母亲一辈子没有受过穷、挨过饿,但受过不少委屈,吃过不少苦,她心宽,能容忍。她常教我要宽以待人,热情帮人。她就是这样做的。小时候,经常看到她热情接待穷困的大伯父的情景,大伯父在家是吃不饱饭的,每次来我家,母亲都为他做大米饭,有鱼有肉,让他饱餐一顿,再送他一点东西,才让他满意地回去。三伯母是我奶奶养的童养媳,照顾过三岁丧母的父亲,母亲不仅待之以长嫂之礼,且如婆母待之。我毕业工作后,每次回家探亲,她都要我回员峰祖家时去看望三伯母,还要我多少给点钱。对于左邻右舍,她也是能帮就帮,口碑不错。

1979年夏天,我回家探亲,正赶上她照顾了几年的侄儿被接回去上学,她一时赋闲,很不适应,多次要求到北京看看她养育大的三个孙儿孙女，我因返程途中要办公差而不便带她，许之翌年专程回家接她来京。没想到此时她已有病在身，我回京仅两个月，就传来她病重的消息，不久又传来她不治辞世的噩耗。我竟因刚回去不久没有时间没有经济能力而不能回去见她最后一面并为她送行。每念及此，便懊恼不已。

母亲罗耽，1910年生，生日不详；卒于1979年农历十月初五，享年69岁。

2018年8月12日凌晨写毕于北京亚运村华侨公寓

安居人

我是从李明忠的长篇小说《安居古城》认识安居人的。这部作品写活了抗战初期生活在安居古城的各种各样的安居人。他们虽然性格各异,命运不同,却具有共同的文化性格:达观而坚韧,朴实而热情。去年秋天参加小说的审读会,今年春天又参加小说的首发研讨会,我两次走进古城,同现实生活中的安居人亲近、结识。小说中虚构的安居人和生活中真实的安居人一碰撞,我发现,现实生活中的安居人另有一种特点,那就是竖起脊梁,敢于担当。

何世波是安居古城华夏文化旅游发展有限公司的副董事长,一进古城,他是向导。小何个头不高,寡言少语,眼睛里总是露出温和的笑意,像个文静的姑娘。可是,在进入小说《安居古城》审读会会场时,我发现,他突然变得严厉、不通商量——原来,他看见作家李明忠穿着一件很随意的深红T恤,有些不合时宜。于是,小何话语急促,分贝也高,几乎是命令地说道:"你是主角,衣服必须正式一点,马上换!"他不由分说,抓起作家的手就往商店跑。一会儿,李明忠出现在会场,显得喜气洋洋,一件浅红底色的花格子衬衫让他年轻了好多。大家看了,都开心地笑。审读会开得很圆满，我也愉快回京，临别之际，随口提了个建议：把小说《安居古城》的首发、研讨和邀请作家、评论家到安居深入生活两项活动合起来办。话，说说也就忘了，我没想到去年年底的一天，小何找到我北京的家中来了。我颇感意外，也有些担忧，组织这样规格的活动是很难的。他也许看出了我的心思，赶紧解释说，他负责安居古城文化建设工作，就有责任把这部作品的事办好。他来找我，就是一种承诺，他满怀感慨地说："保护一座古城难，修复一座古城也难，用文学塑造一座古城更难。"那一刻，我才发现，这个本家是个男儿，不光有见地，还有一种责任的担当。

今春应邀参加小说的首发研讨会，一进安居，我就造访了湖广会馆，因为长篇小说《安居古城》的故事正是从这儿拉开序幕的，现在经营湖广会馆的企业家曾凡久是一位有故事的人，我也想尽快见到他。20世纪90年代末，安居古城污染严重，空气里老是飘着臭皮蛋味儿，臭得人头脑发昏，许多有钱人带着资金奔外地搞开发，走不了的原住民成天愁眉苦脸唉声叹气。那时的曾凡久，才40岁不到，经营着一家丝厂，赚了500多万，亲友们劝他趁铜梁县城拆除重建的机会，赶紧参与捞金。他却力排众议，买下风雨飘摇中的湖广会馆和万寿宫两座在安居古城具有地标意义的古建筑，并投资修缮。当时，把钱投入房地产的一夜暴富，没钱玩空手套白狼把戏，摇身变成亿万富翁的也大有人在。曾凡久投资古建筑以后，安居古城更加萧条冷清，更要命的是污染殃及蚕桑，产量锐减，丝绸行业生意也日渐萎缩，亲朋骂他脑壳进了水，街坊邻居也把他当傻儿。谁知老天有眼，20年后，安居古城空气清新，江水澄澈，游客拥来了，多的一天有几十万。湖广会馆吸引着南来北往的游客，成为著名的景点,是安居客商云集的历史见证,也是川东北民俗生活的舞台,其市场估价已超过一亿人民币。

我们从会馆进门穿过古戏台,前行数米就是露天戏堂,两侧立着粗圆的木柱,撑起厢房,拾级而上,抵达正面厅堂,小说中写到的古老生活扑面而来。同样朴实热情、带有几分机灵劲儿的曾老板笑迎我们,并请我们在面对戏台的八仙桌前坐下。我取出从北京带来的武夷山肉桂小罐茶,用曾老板的细瓷盖碗冲泡,一边品茗,一边和曾凡久聊天。我夸他有胆识,做出了常人不能做的选择。这位半百汉子腼腆一笑,操起生硬的重庆普通话和我交谈。他的一些话听不明,但是,我听懂了:他的努力是对古城的热爱,护住了古城的历史文脉,护住了川东民俗生活的根。

负重致远,是古城的脊梁,我于是肃然起敬。

在湖广会馆聊天时,安居镇的副镇长何磊找来了。何磊30岁出头,在安居以至铜梁都有点小名气。去年秋天的小说审读会,她是会务的总管。也许一笔写不出两个何字,我就同她攀谈了几句,得知她原本执教于铜梁的北城小学,十年前,因为演出《龙乡放歌》,被铜梁组织部相中,调到党政部门工作。一次演出就改变命运,成为该地几千教师中的脱颖者,我于是对她有了深究的兴趣。寻访中得知,《龙乡放歌》是一场原生态民俗表演,展示铜梁人对龙的图腾崇拜。何磊领舞《祈雨》《求子》《金龙缤纷》,舞姿惊动四座。她因此受到表彰,并代表演员发言。在发言中,人们才发现,成功背后饱含着辛劳的血泪。她所带的演员,都是从各单位抽调来的青年,舞蹈基本功差,动作别扭,有的甚至出左脚甩左手,小何又急又气,眼泪直流。开弓没有回头箭,领舞就是一种责任,就得担当。小何示范在前,一招一式,手把手教,一遍又一遍纠正,记不清度过了多少个周末和深宵,只晓得体重轻了,舞姿轻盈了,顺利通过彩排了。最后,这三个节目都受到表彰,那一刻,泪水和汗水相溶,小何笑成一朵花。

听说我又到安居,何磊高兴地跑到湖广会馆来见我。故人重逢,自然分外高兴。我在她的眼中读到亲情,一股暖流流淌于心田。这个身材苗条的小何有一副厚实的肩膀,扛大事,能吃苦,这就是她脱颖的理由。临别时,她送我一册打印的作品集,题曰《三石随笔》,其中既有散文随笔,又有诗词童话;后来,她又发来一首自己作词作曲自己演唱的关于安居的歌曲,这表明她既聪明能干又多才多艺。

我们一行走出湖广会馆,沿着火神庙街向北走去。这条古街依山势而建,是明清山地建筑的范本:青石板铺路,雕花门临街,青瓦盖屋顶,当街为店铺,铺后是民居,屋后悬崖是吊脚楼。我们走过许多景点和文化遗迹来到一家民宅之前,推门进去,原来是古城的曲艺馆,著名金钱板艺人何代科的表演场所。这个场所不大,除了表演区,观众区里摆了十多把小凳子和小茶几,一杯清茶,每杯5元,不知是否包括门票在内。何代科是个奇人,奇在金钱板曲艺的传播上,因为金钱板用四川方言演唱,方言发音和普通话不同,外地听众听来难度大,本地青年也不感兴趣。何代科在段子的精美上做文章,还巧妙地穿插网络流行语,活跃气氛,凭着一副金钱板敲出人生坦途,从僻远乡下进入繁华城市,又在安居古城开辟了书场,每天迎送南来北往的游客,更重要的是他接连发行了三张专辑,每张五万。就连沿海地区都可以听到何代科的四川金钱板。

走进何代科书场，坐在小板凳上，我们刚端起盖碗茶，就看见何代科拿起三块约九寸长的竹板耍玩起来。他用右手执两片击节，上端张合击拍；用左手拿一块竹片敲打竹片两端击节，手腕灵活，竹片翻飞，声音清脆激烈，铿锵起伏，时而急促，时而悠扬，模拟出风云雷电水声鼓声多种节奏和音响。何代科眉眼灵动，肢体协调，字正腔圆，演唱起自编的安居古城故事，逗得我们忍俊不禁，笑出了声。何代科打起这神奇的板子，胜过当下美国流行的说唱音乐 rap，有说有唱，有韵味有故事。何代科的一段金钱板，让我们永远记住安居古城，记住安居人！

从生活中回到小说里，我发现自古以来，安居就有脊梁坚挺的人，拼命硬干的人，为民请命的人……真实的、虚构的人物交织在一起，构成了安居色彩缤纷的人物画廊。

2017 年 5 月 19 日

诗意华山

位于关中平原东隅、陕西渭南华阴境内的华山,是五岳中最高、最险、最秀、最奇的山峦;人们把它称为神山、圣山,是因为它的险峻、奇秀,乃天下之独有,加之它的神秘色彩和被作为中华民族精神的象征之故。

但我始终把华山看作一座富于诗意的山,一座历代诗家咏叹过的山,也就是一座诗山!

50多年前,当我还是一个懵懂少年,观看电影《智取华山》中的险峻奇秀,让我感到震撼的美!妄想有朝一日登上华山,亲历其险,亲审其美。

数十年后,12年前,一次偶然的机会,让我圆了少年时代的梦!2000年暮春时节,我应邀到西安参加公安部在西安丈八沟国宾馆举行的文学创作会议。会议的协办方陕西省公安厅作为东道主颇为热情,利用会议间歇时间组织与会者游览华山。时在5月之初,一场春雨过后,天高云淡,春风拂面,我们一行从丈八沟出发,驱车向东,仅用45分钟的时间就到达华山山下的缆车站。我们迅即乘缆车登山。沿途但见巨石峭壁上有不少名人题咏墨宝的摩崖石刻,且见林木苍翠蓊郁,莽莽苍苍,充满生机,也充满诗意!到达索道的上站后,我又在不少公安战士的簇拥下向北峰攀登。登顶后,极目四眺,但见渭水蜿蜒于关中平原之上,而黄河则在华山之东侧由北而南奔腾而下,到华岳之前又一拐奔东而去。见此状我胸中豁然,诗意盎然!

十二年后,即 2012 年,我又有一次亲近华山的机会。此年 8 月底,我和在京的一些文友应邀到华山参加一次研讨会。我们搭乘国航班机赴陕,离京时,北京的气温还高达 35 摄氏度,可当飞机降落至咸阳国际机场时,机上广播地面温度仅为 20 摄氏度,而且下着中雨。走出机场,我们在潇潇秋雨中驱车赶赴华山。

薄暮时分,我们到达华山。放眼望去,雨中的华山别有一番风情:白云缭绕,山峰时隐时现,更有一种耐人寻味的诗味。用过晚餐后回到客栈,只见客栈背靠的群峰沐着潇潇秋雨,精神极了。我在暮色中与华山群峰对话,诗意与禅意同时袭来,意味深长,且颇惬意。如此感觉,只能在夜色中的华山找到。

转天下午,开了半天会后,为登山采风时间。雨还在下着,毫无打住的意思。一些没有登临过华山的文友在景区精选的导游带领下冒雨登山。我由于 12 年前登过华山,这次匆忙中衣衫单薄,又没带适于登山用的鞋,只好作罢。整个下午枯坐于客舍,听着雨声,翻阅管理区送来的《百年华山》画册与历代文人墨客吟咏华山的诗集,与雨中的华山默默地交流,顿觉诗意丛生。

我们回程时,雨住了,天晴了。奔驰在华山通往咸阳国际机场的高速公路上,天高云淡,神清气爽。登上东航 2111 航班的班机,起飞后,在头等舱的舷窗旁,从高空俯视三秦大地,关中平原,巍巍华山，一片生机。我在心底里说：再见，诗意华山，我还会再来亲近你的！

2012 年 8 月

禅意灵山

壬辰初秋,应文友之邀,赴无锡灵山参加题为"大美灵山,如来如愿"的金秋笔会。在那如诗如画、禅意萦怀的地方逗留虽然不超过40小时,但感悟颇多。灵山作为"21世纪世界佛教文化新圣地",作为无锡马山太湖国家旅游度假区的一个核心区域,把美丽的江南山水同神圣的佛教文化完美地融合在一起,让人叹为观止。

灵山的今与昔

灵山胜境位于无锡马山太湖国家旅游度假区。马山半岛位于太湖西北部,也就是无锡市的西南角。属无锡市滨湖区,全境33平方公里。在打造灵山胜境之前,也即20世纪90年代之前,虽然有过秦始皇当年南巡会稽路过太湖神马在马山上留下"四大偌大的深数寸,状若马蹄的石印"(见《灵山大佛》一书第9页)的美丽传说,以及那座五次毁于战火和人祸的始建于唐朝的祥符禅寺遗址,但基本上仍是一片荒芜的山区与小岛。马山半岛33平方公里内有居民三万人,外来游客几乎可以说罕至此地。就在这片美丽富饶的太湖之滨的荒芜土地上,20世纪90年代初,当地政府与一心想开发此处的企业家想到一起,要"无中生有"打造"灵山胜境"。这个宏愿,在当时尚健在的赵朴初先生大力支持下,在当地党政领导的努力下,于1994年春动工,1997年秋建成灵山大佛开光,并重建了祥符寺;遂后又有二期工程"九龙灌浴"和三期工程"灵山梵宫"。于是,88米高的伟岸庄严的灵山大佛,把传统佛教文化与现代高科技完美结合在一起,以动感音乐喷泉方式震撼演绎释迦牟尼诞生传奇的"九龙灌浴",还有金碧辉煌的"灵山梵宫",加上"五坛印城"等建筑物,构成一个灵山胜境的佛教文化建筑群。2011年,灵山胜境的入园人数达到350万,2012年,入园人数将达到380万,旅游总收入将超过12亿元,在全国同级景区中名列前茅。

灵山胜境的打造,离不开赵朴老的支持,游灵山,参拜东方大佛,更加怀念离我们远去的赵朴初先生。20世纪80年代,我同赵朴老有过一些接触,曾到他府上做过客,也请他为鲁迅文学院学生讲过课,他曾应我们之求为鲁迅文学院留下墨宝。赵朴初先生是位智者,也是位奇人,他是当代唯一能打通僧俗两界的令人尊敬的长者。20世纪90年代,他曾应邀两度到无锡灵山,指导灵山胜境的建设,并参加灵山大佛的开光典礼。在他留下的《灵山集》中,收入他为灵山写下的16首诗词,吟诵这些诗词,更加感念为打造灵山胜境付出的心血和做出贡献的赵朴老。他在《灵山大佛》(题注:像在祥符寺后山峰上高88米)一诗中这样写道:

  湖光万顷净琉璃,
  返照灵山正遍知。
  身与云齐施法雨,

目垂海众示深慈。

从兹圣迹留无锡,

随顺群情遇盛时。

喜见朋来师子国,

和平世界共心期。

再读他的《十九日再上灵山礼佛》一诗:

妙相庄严倚碧空,

群峰周匝绕天龙。

再求颐海微澜起,

净土人间现眼中。

游灵山胜境,诵读赵朴老吟咏灵山的诗词,顿觉禅意袭来,心胸豁然开朗,回味无穷。

灵山的大与小

灵山胜境现有景区占地1200多亩,祥符寺后山坡上的东方大佛高达88米,灵山梵宫总建筑面积达72000平方米,颇具佛教文化特色的五坛印城也相当巍峨壮丽,这一切,都显示出灵山之大。大佛与庞大的梵宫相匹配,可以说是全国之最,东方之最。尤其是当坐在梵宫那座作为世界佛教论坛永久会所的大礼堂里看演出时,更感受到梵宫之大与美,感受到灵山之大与美。

但是,灵山吸引人的不仅在于壮美,还在于它细节的精致,在于它的打造者和管理者的精细。它的每一景致，都好似是绣出来的！在灵山的两夜一天里，我们被安排住在灵山精舍里。这是一座按四星级标准建造的坐落于景区里的宾馆，取名为"灵山精舍"，而不称为"灵山宾馆"，即可见出建造者与经营者的用意。它有别于一般的宾馆，不只具有住宿休闲的功能，还具有"禅修"的功能。整座精舍不大，只有90多间客房，每间客房又不大，但相当简洁精致。精舍的大门及大堂均像一座佛陀的精舍。住在这儿，可以在静谧的客房里抄写佛教的经典之一《心经》，还可以到二楼的客堂里参加"禅修"，翌日早餐还可以在精舍的餐厅里参加"过堂"，让人们的心灵完全清净下来，进入一种佛教徒禅修的境界。这对于奔波在尘世的众生来说，当然是灵魂得到一次涤荡的好机会。当然，如果在客舍里点上一炷香，放点佛教音乐作为背景音乐，抄抄《心经》，必将有一种新的境界和感受。

在偌大的灵山景区里，管理者注意细节的地方还可以举出很多。例如当游客进入梵宫参观时，站在大门口的服务人员一个个发给一双鞋套，参观出门时再一双双收回。这个细小的安排可以保护梵宫的地面与地毯，又可以保持宫里的整洁。想得周到，但坚持下去却要有耐心。再说在辉煌壮丽的梵宫里，并非什么都是大的。我看到排列在大厅的来自福建工艺美术师之手的瓷质罗汉，是那么精巧，那么传神。它们与豪华的宫殿交相辉映，更是美轮美奂！

灵山的美，固然在于它的宏大，它的壮美，但也在于它的细节，它的精致。游罢灵山，对于灵山精舍的小巧舒适，对于梵宫里陈列的各种精美的艺术品，似乎留下了更为深刻的印象。

感悟灵山

在灵山胜境逗留一天两夜不到 40 小时的时间里，我有若干感悟。

感悟之一，灵山胜境的打造者与管理者善于把江南美好的山水景色同佛教文化融为一体，不是把灵山建成江南处处可见的一处旅游景点，而是把它打造成"21 世纪世界佛教文化新圣地"。"无中生有"，把原来太湖边上马山半岛的一片荒芜的山坡，一座被战火和人祸毁掉五次的寺庙，变成今日的宏伟建筑成群，东方大佛巍然屹立，游人络绎不绝的人间胜境。更重要的是，在景区里建成一座小巧玲珑的精舍，供礼佛参观者进行"禅修"，抄写经书以及其他佛事，这是别的寺庙或景点所没有的。

感悟之二，也是我特别赞赏的，灵山胜境的打造者并非像别处一样，利用现有的文物进行保护整修，而是意在为人类创造一处新的文物，为后人留下需要保护的文物。这当然是一种前瞻性的创造性的眼光。唯其有这样的眼光，才有 88 米高的东方大佛和 72000 平方米宏伟壮丽的灵山梵宫等的创造。作为盛世标志的灵山胜境，将会作为我们这个时代的重要文物世代传下去。据说，梵宫刚建成开放三年即列入全国重点文物保护的名单，从中可见一斑。

感悟之三，也是对灵山胜境打造者的建议，要考虑来灵山的不一定也不可能都是佛教的信众而是普通的游客，他们一方面来参观礼佛，一方面也是来休闲度假的。在休闲度假方面还要进一步为他们创造一些条件，在景区周围，例如古竹镇一带还可以搞一些餐馆、住宿和娱乐设施作为配套,这就不仅仅是景区建设的事了,而是牵涉无锡市或滨湖区政府有关部门协作的事宜。

2012年10月初灵山归来20日后

后记

在将近60年的文学生涯中,我始终把散文随笔的写作当作副业,当作紧张的文学研究、文学教学与文学评论写作的一种调剂。真没想到,30余年,一路写来,竟接连出版了《笔墨春秋》《文化履痕》《文坛杂俎》《边走边吃》《来自天堂的药方》等五部散文集,挤进散文家的行列。

2011年春日,湖北著名作家、大型文学期刊《芳草》主编刘醒龙来访,建议我把记忆中的文坛逸事写出来,交他们刊物发表;为此,他们准备在《芳草》上辟一专栏,发表我关于文坛逸事的忆文,大概每期9至10个页码。这一建议颇有诱惑力,我在此年的秋天就开始动笔为专栏写文章了。每期大概需一万两三千字,我在年底第三次访美前先赶写出两篇,即《文坛湖北三老》《鲁院首届文学创作研究生班的前前后后》,交给《芳草》编辑部。越年春天访美归来,即看到《芳草》自2012年第一期起辟专栏发我的文坛逸事忆文,且用铜版纸彩印,以示重视。刘醒龙为我的专栏加了个标题:"望云斋说"。"望云斋"是我为我那简陋的书房取的名号,我的家乡在福建省云霄县,这个斋名只是表示我对故乡的一点怀念。"望云斋说"专栏一直持续到第二年的第一期,共发了七篇,约九万字,因我的健康状况不佳难以持续专栏的写作而告停。当年写这一专栏的文字时,就有结集出版的打算,故曾边写边把文章的副本发给当年在四川文艺出版社工作的张春晓同志审阅。随后的几年中,我的身体状况仍然不佳,儿子又病重住院,已无心于专栏写作;几年中虽也写过一些文坛回忆录,但已布不成方阵,结集成书的事就更不用提了。

今年年初,春晓乘来京参加图书订货会之机到访我家,闲谈之中又谈及文坛逸事忆文结集出书一事,才启动编辑此集的工作。查当年发于《芳草》的忆文及近几年来散发于报刊的有关文坛的文字,共计不过十几万字,编成一集,分量不够,于是决定把近年来写其他题材的散文(主要是游记)也一并收入此集,定名《昔日风景看不尽》。此事由春晓报告黄立新社长,蒙黄社长应允并由张春晓、熊韵担任责编。这才有这本小册子面世的机会。

本集分文坛内与文坛外两辑,共收入我七八年来写作发表的散文39篇,在我虚度八秩之际,献给广大的读者。

此书的编辑出版,得到四川人民出版社社长黄立新同志与该社文学出版中心主任张春晓同志的关心、支持,编辑的一些技术工作得到鲁迅文学院的小同事程远图同志的帮助,在此一并致谢。

何镇邦
2018年4月16日于北京亚运村之望云斋